国王陥落　～がけっぷち王女の婚活～

登場人物紹介
アイデン・ブライル
大国ブライルを繁栄させる若き王。
端麗な顔立ちと野性的な印象を
併せ持つ洗練された美丈夫。
魅力溢れる俺様。
周辺諸国から王妃候補の
女性を集めている。
ミア・スティーリン
スティーリン国の第5王女。18歳。
自立心旺盛で、明るく前向きな少女。
正義感が強く、やや直情型。
色恋には疎いが、
大国の王妃になるべく
単身国を出る。

ラウレンス
スティーリン国の王。ミアの兄。冷たくプライドが高い。
ジュリアンヌ
ブライルに匹敵する大国の王女。アイデンの妃候補。
ジロン伯爵
ラウレンスの選んだミアの婚約者。悪い噂の絶えないエロジジイ。
ユーゴー
アイデンの側近。人好きのする青年。王と国のためには手段を選ばない腹黒。
ノーラ
ブライルでミアに仕える侍女。
ビアンカ
ミアが幼い頃から仕える侍女。小柄ながら物怖じしない働き者。

一　がけっぷち王女

　こんなバカな話があってたまるものか。

　スティーリン国第五王女ミア・スティーリンは、ドレスをたくし上げ荒々しく廊下を歩いていた。

　神秘的な薄い灰色の瞳は怒りでゆらゆら揺れ、背中に垂らした見事な赤茶色の髪は波のようにうねっている。憤《いきどお》りに満ちたその様子は、世間で噂される「可憐なミア王女」の姿からはほど遠かったが、ミアとて、いつもこんな風に廊下を歩いているわけではない。

　ついさきほど知ったばかりのことに怒りが抑えきれず、なりふり構っていられないのだ。

「お、お待ちください姫様〜！」

　小さな頃からミアに仕えている侍女のビアンカが、必死の形相《ぎょうそう》で追いかけてくる。が、彼女を待っていられないくらい、ミアは頭にきていた。

（いくらお兄様が国王だからって、こんなの黙っていられないわ！）

　目を通したばかりの手紙を、手の中でぐしゃりと握りつぶす。

　手紙の差出人は、スティーリンの有力貴族であるジロン伯爵。

　五十代半ばくらいのジロン伯爵は、見事なまでに禿《は》げ上がった頭部と真っ白な顎髭《あごひげ》のせいで、年齢よりも随分年上に見える。それでいて、目は異様なまでにギラギラと血走り生気に溢《あふ》れている、率直に言って「気持ち悪い」男だった。

ジロン伯爵は若い頃に一人目の妻を亡くして以降、金に物を言わせて次々と若い女性を妻にしては、離縁を繰り返している。その理由を「子を産まないから」と一方的に女性のせいにしているが、実際は彼に子種が無いのだろうと社交界ではもっぱらの噂だった。

そのジロン伯爵が突然、ミアに「未来の我が妻、ミア」という書き出しの手紙を寄越したのだ。有力貴族とはいえ、一伯爵が王女であるミアに対して敬称もつけず、さらには妻と呼ぶなんて無礼極まりない。

伯爵が突然こんな手紙を寄越してくることに、思い当たる原因はたった一つだ。

「お兄様！」

大きな音を立て王の執務室の扉を開けると、中にいた大臣がぎょっとしてミアを振り返った。

「ミ、ミア王女！　ノックもせずいきなり入室してくるなど、なんてはしたない……」

「緊急の用件よ」

ミアは大臣を睨《にら》んで黙らせると、兄のラウレンスが座る机に歩み寄りバンッと手をついた。

「お兄様、一体これはどういうことですの？」

くしゃくしゃになった手紙を広げて見せる。切れ長の冷たい緑色の瞳に、ミアとは違う細くうねった金色の髪。怒った時の表情は似ていると言われるが、それ以外はまったく似ていない兄妹《きょうだい》だ。

ラウレンスは感情の宿らない目で手紙を一瞥《いちべつ》し、すっと手でそれを払いのけた。

「お前宛ての恋文を、どうして私が読む必要があるのだ」

「よくご覧になってください！　ここに『未来の妻』と書かれています。王女である私に一貴族がこのような手紙を送りつけるなど、許される行《おこな》いではありません。お兄様、ジロン伯爵と何を約束なさったのですか？」

「へ、陛下。まさか、まだミア王女に何もお話になっていなかったのですか？」

傍《かたわ》らに控えていた大臣が驚いたように声を上げた。だが、ラウレンスは僅《わず》かに眉を動かしただけで、さして焦った様子もない。

「わざわざ話す必要などない。王女として生まれたからには、国のために嫁ぐのは当然の義務。その決定権を持つのは、王である私だ。既に決まっていることに、この者の意見など必要なかろう」

あまりの言いぐさに、ミアはギリリと奥歯を噛みしめた。

いつもこうだ。兄にミアの主張が通った試《ため》しなど一度もない。ミアだけでなく、四人いる姉たちみんなそうだった。何も言えず、兄の言うがままに嫁がされていった。想いの通じ合った恋人がいようとも、相手が十五も年下の子供であろうとも。

兄妹《きょうだい》と言えど、自分たちは兄にとって単なる政治の駒でしかないのだ。

ミアは深呼吸を一つすると、静かにラウレンスを見上げた。

「お言葉ですがお兄様。私とて国のために嫁ぐのが嫌だと言っているわけではありません。王族の義務については充分理解しております。けれども、その相手がジロン伯爵というのは納得がいきませんわ。なぜあのお方なのか、説明してくださいませ」

王家の基盤を強堅にするため、国内の有力貴族のもとへ嫁ぐというのは納得できる。しかしその相手がなぜジロン伯爵なのか。金に物を言わせて妻を取っ替え引っ替えする、品位のかけらもないような男だ。社交界の噂が本当なら、跡継ぎを得ることだって難しい。

王家にとって有益な貴族は他にもたくさんいる。姉たちが全て嫁ぎ王家で唯一の王女となったミアには、他にもいくつか縁談が持ち込まれていたはずだ。

「ジロン伯爵は、愛国心に満ちた素晴らしい男だ。それは、王家への献金にも表れている。地位はやや低いが、釣り合いが取れぬというほどでもない」

「お兄様……ご存じですよね？　ジロン伯爵が裏で違法な取引に手を染めているという話。大臣からの申告で、調査に乗り出す予定だと聞いていましたが、それはどうなっているのです？」

ミアの言葉に、ラウレンスは端整な顔を不快そうにしかめた。

「……どうしてお前がそんな話を知っているのだ」

兄の追及に、ミアは無言を通した。兄の様子が心配で侍女に内情を探らせていたなんて、バレたら何をされるかわからない。

「女が政《まつりごと》に口を出すなど、百年早い。我が妹ながら、その我儘《わがまま》ぶりは目に余る。嫁いだ後、しっかりとジロン伯爵に躾《しつ》けてもらわねばならんな」

ラウレンスはミアの反論など物ともせず、ふんと鼻を鳴らした。

「お前にできることは、王家のために言われた相手に嫁いでいくことだけだ。結婚後ジロン伯爵に気に入ってもらえるかどうかを心配していろ」

先月、兄の誕生祝いのパーティーで目にしたジロン伯爵を思い出し、ミアは盛大に顔をしかめる。全身を舐《な》め回すような伯爵のいやらしい視線。あの時には既に、ミアとジロン伯爵の縁組が進んでいたのだと、今さらのように思い知る。

「……ジロン伯爵の要望は、私と結婚して王家と縁を繋《つな》ぐことだけですか？」

跡継ぎを得る可能性の低い伯爵は、たとえ王家と縁を繋《つな》いだとしても一代限りだ。跡を継がせる相手もいないのに、そうまでしてミアを娶《めと》りたい理由が思い当たらなかった。

「ジロン伯爵の没後、彼の亡骸《なきがら》を代々継承されている王家の墓に入れる約束をしている」

「……はっ？」

驚きのあまり、ミアの声が裏返った。

王家の墓には、王族しか入ることが許されない。たとえ王女であろうとも、一度嫁げば姓が変わるため入れないくらいだ。

「あの男も自分の没後を憂《うれ》う年になったということだ。自分の代で途絶えてしまう墓よりも永く手厚く葬《ほうむ》られる墓に入りたいと申すので、その願いはミアの夫となれば叶うと助言してやったのだ」

王族のみが入ることができる神聖な場所。そこにジロン伯爵を入れるというのか。

「あ、ありえません！　ジロン伯爵は王族でもないのに、お父様とお母様と同じ墓に入れるというのですか？」

「死んだ後の弔《とむら》い方など、大した問題ではない。それより、お前の支度金をはずんでもらう手筈を整えた方が有益だろう。ああ、そうだ。伯爵が亡くなった後、彼の領地や資産をお前が継承できるよう、しっかり手続きを取らねばな」

支度金や領地や資産の継承という目先の利益のために、父と母をはじめとする王家の者が眠る大事な場所を汚《けが》そうとしているラウレンスにミアは言葉を失った。

伯爵は、明確な証拠こそ掴《つか》ませていないものの、裏で悪事に手を染めていると噂のある者だ。そんな人間を、神聖な王家の墓へ入れることを許すなど、ミアには到底受け入れられなかった。死後の約束とはいえ、このままではジロン伯爵に王族並みの権利を与えてしまうことになる。

（あんな私欲にまみれたエロジジイにそんな権利を与えるわけにはいかないわ。どんな手を使ってでも、絶対に阻止しなきゃ――――！）

我が身可愛さもあるが、兄がやろうとしていることは王家に対する冒瀆《ぼうとく》だ。王女として、絶対に受け入れるわけにはいかない。

とはいえ、ミア一人ではあまりに非力すぎる。自分の無力さを悔しく思いながら、何か打つ手はないかと必死に頭を動かしていた時、慌てた様子の家臣が執務室に入ってきた。

「た、大変です陛下っ。ブライル国より、書状が届いております」

「ブライル国だと？　大陸の遙《はる》か西の、あのブライル国か？」

滅多なことでは顔色を変えないラウレンスの表情が、一瞬強張《こわば》ったように見えた。

ブライル国とは大陸屈指の大国だ。位置的にはかなり離れているが、その繁栄ぶりと国力はこの国まで聞こえてくる。そんな大国から、国交のほぼない小国のスティーリンに書状が来るのはかなり珍しいことだ。

「はい。陛下宛てではありますが……内容は、どうやらミア王女様に関することかと」

「え？　私？」

突然自分の名前が出てきて、ミアはきょとんとした。

家臣が差し出した書状を受け取ったラウレンスは、さっと広げて目を走らせた。しばらくして顔を上げると、緊張で身体を硬くしたミアを見やり、薄気味の悪い笑みを浮かべる。

「お前は運がいいな、ミア」

いきなり優し気な口調で名前を呼ばれ、ぞぞっと総毛立った。

「……どういう意味でしょう、お兄様」

「ブライル国の王が、お前にチャンスをくれるそうだ」

「チャンス？」

訳がわからず、ミアは眉根を寄せた。ブライル国の王と言えば、ラウレンス同様、先王の死によって王位に就《つ》いた、まだ若い王だったはずだ。新王になってからも国内の情勢は安定していて、さらなる発展を続けていると聞き、兄とは大違いだと密かに思ったのを覚えている。

そんな大国の王が、ミアに一体どんな用事があるというのだろう。

「王妃候補として、ブライルへ来る機会を与えてくれるそうだ。そこで王に気に入られれば王妃にしてやるだと……ふん、ふざけた内容だな」

そう言うと、ラウレンスは乱暴に手紙を放って寄越した。慌ててそれを受け取ったミアは、書かれた内容を見て目が点になる。

「その気があるならブライルを訪れていただき、王が認めた暁《あかつき》には王妃に……って、なれるかどうかはわからないけど、とりあえず王妃候補として顔を見せに来い……ってこと？」

いくら大陸屈指の大国とはいえ、失礼にもほどがある。即座に手紙をラウレンスに突っ返そうとして、ミアははたと動きを止めた。

この話を受けたら、ジロン伯爵との縁談を一時保留にできるのではないか。

いくら豊富な資産を持つ有力貴族といえども、大陸屈指の大国とは比べるまでもない。国にとってどちらが有利かは、一目瞭然《いちもくりょうぜん》だ。口約束とはいえ、既にジロン伯爵とミアの縁組は進んでいる。それを覆《くつがえ》すには、この無謀な話に乗ることしかミアには思いつかなかった。

迷ってる暇はない。ミアは勢いよく執務机に手をつきラウレンスの方へ身を乗り出す。

「私、ブライルの王妃になってみせますわ。絶対に、国王を落としてみせます！　ですからお兄様、この話を受けてください！」

ラウレンスはミアをじっと見つめ、ぴくりと眉をひそめた。おそらく兄には、この話に乗ろうとしているミアの考えなどお見通しだろう。

「お前にできるわけがない。経費の無駄だ」

「お金はかけませんわ！　新しいドレスもいりませんし、連れて行く侍女も一人で結構です」

このチャンスを逃してなるものかと、必死に食い下がる。

「お兄様、冷静にお考えになってくださいませ。私がブライルへ嫁ぐことができれば、あの大国と強固な繋《つな》がりができますわ。きっと支度金だってジロン伯爵の比ではありません。産業の盛んなブライルから、特産品を仕入れて周辺国に販売することだってできるかも！」

そんな確約などもちろんないが、ほんの少しでも兄の気持ちを動かせたら充分だ。

「自国の一伯爵でしかないジロン伯爵と、大陸屈指の強国ブライルの王。どちらに嫁ぐのが国にとって利があるか、賢いお兄様ならすぐにわかりますわよね？」

兄がこの話に乗るかどうかは五分五分だ。十秒ほど焦《じ》らされた後、兄はにやりと口角を上げた。

「面白い。いいだろう。それではミア、ただちに支度を整えブライルに向かえ。ジロン伯爵には私から話をしておこう。しかし対外的にはあくまで『外交のため』だ。王女が品定めされるために自《みずか》ら訪問するなど、周囲に知られるわけにはいかないからな」

相変わらずプライドの高い兄に辟易《へきえき》しつつも、ミアは神妙な態度で頷いた。せっかくラウレンスがその気になっているのに、余計な水を差してはならない。

「しかし……見た目は姉たちに及ばずともまあまあ見られるとはいえ、気が強く我慢のきかないお前をブライルの王が妻に望むなどありえるのか？」

ラウレンスが嫌味たっぷりに言い放つ。

血を分けた妹なのだ。たとえ気休めでも、お前の力で王妃の座を勝ち取れと励《はげ》ましの言葉くらい言えないものかとがっくりする。しかしミアは、なんとか心を奮《ふる》い立たせた。

そうでなくてもがけっぷちなのだ。ここで踏ん張らなければ、兄はほれ見たことかとばかりにミアをあのジジイ伯爵に嫁がせるだろう。間髪《かんはつ》を容《い》れずに、間違いなく。

ミアは唇を噛みしめて顔を上げると、正面からラウレンスを見据えた。父の面影《おもかげ》を色濃く宿す兄の顔を睨《にら》み付けるようにして決意を固める。

「ご心配は無用です。必ずブライルの国王を落としてみせます！」

なんとしてもやり遂《と》げてみせる。今ミアができることは、これしかないのだから。

頬を上気させ瞳を輝かせるミアに眉をひそめつつも、ラウレンスは淡々とブライル国を訪問する許可を出したのだった。

二　最悪の国王

兄に啖呵《たんか》を切った日から約一ヶ月半。

ミアは付き人として侍女のビアンカ一人を連れ、質素な馬車にゴトゴト揺られていた。

旅用のドレスも、素朴で地味なデザインのものだ。今の自分はとても王女には見えないだろうが、ミアに不満はなかった。

馬車の後ろに積んだ木箱は僅《わず》かに二つで、最低限のものしかない。ブライルの王に謁見《えっけん》する際に身につけるドレスやアクセサリーも、母や姉たちから譲り受けたいわゆる「お古」だ。

父亡き後、スティーリン国の王となった兄のラウレンス。父の死が突然だっただけに、国内の情勢はまだ落ち着いていない。そんな国の現状を思えば新しいドレスを仕立てる余裕はないし、無理に見栄を張ったところでメッキはすぐに剥《は》がれてしまう。

それに、どんなに質素な旅であっても、国をほとんど出たことのないミアには全てが新鮮で楽しい経験だった。

「それにしても……さすがに一ヶ月以上も旅を続けていると、少々飽《あ》きてきますね」

ミアの向かい側に座るビアンカが、欠伸《あくび》をしながら話しかけてきた。

「そう？　楽しくて全然飽《あ》きないわよ。考えることもたくさんあるし」

「ミア様は、またあの書状をご覧になってるんですか？」

「だって、見れば見るほどこの書状怪しいんだもの」

ミアは膝の上に置いていた書状をパラパラと広げた。旅の合間に何度も読み返している書状には、間違いなくミアに王妃候補としてブライルを訪問してほしいという内容が記されている。が、実感があまりない。

出立前に急いでかき集めた情報では、どうやらブライル国内はおろか周辺国の目ぼしい令嬢たちは既に王妃候補として集められ、国王のお手つきになった後、送り返されているという噂だ。それが本当なら、ブライル国王はジロン伯爵と大して変わらない女好きと言えよう。

「怪しいですけど……偉い人の考えることは、私みたいな侍女にはわかりませんからね」

ビアンカがわざとらしく肩をすくめる。そのおどけた動作にミアもくすりと笑った。

二つ年上の彼女は、ミアが十歳になった頃に専属の侍女となった。年が近いせいか馬が合ったこともあり、侍女でありながら友達のような関係が続いている。

侍女を一人だけ連れて行くと宣言したミアが、真っ先に思い浮かべたのはビアンカだ。断られても仕方ないと思っていたが、彼女は快《こころよ》くミアに同行してくれた。

気心の知れた彼女がついてきてくれたのは心強いが、だからといって不安がなくなるわけもない。

「私はてっきり、ミア様が喜んでこの話に乗ったのかと思っておりました。こう言ってはなんですが、あのジジイ伯爵の五番目の奥方になるよりも、ずっとマシなお話じゃないですか」

「それはまあ、そうなんだけど」

つるつるの額《ひたい》を光らせて迫るジロン伯爵の顔が浮かび、ミアは思わずウッと吐き気を催《もよお》す。

「あら、馬車酔いですか？　大丈夫ですかミア様」

「……大丈夫よ」

軽く首を振って脳裏に浮かんだ映像を追い出し、ミアはため息を吐いた。

啖呵《たんか》を切って国を出てきた以上、確実に成果を上げなければならないのに、どうにも自信が持てないのだ。

「顔を上げて自信をお持ちくださいませ、ミア様」

ビアンカは、ミアに柔らかな笑みを向けた。

「ミア様は黙っていればとてもお綺麗ですよ。赤味がかった美しい髪も、夜明けの空のような灰色の瞳も。お肌も真っ白とまでは言えないですが、モチモチして手触りがとってもいいし」

「黙っていればはともかく……慰《なぐさ》めてくれてありがとう。そう言ってくれるのはビアンカだけよ」

母国スティーリンでは赤茶の髪も灰色の瞳も、どちらかというと蔑《さげす》みの対象だった。さすがに王女を表立って批判する者はいなかったが、陰で色々言われていたのは知っている。自分も姉たちのように黄金色《こがねいろ》の髪や緑色の瞳だったらよかったのにと何度恨めしく思ったかわからない。

　この外見で気に入ってもらうのは難しいだろう。かといって自分の内面に自信があるかというと、それはもっと微妙な問題だ。

「さきほど従者に確認したら、あと一週間もすればブライル国内に入るそうですよ。この辛い馬車生活も、もう少しの辛抱です」

　ミアを元気づけようとしてか、ビアンカが朗《ほが》らかに笑いかけてきた。

　それに微笑み返し、ミアは窓の外に目を向ける。具体的な期限を知らされたことで、むしろ緊張が高まってきた。

　自分が呼ばれたのはあくまで「王妃候補」であって「王妃」ではない。気に入ってもらえなければ、即刻、国に帰される可能性が高い。

　ブライルまであと一週間。今さらこんな場所でミアができることなど何もないが、せめてブライル国王に気に入ってもらえるようにしなければ。

　――私は、何がなんでもブライル国王を陥落させなければならないのよ。

　ミアは静かに瞼《まぶた》を閉じ、千々《ちぢ》に乱れる心を静めて自《みずか》らの決意を反芻《はんすう》していた。


　それから約一週間馬車に揺られ、ミアとビアンカはようやくブライルに入国した。

　中心部へ近づくにつれ、段々街並みが華やかになる。見たことのない上着を身につけた民の姿を、ミアは窓から顔を出して興味津々《きょうみしんしん》に見つめた。女性は頭に色鮮やかな布を巻き付けている者が多い。

神秘的で美しく、何より異国情緒たっぷりの景色に胸が躍《おど》った。

王都に入るとすぐに、中心部にそびえ立つ巨大な城の姿が見える。それは、活気のある城下街と溶け合い、なんとも美しい光景だった。

「はぁ……それにしても、大きな城ですね。こんな遠くからでも見えるなんて、スティーリンの何倍あるんでしょうかねえ」

馬車の窓から顔を覗《のぞ》かせ、ビアンカがほうっと感嘆の息を吐く。

「そりゃあ、天下のブライル国ですもの。スティーリンと比べては失礼にあたるわ」

平静を装《よそお》い答えたものの、ミア自身も正直この国の広さと栄えた様子には驚きを隠せないでいた。外交の経験は無いに等しいが、この国が桁《けた》はずれに栄えていることはわかる。

「ミア様……そんな格好のまま、お城に向かわれて大丈夫ですかねえ？　こんな大きな国なんですよ。失礼にあたるんじゃないですか？」

華やかとはとても言い難《がた》い旅用のドレスを着たミアを見て、ビアンカが不安そうに申し出た。

「いくらなんでもこの格好で陛下に謁見《えっけん》しようなんて、思ってないから大丈夫よ。とりあえず中に通してもらって、着替えさせていただけばいいんじゃない？」

お城に上がる前に、どこか宿を取って身なりを整えてから行けばいいのかもしれないが、なんせこちらには時間もお金もない。それなら空き部屋の一つを借りて着替えさせてもらった方が経済的だ。

ようやく城の門までたどり着き書状を見せ中に入れてもらう。が、敷地に入っても、なかなか城に近づかない。ミアは次第に自分が途方も無いことをしているような気持ちになってきた。

こんな城に住む国王の妃が、自分に務まるのだろうか。そもそもなんの取り柄《え》もない自分を王妃にしてもらおうだなんて、おこがましくはないだろうか。

早くもくじけそうになる気持ちを、首をぶんぶんと振りなんとか奮《ふる》い立たせる。

挑戦する前から怖気《おじけ》づいていては、何も始まらない。ここで王妃の座を手に入れられなかったら、ミアは国に戻って強欲なエロ伯爵の五番目の妻になる他ないのだ。

さらに、ミアの輿入《こしい》れが正式に決まれば、王族でもなんでもないあの男が、大好きな両親の眠る王家の墓に入ることになってしまう。なんとしてもその事態は避けたい。

「到着したようです、ミア様。いよいよですね」

ビアンカの囁《ささや》きに顔を上げると、緩《ゆる》やかに馬車の速度が落ち静かに止まった。

(ここからが勝負よ)

馬車を降りると、ミアは覚悟を決め大理石の敷き詰められた廊下に力強く一歩を踏み出した。

城の入り口でスティーリンから来たと告げると、使用人は戸惑った表情でミアとビアンカを見比べた。

「ええと、その……ミア王女というのは、どちらが……?」

言いにくそうに尋ねられ、慌てたのはミアではなくビアンカの方だった。

「私はミア王女の侍女です！　ミア王女はこちらですわ」

「し、失礼いたしました！」

使用人は慌ててミアに向かって深く頭を下げる。

「こんな格好でいたら、どちらが王女かなんてわからなくて当然だわ。お気になさらないで」

「ミア様……そんなこと仰《おっしゃ》ってはなりません！」

ビアンカはあっけらかんとしたミアにため息を吐きつつ、ブライルの使用人に向かって言った。

「……国王陛下にお会いする前に、支度を整えたいのでお部屋をお借りすることはできませんか？」

「かしこまりました。それではご案内できる部屋を確認して参りますので、しばらくお待ちいただけますか？」

「ええ。それではここでお待ちしております。ご無理を言って申し訳ありません」

ビアンカが深々と頭を下げると、城の使用人は顎《あご》に手を当て何やら思案顔になった。

「実は謁見《えっけん》をお待ちの他のご令嬢方も、この先にある広間にいらっしゃいまして。そちらでお待ちいただくのがいいとは思うのですが……うーん、でもなあ……」

使用人はちらりとミアに視線を走らせ微妙な表情を浮かべている。しかしミアは「他のご令嬢方」という言葉に気を取られていた。

（やっぱり、私の他にも呼び寄せられた方がいるのね……）

これは一筋縄ではいかなそうだと気を引き締める。一体どんな令嬢たちが集められているのか、確認しておいた方がいいかもしれない。

「わかりました。そういう場所があるのでしたら、私たちはそちらで待たせていただきますね」

ビアンカに代わりそう答え、さっさと歩きだす。

「あ、いや、その、あー……ま、いいのかなあ？」

使用人はなおも迷っている様子だったが、それには振り返らずに廊下を進んだ。

「なんなんでしょう？　なんだか様子が変でしたけど」

「急に支度部屋を用意してほしいなんて無理を言ったから、困っているのかもしれないわ。本来待つべき場所があるなら、そちらで待たせていただきましょう」

「やっぱり費用をケチったりしないで、城下街で宿を取ってお仕度を整えるべきでしたかねえ」

そんな雑談を交わしながら二人は教えられた広間にたどり着く。そして、怪訝《けげん》そうな表情をした衛兵が開いた扉の向こうの光景に、目を見張った。

豪華絢爛《ごうかけんらん》な広間の大きなテーブルには、飲み物やお菓子がふんだんに用意されている。そしてその周囲に、大勢の令嬢たちが微笑を浮かべながら椅子に腰掛け談笑していた。

彼女たちは皆、美しく豪華なドレスに身を包み、煌《きら》びやかな宝石で飾り立てている。遠目からでも高貴な身分の女性ばかりというのが一目瞭然《いちもくりょうぜん》だった。

呆気にとられる二人に気づいた令嬢たちが、怪訝《けげん》そうに眉をひそめこちらに視線を送ってくる。

「あら？　また誰かいらっしゃったのかしら」

「違いますわよ。あの格好を見てごらんなさい。どこかの侍女が紛《まぎ》れ込んできたのでしょう」

どうやらご令嬢たちは、ビアンカだけではなくミアのことも侍女だと思ったらしい。城の使用人にも間違われたくらいなのだから仕方ない。

それにしても、この光景……王妃候補として女性をたくさん集めては手をつけて送り返しているという噂が、一気に現実味を帯びてくる。しかもこの人数だ。予想を遥《はる》かに超えた令嬢の数に、ミアは軽いめまいすら覚えた。

「……驚いたわね。どうやらブライル国の王は噂通りの人みたい」

兄のような人だったら嫌だなあと思っていたが、それ以上に難ありの人物かもしれない。会う前からキライになってはまずいのに、うっすらと嫌悪感が湧く。

「こんなにたくさんの方々が待っているのなら、私の番が回ってくるのなんて夜が更《ふ》けてからになるんじゃない？　明日になる可能性もあるわね……」

「ええ、そうなると今夜の宿の心配もしなくてはならないですね」

「あら。それくらいはこちらでなんとかしてもらいましょうよ」

ビアンカとひそひそ話し合っていると、視界の端で一人の令嬢がパチンと扇《おうぎ》を閉じた。

「ちょっとあなたたち！」

声のした方に目をやると、濃いピンク色の派手なドレスに身を包んだ女性が扇《おうぎ》でびしっとミアとビアンカを指している。ミアは人違いかと思い辺りをキョロキョロと見渡してみたが、彼女の持つ扇《おうぎ》の先には自分たちしかいない。

「もしかして、今呼ばれたのって私たちかしら」

ビアンカと顔を見合わせる。ミアは首を傾《かし》げながらピンク色のドレスを着た令嬢に声をかけた。

「私たちに何か御用ですか？」

「飲み物が無くなってしまったの。お茶を飲みたいから、早く用意して」

そんなこともわからないのかと言わんばかりの表情で、令嬢はふんっと鼻を鳴らす。

唖然として広間を見渡すと、なぜだか使用人や侍女が一人もいない。身分の高い女性の傍には必ず侍女が控えているものだが、あえて離されているのだろうか。

質素な身なりをしているとはいえ、ミアはれっきとした王女だ。さすがに見知らぬ女性の給仕をする気にはなれなかったし、部屋が整えば着替えにも行かなければならない。答えに詰まりビアンカと顔を見合わせていると、令嬢はさらに忌々《いまいま》しげにミアを睨《にら》みつけてきた。

「ちょっと、アナタに言ってるのよ。どこの国の使用人か知らないけれどグズね。このわたくしが、飲み物が無いと言っているのよ。すぐに用意なさい！」

彼女たちの座るテーブルの上には、飲み物や食べ物が大量に用意されている。立ち上がって手を伸ばせば、すぐにでもジュースの入ったピッチャーが取れる距離だ。ジュースが嫌なら自分でお茶を淹《い》れるしかないが、茶葉やティーポットもきちんと用意されている。たとえ普段は侍女にお茶を淹《い》れさせていたとしても、この場は自分で淹《い》れればいいだけの話だ。

スティーリンでは、大切な客人は自《みず》らお茶を淹《い》れてもてなすのが礼儀の一つだった。各地の色々な茶葉を取り寄せて試飲するのが趣味でもあったミアには、お茶の用意などわけない。けれども、いくら外交経験が少なくても、ミアが彼女に従うのはよくないとわかる。

「お茶はテーブルの上に用意されていますよ。淹《い》れ方がわからなければ、お教えしましょうか？」

そう返したミアの言葉に、令嬢の顔がかっと赤く染まった。

「使用人のくせに、口答えをするつもり⁉　わたくしはイリーネ産のお茶しか飲まないのよ。早くイリーネの茶葉を探してお茶を淹《い》れなさい。こんなところに最初から用意されている飲み物なんて、気安く口にできないわ」

（こんなところにって……）

自分が嫁ぐかもしれない国のもてなしに対して、随分な言いようだとミアは眉をひそめる。周囲の幾人かの令嬢も同じ感想を抱いたようで若干顔をしかめていた。だが、関わるつもりがないのか皆知らんぷりを決め込んでいる。

「お言葉ですが……ブライル国が厚意で用意してくださったものに対して『こんなところに用意されている』とは失礼じゃないかしら」

つい思ったまま言い返すと、令嬢の目が吊り上がった。

「わたくしに意見をするつもり？」

「ええ。それがあなたのためにもなると思いますし。ああ、ちなみにイリーネ産の茶葉でしたら、あなたの目の前にあるガラスの器に入っているのがそうですよ」

イリーネ産の特徴ある茶葉を見分けることもできずに、そのお茶しか飲まないとは滑稽《こっけい》にもほどがある。やや呆れ気味に言ったミアの言葉に、周囲のご令嬢たちが顔を見合わせてくすくすと笑いだした。退屈しているのか、なんだか楽しげにやりとりを盗み見られている。

「あ、あなた……使用人のくせにとんだ無礼者ね。よくもわたくしに対してそんな口が利けたものだわ！　どこの国の者か言いなさい！」

周囲に笑われているのに気づいた令嬢が立ち上がり、激しい口調でミアを指さした。マズイと思ったのか前へ出ようとしたビアンカを手で制し、ミアは静かに告げる。

「私はスティーリン国の者です」

「スティーリン？　聞いたことがないわね。どこの田舎者《いなかもの》よ」

スティーリンはこのブライルより遥《はる》か東に位置している小国だ。知らなくても仕方ないと思う一方で、端《はな》からこちらを見下してくる令嬢に少々呆れた。

（一応大陸続きだし、世界会議にも出席している国なんだけどね……）

大陸に名を馳《は》せるブライル国の王妃になるつもりなら、他国の知識も多少は必要だ。国名すら知らないというのは、少々問題があるのではないだろうか。

「名前も知られてないような小国が、なんの用？　まさかノコノコと王妃にしてもらおうと思って来たのだとしたら、身の程を知らないにもほどがあるわ。あなたの主人はどこにいるのかしら」

あからさまな蔑《さげす》みの言葉に、ミアは眉をひそめた。

目の前のこの令嬢がどんな身分の女性かは知らないが、さすがにここまで言われて黙っているミアではない。言い返してやろうと大きく息を吸い込んだところで、ぐいっと後ろに腕を引かれた。

「ミア様、余計な諍《いさか》いはダメです！」

「でもビアンカ、ここまで言われて黙って引き下がるのは……」

「謁見《えっけん》前に、他国のご令嬢とひと悶着《もんちゃく》起こして問題にでもなったら、元も子もありません」

ビアンカは黙り込んだミアの腕を強引に引っ張り、何事かと怪訝《けげん》そうな顔をしている令嬢を残して広間から退散してしまった。閉めたドアの向こうからは、何やらわめく声が聞こえてくる。

「ビアンカ、言われっぱなしで引き下がっては負け戦《いくさ》じゃない」

「何が負け戦《いくさ》ですか。正義感が強いことは悪いことではありませんけど、時と場合によります。ミア様、ご自分がなんのためにブライル国にいらっしゃったのかお忘れですか？」

真剣な彼女の表情を見て、はたと思い出す。

そうだった。こんなところで見ず知らずの令嬢と諍《いさか》いを起こしている場合ではなかった。

「ここは、冷静になってくださいませ」

ミアを軽く窘《たしな》めつつ、ビアンカはきょろきょろと辺りを見渡す。

「ちょっと私、さきほどの方に部屋の用意ができたか聞いてまいります。ミア様は、ここから動かないでくださいね！」

強く言い放ち、ビアンカは元来た通路を走っていった。

しょんぼりと項垂《うなだ》れながら、ミアは通路に置かれていた鉢に軽く腰掛ける。ビアンカの言う通りだ。ここに来た目的を忘れ、異国の令嬢をやり込めてやろうなど考えが足りなすぎる。つい感情のままに行動してしまう自分の性格が情けない。

しばらく反省してじっとしていたミアだったが、ふと垣根の向こうに美しい中庭があるのを見つけてしまった。途端に、好奇心がむくむくと首をもたげる。

（気分転換に……ちょっとだけ散歩させてもらおうかしら）

あれだけたくさんの女性たちが待っているのだから、ミアが国王陛下に会えるのは相当先のはず。

焦る必要はない。そう考えたミアは、ふらりと中庭へ抜ける道を探して歩き始めた。

城の前庭もかなり立派なものだったが、この中庭も手入れが行き届いている。スティーリンと気候の差がそうないせいか、咲いている花や草木も見慣れた物が多いようだ。美しくも親しみのある庭にほっと表情を緩《ゆる》めながら芝の上を歩き進めると、小さな噴水のある広場に出た。

「わぁ。ここ、なんだか秘密の隠れ家《が》みたい」

ちろちろと水の流れる噴水の周りには、淡い色で統一された花が咲き乱れている。整然とした花壇ではないが、訪れる者の心を落ち着かせる温かさを感じた。

（少し、休ませてもらおう）

石造りの噴水に腰掛け、手を伸ばして水をすくう。冷たい水をぴちゃぴちゃと手で弄《もてあそ》びながら、ふところの中に足を沈めたいという欲求にかられた。長旅で馬車にずっと揺られていたせいか、脚がむくんで火照《ほて》っているのだ。行儀は悪いが、今なら誰も見ていない。

（ちょっと足を冷やすくらい、いいわよね。誰もいないんだし）

少しの間だけと自分に言い訳して、ミアは編み上げ靴の紐《ひも》をするすると解いた。靴下も脱ぎ捨て素足になると、スカートをたくし上げ噴水の縁に腰を下ろし、水に足を浸《ひた》す。

「あ、冷たい……」

噴水の水はかなり温度が低かったが、その冷たさが逆に心地好く感じられる。最初は足首まで水に浸《ひた》していたのが、ついはずみで膝まで水の中に入れてしまう。慌ててドレスのスカートをたくし上げ、ふーっと息を吐いた。

澄んだ水の中で、ミアの白い脚がゆらゆらと揺れている。段々脚の火照《ほて》りが治まってきてふるりと身震いしていると、ふいに後ろで物音がした。

「だ、誰!?」

慌てて振り向くと、噴水の脇に置かれていたベンチからむくりと人影が身体を起こした。気配をまったく感じなかったせいで、誰もいないと思い込んでいた。

「誰、とはこっちのセリフだ。王家所有の庭で、随分と度胸のある娘だな」

咎《とが》めるような男の低い声に、ミアはハッと立ち上がった。ここはブライルの王宮だ。考えてみたら、自分は王家所有の庭に無断で侵入したどころか、勝手に水浴びまでしてしまっている。

青くなり立ち尽くすミアを見やり、男はくあぁっと大きな欠伸《あくび》をした。気怠《けだる》そうに真っ黒な前髪を手で払うと、端麗な顔立ちと明るい琥珀《こはく》色の瞳が見える。高い鼻がすっと通り、野性的でありながら洗練された雰囲気の青年だ。不愛想なしかめ面《つら》をしていても、どことなく気品のようなものを感じる。ミアは言葉も忘れ呆然とその男を見つめていた。

「どうした、女。言葉が通じないのか?」

太腿までスカートをたくし上げたあられもない姿で立ち尽くすミアを、男は面白そうに見つめている。その視線の先が自分の脚に注《そそ》がれているのに気づいて、ミアは慌てて噴水の縁に座った。

「ちょっ……み、見ないで!」

「見たくて見ているわけではない。そっちが勝手に見せているのだろう」

「そ、それはそうなんだけどっ」

さきほどまでは心地好かった冷たさが、長時間浸《ひた》っているうちに辛くなってくる。そんなミアの状況を見透《みす》かしたように、男はくっくっと笑いながら言った。

「長いこと冷水に脚をつけていては冷えるぞ。さっさと水から出たらどうだ」

ミアの反応を楽しんでいるらしい男に、ムッとして眉をひそめる。どうせ一度見られたのだからと、ミアはざばりと噴水から脚を出し豪快にぶんぶん振った。すると、男が目を丸くする。

「大胆な娘だな。そんなに無防備に脚をさらけ出して俺を誘って――いるわけでもなさそうだな。お前からはまったく色気を感じない」

「わ、悪かったわね！」

初対面だというのに不躾《ぶしつけ》な男だと思いつつ、事実なのでどうしようもない。

ちょっと疲れた脚を冷やそうだなんて、考えなければよかった。噴水の縁に腰掛け手で水面に触れるくらいなら優雅に見えるかもしれないが、スカートをたくし上げて脚を入れていたとなると弁解もできない。子供か、と情けなくて泣きたくなる。

しかもここは他国の王家所有の庭で、ミアは立ち入る許可すらもらっていないのだ。

どうかこの男が国王と通じている者でありませんようにと、ひそかに祈るしかない。

「見慣れない服を着ているな。お前、異国から来た娘か？」

しげしげとミアを眺めていた男が、尋ねてきた。気軽に聞いてくるあたり、まさか王妃候補として城を訪れた客とは思ってもいないらしい。さきほどは簡素なドレスのせいで使用人と間違えられてしまったが、今はこの格好を心底ありがたいと思った。

「ええと、そう……です。長旅で脚がひどく疲れていたので、少し冷やしたくて……王家所有の庭へ勝手に立ち入ってしまい申し訳ありませんでした」

神妙に頭を下げながら、ミアは腕にはめていた国の紋章が入った腕輪をさり気なく隠した。身分を証明できる物はこれだけだ。こんな遠目で相手がスティーリンの紋章を判別できるとは思わなかったが、万が一ということもある。幸い相手はミアの言葉を信じたのか、再びベンチにごろんと横になった。

「さしあたりお前は、王妃候補としてこの城に集められた女たちの侍女といったところか。……王は妻を娶《めと》る気などないというのに、ご苦労なことだ」

そう言って瞼《まぶた》を閉じた男とは逆に、ミアは目を大きく見開いた。

「え……妻を娶《めと》る気がないって、国王様は結婚する気がないってこと？」

驚きのあまり、口調が大分くだけてしまった。男は瞼《まぶた》を薄く開き、ちらりと横目でミアを見る。

「まあ、そういうことだな。王は今のところ、王妃を迎えるつもりも結婚する気もない」

気怠《けだる》そうにベンチに寝そべる男の身なりは、離れていてもかなり上質だとわかる。もしかしたら王に近い家臣かもしれない。それだけに、男の言葉を聞いたミアに動揺が走った。

「そ、それじゃあ……ブライルの国王は王妃を迎える気もないのに、王妃候補にしてやるだのなんだの騙《だま》してあちこちの女性に文書を送ってるってわけ？」

「……ひどい言いようだな」

「だってそういうことじゃない！」

ミアが長期間馬車に揺られブライルにやってきたのは、王妃になるためだ。なのに、当の国王にその意思がないなんてまったくの無駄足ではないか。

ラウレンスに「国王を落としてみせる」と啖呵《たんか》をきったものの、本当のところ自信などなかった。広間に集《つど》うたくさんの美しい令嬢たちを目にした時は、さらに心がくじけそうになった。

それでも頑張らなきゃいけないと張っていた糸が、ぷつんと切れてしまった。

「人を馬鹿にするにもほどがあるわ。これだけの大国の王ともなると、暇つぶしも桁違《けたちが》いなのね」

大国の王に対して不敬なのは充分自覚していたが、止まらなかった。

嫌悪に満ちたミアの口調に、男がムッとした表情で起き上がる。

「王はその気がないと言っているのに、家臣たちが勝手にやっていることだ」

「へえ。それなら国王には、そんな意味のないことをしている家臣を止める力もないということね」

「意味があるかどうか、お前にはわからないだろう」

「あなたこそ、ここに集められた女性たちの気持ちなんてわからないでしょう！」

怒りに満ちた声でそう言うと、男がベンチから立ち上がりミアの方へ歩いてきた。

自国の王を悪く言われて、気分を害したのだろう。そう察しはついたが、こっちだって無駄足を踏まされた怒りは収まらない。近づいてきた男を鋭い目で見上げると、男はミアに手を伸ばし顎《あご》をぐいっと持ち上げた。

「随分な言いぐさだな。……お前、どこの国の者だ」

一瞬言葉に詰まったが、名前を聞かれたわけではない。ミアは顎《あご》を掴《つか》まれながらも、怯《ひる》むことなく男の目を真っ直ぐに見据えて言った。

「私は、スティーリン国の者よ」

「スティーリン？　遙《はる》か西の小国か。よくもまあ、あんな離れた国からノコノコと」

男はふんと鼻で笑うと、挑戦的な目つきでミアへ顔を近づけた。

「お前がそうやって憤《いきどお》るのは主《あるじ》への忠誠心か？　お前の主《あるじ》とて、甘い話にホイホイ飛びつく尻軽女じゃないか」

「な……っ、なんですって!?」

「この国のやり方を否定するが、お前の主《あるじ》だって王妃の座を求めてわざわざこの国までやってきたのだろう。書簡の内容を疑いもせず、王妃になれるかもしれないと甘い期待を抱いて。そんな主《あるじ》につき合わされたお前も気の毒だな」

ブチンと、ミアの頭の中で何かが切れた。

「……悪かったわね、尻軽女で」

「お前のことを批判したわけではない。お前の主《あるじ》が……」

「スティーリン国第五王女、ミア・スティーリンは私よ」

ミアは精一杯威厳を込めて名乗る。男の手を勢いよく振りほどくと、はずみで隠していた腕輪が露《あら》わになった。

「裕福なこの国にいるあなたには、わからないのよ。我が国は農作物は思うように取れず、軍隊は名ばかりで弱小、目立った産業だってないわ。でもね、そんな国にだって守るべき民がいるのよ！」

四人の姉たちは全員、政略のため近隣諸国へ嫁いでいった。それが王族の務めだと、国のために女ができるのはこれくらいだと気丈に振る舞っていた姉たちの姿が脳裏に浮かぶ。ジロン伯爵に嫁ぐのを拒《こば》み、悪あがきをしているミアにこんなことを言う資格はないかもしれないが、それでもこの男の批判は許せなかった。

「男子であれば、政治にも関われるでしょう。でも女はそうはいかないわ。王族として国のためにより良い相手に嫁ごうと考えるのはそんなにおかしなこと？　それを、頭ごなしにバカにされるいわれはないわよ！」

目の前の男の表情が、固まる。

「お、前……本当に王女だというのか？　その格好で？」

「悪かったわね！　長旅なんだから、少しでも楽な格好しないと疲れちゃうでしょう。そうでなくたって、謁見《えっけん》まで何時間待たされるかわからないんだから！　ご心配いただかなくても、この格好で国王に謁見《えっけん》するほど常識知らずじゃありません」

ミアはすっかり乾いた脚を靴下も履かずにブーツの中に突っ込んだ。そして、背筋を伸ばして男の正面に立った。

「国の利となるように嫁ぐのは、王族なら当たり前のことだわ。集められた令嬢たちだって、それぞれの覚悟のもとここに来ているかもしれない。一方的に非難されたくはないわ。そもそも、期待させるような書簡を送ってよこしたのはブライルの方じゃない。あなたの言い方だと、それに騙《だま》された方が悪いという理屈になるわ」

「そういう話ではないだろ」

「少なくとも、私にはそう聞こえたわ。あなたがそのつもりじゃなくてもね」

腹立たしさは消えないが、鬱憤《うっぷん》を全て口にしたことで幾分怒りは和《やわ》らいだ。ミアは深く息を吐き出すと足下に目を落とした。

「ここに来ている女性の全員がそうだとは言わないけれど、国の事情を抱えて来ている女性だっているのよ。その重さを知りもせずに、女性を軽視するのはやめて」

「軽く見ているつもりはなかったが……そう聞こえたとしたら、お前も悪いぞ」

「どうして私が悪いのよ」

唇を尖らせて男を見上げると、彼もまた不服そうにミアを見下ろしている。

「お前が、王のことを悪く言ったからだ」

「……素晴らしい忠誠心ね」

男の言動は、家臣としては当然かもしれない。確かに感情のまま他国の王を責めるなど、淑女としてあるまじき行為であったし失礼でもあった。ミアは一歩下がり、深々と頭を下げた。

「失礼いたしました。つい頭に血が上《のぼ》ってしまいました。言ったことは私の本心だし取り返しもつかないけれど、少なくともこの国で口にしていいことではなかったと反省しています」

素直に謝ったミアに驚いたのか、男はふーんと何かを考えるように腕組みをした。何か言いたそうに相変わらずジロジロとミアを観察しているが、こちらはもう何も言うことはない。

しょせん、無駄な論争だ。王妃を持つ気のない王に仕える彼と、王妃になるつもりで来ているミアとでは、わかりあえることはない。さらなる疲れを感じながら、ミアは顔を上げ辺りを見渡した。中庭に足を踏み入れてから、一体どれくらいの時間が経っているだろう。

何も言わずに姿を消したミアを、ビアンカが捜し回っているに違いない。

「謁見《えっけん》用のドレスに着替えるための部屋を用意してもらっているんだけど……国王にその気がないのなら、着替えても無駄かもしれないわね。面倒くさくなってきたわ」

国王を陥落させるつもりでこの国にやって来たが、そもそも肝心の相手にその気がないのなら頑張りようがない。それよりも、ジロン伯爵を王家の墓に入れないよう、次の手を考えた方が時間を無駄にしなくていいのかもしれない。そんなミアを、男は面白そうにしげしげと眺めた。

「お前、変わっているな。こんなに威勢がよくて面白い女は初めて見たぞ。本当に王女か？」

「失礼ね。五番目だしこんな身なりだけど、王女は王女よ。あなたの周囲には随分とお行儀のよい女性ばかりがそろっているのねえ」

つい言い返すと、男はミアの周りをぐるりと歩いた。なんだか観察されているみたいだ。

「王族や貴族の令嬢だと、愛想笑いを浮かべてくだらない話しかしないくせに、ギラギラした目つきを向けてくる者しか知らん」

至近距離で顔を覗《のぞ》き込まれ、どきっと胸が跳ねた。つられて、頬がほんのりと熱を持つ。

「あ、あなたこそ……一応私、王女だって名乗ったんだけど。王女とか貴族の令嬢とかには、もっとかしこまった態度で接するものじゃないの？　私はそういうの全然気にしないけれど、誰かに見られたら叱《しか》られてしまうかもしれないわよ」

　スティーリンであれば、王族にこんな口の利き方をしているのがわかったらたちまち不敬罪に問われかねない。それとも、ブライルではそんなことはないのだろうか。

　もっとも、今のミアはとても王女には見えないので、その心配はないのかもしれないが。

「ああ、心配は無用だ。この国で俺に意見できる者は、ごく限られているからな」

「へえ。あなた随分偉い人なのね」

「そうだ。なんせ俺はこの国を治めているからな」

　自信満々な男の態度に、ミアは首を傾《かし》げた。逆に男は、口元にニヤニヤとした笑みを浮かべて楽しそうにミアを見下ろしている。

「えっと……それって、どういう意味？」

「わからないか？」

　男は妖《あや》しげな含み笑いをしたかと思うと、大きな手でミアの頭をガシガシと撫でた。

「ちょっと、何⁉」

「着飾るのは無駄ではないかもしれないぞ。俺は、こうまで悪態をついた女が自分のために美しく装《よそお》うのを見てみたい」

「あ！　あ、あなた……もしかして……っ！」

　サーッと顔から血の気が引き、背中を冷たい汗が伝う。ミアの青ざめた表情を見て、男はニイッと不敵な笑みを浮かべた。

「俺はブライルの王、アイデン・ブライルだ。いけ好かない最低な男のために、精一杯着飾るがいい」

高らかに言い放つと、アイデンは踵《きびす》を返して中庭から去っていった。

「え、ちょっ、もっと早くそれを言いなさいよ……っ！」

最悪過ぎて泣けてくる。ミアは力無くその場にへたり込み、がっくりと項垂《うなだ》れたのだった。


「まったくもう……ミア様は、我慢が足りません！」

案内された客間で、ミアはぎゅうぎゅうと締め付けられるコルセットのキツさに無言で耐えていた。ミアの支度をしてくれているビアンカは、ひどくご立腹だ。

「ここから動かないでくださいって言ったのに、勝手にフラフラと徘徊《はいかい》して……お庭でうずくまるミア様を見つけた時は、本当に心臓が凍る思いでしたよ」

ビアンカが話すごとにギリギリとコルセットが締め上げられる。

いつもなら「もっと緩《ゆる》くして」とか「そこまで締め付ける必要はない」とお願いをするところだが、今回ばかりは何も言えない。

「具合でも悪くなったのかと思いきや……あろうことか、ブライル国王に暴言を吐きまくったなんて。もう、本当にもう！」

「……ごめんなさい、ビアンカ」

反論の余地もない。絶対王妃になる、国王を落としてみせると啖呵《たんか》を切ってブライル国に来たというのに、この失態には目も当てられない。今すぐ尻尾《しっぽ》を丸めてここから逃げ出したかった。

はあ、とため息を吐き項垂《うなだ》れるミアに、ビアンカはキッと鋭い視線を向ける。

「落ち込んでいてはダメですよ。万が一という可能性もあるじゃないですか」

「万が一って何？　もしかして、あの男が私を気に入ったとかそういう……」

「違います。ミア様が会った男が、本当は国王陛下じゃなかったって方《ほう》です。からかっていたとか、面白がって王を名乗った可能性もありますでしょ」

ああ、そっちね、と呟くとさらにコルセットが締まった。

「もし駄目だったら、ミア様はあのエロジジイ伯爵に嫁がないといけないんですよ？　私はミア様に一生お仕えするとお約束した身。もちろん伯爵のお屋敷にもついて行くつもりでおりますが、あのジジイ……もとい、伯爵とミア様が——と思うと胃がキリキリしてまいります」

「その前に、私の胃がつぶれちゃうわよ！　お願いだから、もうちょっと緩《ゆる》く……」

息も絶え絶えにお願いするとほんの少しだけコルセットは緩《ゆる》んだが、それでも普段の倍は苦しい。

「言い過ぎたとは思ってるわよ。でも、許せなかったんだもの。王妃候補を集めておきながら、肝心の王が結婚する気はないと言うのよ？　失礼すぎるわ」

「だからって、それをそのまま口にしたミア様にも落ち度はあります！」

ミアががけっぷちの状況なのを一番理解しているのはビアンカだ。だからこそ、ミアも胸が痛い。たった一人、付き人としてこんな遠い異国までついてきてくれたのに、ミアのせいで、全て無駄にしてしまうかもしれないのだ。

「まあ……できるだけのことはする。先のことはそれから考えましょう」

落ち込んではいられない。明るく言って顔を上げると、ビアンカもミアに微笑みかけてくれた。

「ミア様……そうですね。私は腕によりをかけて、さっき広間にいた女性たちの誰よりもミア様を可愛くしてさしあげます！」

こうして傍にいてくれるビアンカが頼もしかった。

（しっかりしなきゃ！　そうじゃなきゃ……あの男が言ってたように、こんな遠くまでつき合ってくれたビアンカに申し訳ないわ）

念入りに支度を整えた後、呼びに来た案内役の使用人に先導されながらミアは再びさきほど足を踏み入れた大広間に戻った。

ミアとビアンカが姿を現した途端、にこやかに談笑していた令嬢たちがぴたりと口をつぐんだ。

「ちょっと、あれってさきほどの……」

「嘘、王妃候補だったわけ？」

ひそひそと囁《ささや》く言葉が耳に入ってくる。呆気にとられたようにこちらを見ている令嬢もいれば、睨《にら》みつけてくる令嬢もいる。そんな令嬢たちに辟易《へきえき》していると、案内役の使用人が小声で囁《ささや》いた。

「すぐに王よりお呼びがかかると思いますので……申し訳ありませんが、少しだけここでお待ちいただけますか？」

「え？　すぐに？」

これだけたくさんの人が待っているのにどうしてだろうと不思議に思い問いかけると、使用人はさらに声をひそめて続けた。

「陛下から直接のお達しです。ミア様のお仕度が整い次第、謁見《えっけん》の間にお呼びするようにと」

「でも……ここにいる方たちも、陛下への謁見《えっけん》をお待ちなんですよね？」

「まあ、それはそうなんですが」

「だったら、順番は守らなくてはいけないわ。私は大丈夫ですから、どうぞ順番通りにご案内くださいませ」

そう言ったミアの横で、ビアンカがやれやれと肩をすくめている。使用人も驚いた表情で、さらにミアに小声で言った。

「順番通りとなると、何時になるかわかりませんよ？　日が暮れてからになってしまうかも」

「かまいませんわ。私は急いでおりませんし」

「……わかりました。ではそのように陛下にお伝えいたします」

使用人が下がるのを見届けてから、ミアは深く息を吐いた。

この流れから言って、やはりさきほど会った男が王なのだろう。半ば絶望的な気持ちになりながら、面会が最後ならせめて一泊くらいは引き延ばせる……などと考える。

「ミア様、付き人はここにいられないので、さきほどの客室に戻りますけど……どうぞあまり悪い方に考えずに、気をしっかり持ってくださいね！」

ビアンカはミアの手をぎゅっと握って励《はげ》ましてから、広間を出て行った。

ここまできたら腹を括《くく》るしかない。ミアは背筋を伸ばして、広間の中心に歩いていった。

ミアの意見が王に聞き入れられたのか、しばらくすると一人また一人と衛兵に呼ばれ広間から令嬢たちが姿を消していった。テーブルの端に座ったミアはそれを横目に、自《みずか》らお茶を淹《い》れ食べ物を片っ端から平らげていく。

(さすがにもう王妃になるなんて無理っぽいわよね。嫁いでいったお姉様たちに迷惑はかけたくないのだけど……スティーリンの現状を相談して協力してもらうしか策はないのかしら?)

そもそも、王を陥落させると兄に啖呵《たんか》は切ったものの、具体的な方法や手段までは考えていなかった。それでこんな大国の王妃になるなどと、よく言えたものだと我ながら笑ってしまう。

せめてもの記念に用意された料理や菓子を全種類食べて帰ろうと思ったのだが、限界近くまで締め上げられたコルセットのせいでいつもの半分も食べられない。どうせ着飾ったところで笑われるだけなのだ。それなら、コルセットをもっと緩《ゆる》くしてもらえばよかったと今さらながらに思う。

周りでおしとやかに謁見《えっけん》の順番を待つ令嬢たちは、そんなミアの様子をチラチラと窺《うかが》っている。

「あの方、スティーリンから来たと言っていたわよね。それじゃあ王女ってことかしら」

「まさか。さきほどの姿をご覧になったでしょう? 使用人かと思うようなみすぼらしい格好をして……あんな人が王女だなんて、そんな国があるわけないわ」

「そうよ。今だってほら、あんなにたくさんの食べ物や飲み物を動物のようにガツガツと……品位のかけらもありませんわ」

悪意に満ちた会話が聞こえてくるたびに、「順番通りに謁見《えっけん》を」と言った自分の言葉を撤回したくなる。だが、黙ってそれに耐えた。というより、心底どうでもよかった。

いくら食べ物やお茶が豊富に用意されているからといって、長時間供もつけずに放置されたのでは不満も溜まるだろう。悪口の一つでも言いたくなるのかもしれない。

(かといって、私を罵《のの》ったことで気が晴れるとも思えないけど)

「ケーキが無くなってしまいましたが代わりをお持ちしますか?」

突然爽《さわ》やかな声で話しかけられ、ミアは飛び上がらんばかりに驚いた。振り返ると、黒い上下の使用人服に身を包んだ優しそうな男性がミアに微笑みかけている。

「ええと、あなたは?」

「私はこの城の使用人ですよ」

最初にこの広間に来た時には、この男性はいなかった気がする。いつの間に傍に来たのだろう。

驚くと同時に、黙々と食べていた姿を見られていたのが恥ずかしくなった。他の令嬢たちは自分たちで動かないため、テーブルの上の食べ物にはほとんど手をつけていない。目の前のケーキを全て平らげたのは、ミア一人だ。

「ご、ごめんなさい。あまりに美味《おい》しかったもので、つい全部食べてしまって……」

「お味はどうでしたか?」

「とっても美味《おい》しかったわ! こんなに美味《おい》しくて綺麗なケーキを食べたのは初めてよ」

「それはそれは。ケーキを作ったシェフも喜ぶでしょう。どうぞご遠慮なさらず、お代わりをお持ちしますよ」

「いえ、お気持ちだけで大丈夫です。今日はいつもよりキツくコルセットを巻いているので、お腹が限界なの。とても残念なのだけれど」

人懐《ひとなつ》っこそうな彼の表情につられ、ミアも笑顔でそう答える。

「お茶もご自分でお淹《い》れになるのですね」

「ええ。私の国では客人を自《みずか》ら淹《い》れたお茶でもてなす伝統があるので、お茶を淹《い》れるのは得意なの。このお茶が特に美味《おい》しかったのだけど……どこの茶葉か教えていただけます？」

「ありがとうございます。そちらはブライル特産のお茶でございます。生産量が少ないので国外にはほとんど流通していないのですが、味はイリーネ産をしのぐとも言われているんですよ」

「まあ、そうなの。……国に帰る時に、お土産《みやげ》に買っていくことができるかしら」

思わずそう呟くと、使用人はミアにしか聞こえない音量でそっと囁《ささや》いた。

「大丈夫ですよ。きっとこれからも飲むことができますから」

「え？」

きょとんとすると、男性は深々と頭を下げた。

「それでは、何か困ったことがあればお申し付けください」

「あ、ありがとう」

会釈《えしゃく》をして男性は静かにミアのもとから立ち去った。なんだか気になってその男性の様子を観察していると、どうやら集められた令嬢のひとりひとりに声をかけているようだ。もっとも、長く待たされイライラしている人が多いせいか、中には男性に当たり散らす女性もいるようだが。

（それにしても……お腹がいっぱいになると、眠くなるわね……）

さすがにこの格好で大っぴらに欠伸《あくび》をするのははばかられ、ミアは今後の身の振り方について考えることで眠気を紛《まぎ》らわせていた。しかし、どんなに考えてもいい考えは浮かばない。

いっそのことジロン伯爵に性欲減退の薬でも盛ってみたらどうだろう、はたまたミアの顔も見たくないと思わせるほどひどい王女を演じてみるとか……そんなくだらない考えを巡《めぐ》らせ始めたところで、ミアは自分の周りに誰もいなくなっていることに気づいた。

いつの間にか、全ての令嬢たちの謁見《えっけん》が終了していたらしい。日もとっくに暮れていて、あちこちに蝋燭《ろうそく》の火が灯《とも》っている。

令嬢たちは一人も戻ってきていない。もしかして、謁見《えっけん》を終えたらすぐに立ち去らなくてはいけないのだろうか。やっぱり費用をケチッたりせず、城下に宿を取っておくべきだったかと不安になってくる。

（でも、遅くなったのはブライル国のせいなんだもの。せめて一晩くらいは泊めてもらわないと）

そう交渉しようと思っていると、ミアとビアンカを広間に案内してくれた使用人が顔を出した。

「大変お待たせしてしまい申し訳ありません。ミア・スティーリン様。陛下への謁見《えっけん》の準備が整いましたので、どうぞこちらへ」

幾人もの女性を案内してきたのか、彼の顔はげっそりと疲れ切っていた。彼の後に続きながら、つい申し訳なくなって声をかける。

「あの……ごめんなさいね」

「え？　何がです？」

案内する男は、不思議そうにミアを振り返った。

「私が余計なことを言ったばかりに、あなたの仕事を増やしてしまったのではないかと思って」

本来であれば、ミア一人を案内したら彼の仕事は終わったのかもしれない。それなのにミアが余計なことを言い出したばかりに、ここにいる女性たち全員を案内しなければならなくなったのだ。

「いえいえ、とんでもない！　むしろミア様には感謝しているくらいで」

「そうなの？」

「はい。お客様を陛下のもとへご案内するのが私の仕事の一つなのですが……陛下がまったくその気になってくださらないので、困っていたのです。ミア様のおかげで、謁見《えっけん》を待つ方々を全員ご案内できたのですから、本当に感謝しているんですよ」

「そう、それならよかったわ」

ホッとしつつ、ふと気になって話しかける。

「それで……どなたか陛下の心を掴《つか》んだ方はいらっしゃったの？」

「それはちょっと、自分にはお答えしかねます」

案内役の使用人は申し訳なさそうに苦笑した。王は妻を娶《めと》る意思はないという言葉を思い出し、ミアは再び気持ちが落ち込む。美しく着飾ったところで、はたしてミアに勝機などあるのだろうか。これは本当に覚悟を決めなければならないかもしれない。

「やっぱり今から宿屋を手配した方がいいかしら……」

ミアが思わず漏らした言葉が聞こえたらしい。案内人が目を丸くした。

「……その心配はまったくないと思いますが。ミア様は面白い方ですね」

案内人は微笑みながらそう言うと、重厚なバーガンディー色の扉の前で立ち止まった。

「こちらが謁見《えっけん》の間になります」

そして案内人は、コンコンと絶妙な加減で扉をノックした。

「陛下、ミア・スティーリン様をお連れいたしました」

入れ、と低い声がしたと同時に扉が静かに開き、ミアは促《うなが》されるままゆっくりと赤い絨毯《じゅうたん》の上に足を踏み出した。

「ようやくか。遅い。待ちかねたぞ」

ミアの背中で静かに扉が閉まった。謁見《えっけん》の間の一番奥、数段上がったところに立派な革張りの玉座が置かれている。不機嫌極まりない態度で肘掛けに頬杖をついている男の顔を見て、ミアは自分の敗北を悟った。

漆黒の髪にヘーゼルの瞳。上質そうな漆黒の生地《きじ》に金の糸の飾りが縫い込まれた上着を羽織り、ニヤリと不敵な笑みを浮かべる男。

（ああ、やっぱり）

そこにいたのは、紛《まぎ》れもなく中庭で会った男だった。そういえば国王は二十代後半の若い王だと聞いていたのを、今さらながらに思い出す。

倒れ込みたいのを堪《こら》え、ミアはドレスを摘《つ》まみ優雅に挨拶《あいさつ》をし彼の前に跪《ひざまず》いた。

「ほう。随分化けたな。見違えたぞ」

「陛下！　女性に対してその言い方は……」

慌てた様子で傍に控える家臣が口を開く。

「なんだ？　美しくなったと褒《ほ》めているんだぞ」

口の悪さはとっくに把握済みなので、驚きはしない。

「……国王陛下におかれましてはご機嫌うるわしゅう……」

淡々と挨拶《あいさつ》を始めると、アイデンは面倒くさそうに顔の前でひらひらと手を横に振った。

「かしこまった挨拶《あいさつ》はよい。もう聞き飽《あ》きた」

ミアのこめかみがびしりと引き攣《つ》ったが、ひとまずじっと俯《うつむ》き黙り込む。そのまま様子を窺《うかが》っていると、アイデンが玉座から立ち上がる気配がした。

まさか挨拶《あいさつ》も許されずに帰されるのだろうか。本当に着飾った姿を見てばかにしたかっただけなら、さすがに頭にくる。

ミアはその場にすっくと立ち上がり、歩き出したアイデンを正面から見据えた。王の前で許可なく身を起こすなど不敬極まりないが、こうなったら破れかぶれだ。

「せめて名前くらいは名乗らせてくれたっていいんじゃないの」

ざわっと周囲にいた家臣たちがどよめく。なんと失礼な、という声も聞こえたが、こっちは必死なのだ。構ってなどいられない。

周囲が青くなるのとは裏腹に、アイデンは気怠《けだる》そうな顔でミアの傍まで歩いてくると、うんざりしたような深いため息を吐いた。

「お前のせいで、今日一日で一体何人と謁見《えっけん》したと思ってるんだ」

「それは私のせいじゃないと思うのだけれど」

「お前が、順番通りでないと会わないと言ったのだろう」

「別に一日で済ませろなんて言ってないわ。あんなにたくさんの王妃候補がいたのだし、きっと選考にも時間がかかって、今日中に呼ばれるとは思っていなかったもの」

「へえ。大急ぎで支度を整えたくせにか」

「こ、これは、礼儀でしょ礼儀！」

勢いよくぽんぽんと会話を交わす二人を、家臣たちが呆気に取られて見守っている。それに先に気づいたアイデンが、ごほんとわざとらしく大きな咳をした。

「お前の要望を聞いて、さっさと終わらせてやったんだ。感謝しろ。スティーリン国第五王女、ミア・スティーリンに城への滞在を許可する。お前の話は後で聞いてやる。俺は腹が減った」

滞在、の言葉をアイデンが口にした途端、謁見《えっけん》の間にどよめきが広がった。

「き、聞いたか？」

「ああ、滞在を許可すると確かに仰《おっしゃ》った」

動揺し顔を見合わせる周囲に構わず、アイデンはさっさと謁見《えっけん》の間から出て行ってしまった。残されたミアは、あまりのことに呆然と立ちつくす。

(ちょっと待って……これで、私の謁見《えっけん》は終わったの？　でも、滞在していいって言ってたわよね。

今日は疲れてるから、後日また時間をもうけるってこと？）

訳がわからない。「腹が減った」って、そんな理由でこっちの人生がかかった謁見《えっけん》をさっさと終了させられてしまうなんて。

（なんなのあの男！）

フツフツと沸き起こる怒りに拳《こぶし》を握りしめていると、一人の男性が近づいてきて腰を屈《かが》めた。

「ご案内いたします。スティーリン国王女、ミア様」

優しげな声につられて振り返ると、さきほど待機用の広間で話しかけてきた男性だった。

「あなたは、さっきの……？」

「申し遅れました。私、陛下の側近でユーゴーと申します。以後お見知りおきを」

「側近？　あの、ブライルでは国王の側近が給仕をしたりするのですか？」

「ふふ、今回は特別です。我が国の王妃となられる方を、傍でじっくり観察……じゃなくて、見守りたかったので」

どうにも怪しい。眉をひそめるミアに構わず、ユーゴーは背中にさらりと手を添えてきた。

「さあ、ご案内します。参りましょう」

「案内しますって、どこへ？」

「これからミア様が滞在されるお部屋です。よろしければ、陛下と一緒に夕食を召し上がられますか。それとも、お疲れのようでしたら、先に湯浴みの準備を整えますけれど」

夕食を一緒にと言われ、さきほどの女性たちが一堂に集《つど》う夕食会を想像してしまった。ミアの微妙な表情に気づいたユーゴーが、目を細め笑いながら首を振る。

「夕食の席に、他のご令嬢方はいらっしゃいません。お集まりいただいた皆様には近日中にお引き取りいただくことになっています」

「それは、どういう意味？」

「さっき、陛下が『この城への滞在を許可する』とミア様に仰《おっしゃ》ったのをお聞きになったでしょう。私どもは、あなたを正式な王妃候補として我が国にお迎えいたします」

ぽかんと口を開け、ミアはユーゴーの顔を凝視した。彼はニコニコと微笑みながらミアを見下ろしている。だが、目が笑っていないので、どうやら本気のようだ。

「あの……実は私、ここに来る前に偶然陛下にお会いして……その、かなり失礼なことをたくさん言ってしまったの。だからきっと、滞在許可も、何かの間違いではないかと……」

「なるほど、それは大変結構ですね。夫婦間の会話はとても重要なものだと私も考えております。陛下もきっとそうお思いでしょう」

ミアの話を聞いているのかいないのか、ユーゴーは穏やかに微笑むばかりだ。途方に暮れていると、頭の中で何かがひらめいた。

（……逆に好都合なんじゃない？　だって、その間はこの国に滞在できるってことだもの）

スティーリンに帰ってもジロン伯爵との結婚が待っているだけだ。だったら、間違いでもなんでも、このままブライルに滞在していた方が今後に可能性が出てくる。

（このチャンスを逃すわけにはいかない！）

ミアは急いで背筋を伸ばし、鷹揚《おうよう》に微笑みかけた。

「わかりましたわ。ですが、夕食はいりません。さきほど広間で軽食をいただきましたし。連れてきた侍女がおりますので、一緒に部屋へ案内していただけますか？」

「かしこまりました。お安い御用です」

ユーゴーはそう答えると、侍女を呼びつけ部屋への案内を命じた。同時に部下たちにもテキパキと指示を出す姿は、さきほどまでのおっとりとした様子とはかけ離れている。

「それでは後ほどまた、今後についてお話をさせていただければと思います。今日はゆっくりお休みくださいませ」

ミアに向き直り微笑みかける彼になんだか底知れぬ不安を覚えつつも、ミアはこれからの行動を考えるべく謁見《えっけん》の間を後にした。


「やったじゃないですかミア様！」

案内された部屋には既にビアンカがいた。案内の侍女が下がると同時に、嬉しそうな声を上げミアに飛びついてくる。

「万が一の可能性が当たったんですね！　国王陛下は、ミア様が暴言を吐いた方ではなかったのでしょう？」

「……逆よ。本人だったわ」

ふかふかの長椅子に腰掛けてそう告白すると、ビアンカは目を見開きすぐさまミアの傍に跪《ひざまず》いた。

「本人だったのに、ミア様にお城への滞在を許されたってことですか⁉　どうして……」

「こっちが聞きたいくらいよ。なんだか腑《ふ》に落ちないことばかりで……」

置かれていたクッションにもたれながら、ミアはぐるりと部屋を見渡してみる。床にはブライル特産の複雑な文様が織り込まれた絨毯《じゅうたん》が敷き詰められ、天井にはキラキラと輝くシャンデリアがぶら下がっている。壁にはピンクを基調とした可愛らしい小花が無数に描かれていて、机やドレッサーなどの家具は、細かい彫刻がほどこされた寄木細工《よせぎざいく》の手の込んだものだ。

ミアが腰掛けているこの長椅子だって、手すりは金色に輝き座面は上質なビロードだ。ふかふかのクッションの中身は、おそらく高級な羽毛だろう。

どうやらここは、身分の高い女性向けにしつらえられた部屋のようだ。さきほど着替えのために用意してもらった部屋とは、まるで違う。

「でも、まあよかったんじゃないですか？　私はミア様が王妃候補として選ばれたと説明を受けましたよ。しばらくご滞在いただくことになったので、部屋を移ってほしいと……」

「どうかしらね。さっきの面会でも、結構言いたいことを言っちゃったし……」

そこで、ミアはハッと口を押さえた。ビアンカが思い切り眉間に皺《しわ》を寄せてこちらを睨《にら》んでいる。

「ミア様！　あれほど我慢が足りないとお諫《いさ》めしたばかりでしたのに、またですか？」

「し、仕方ないじゃない！　だって自己紹介もすんでないのに、出て行こうとしたのよ。そりゃあ話を聞けって言いたくもなるでしょう？」

「なったとしても、言ってはなりません！　本当にミア様はもう……」

ブツブツ言いながらも用意されていた道具を使ってお茶の準備を始めたビアンカに、ミアは背後から言い募《つの》る。

「ビアンカはあの男を知らないからそんなことが言えるのよ！」

「肖像画でしたら、広間の入り口に飾られていたのを拝見しましたよ。大層美しくて凛々《りり》しい殿方じゃないですか」

「実物は見てないでしょ。それに問題は顔じゃなくて、性格よ性格！　顔がいいのは認めるけれど、威圧的で偉そうだし……なんていうか俺様なのよ。大国の王様だからって……」

「悪かったな」

突如として低い声が部屋に響き、ミアとビアンカは飛び上がった。恐る恐る入り口に目をやると、苦々しい表情で開いた扉に手をつくアイデンの姿がある。

「あ、あ、あ、あなた……ノックもなしに女性の部屋に入ろうとするなんて、どういうつもり!?」

「部屋の中に入らなくたって、その音量じゃあ廊下まで会話は筒抜けだぞ。威圧的で偉そうに加え、俺様だったか？」

真っ赤になって口をぱくぱくさせるミアの後ろで、ビアンカが額《ひたい》に手を当てて天を仰ぐ。

アイデンはずかずかと部屋の中に入ってきたかと思うと、意地悪そうな顔でミアを見下ろした。

「そのいけ好かない『俺様』に嫁ぐつもりでこの国に来たのはお前だろう？　この国では俺がルールだぞ。もう少し考えてものを話したらどうだ」

「えっらそうに！　俺がルール？　なんて独裁的な思考かしら。そんな王に仕えなきゃいけない家臣が気の毒ね」

売り言葉に買い言葉でそう返すと、近くからプッと噴き出す声が聞こえた。誰かと思えば、開け放った扉の横に、手で口を押さえ笑いを堪《こら》えているユーゴーの姿がある。

「……いい気になるなよ。家臣たちが王妃を迎えろとあまりにうるさいから、とりあえずお前を置いてみることにしただけだ。お前が一番色気がなくて、面倒がなさそうだったからな」

「あれ、陛下。面白そうな女がいるって我々に伝えてきたのはあなたですよ？　今だって、ミア様の様子が気になって訪ねて来たくせに、素直じゃないですねえ」

ユーゴーの楽しそうな声が聞こえてきた。しかし、アイデンにじろりと睨《にら》みつけられ彼はさっと扉の陰に隠れてしまう。

「……アイツの言ってることは、信じるなよ」

「あなたの顔を見てればわかるわよ。不本意極まりないって顔してるもの」

思いきり顔をしかめて見せると、アイデンも負けじと眉間に皺《しわ》を寄せた。

「可愛くない女だな」

「その可愛くない女にわざわざ会いに来たのは誰かしら？」

ムッとして言い返したら、意外にもアイデンは一瞬言葉に詰まって顔を横に逸《そ》らした。おや、と思って首を傾《かし》げると、すぐさまアイデンは冷たい表情でミアに向き直る。

「王妃候補としてこの城に来たのを、忘れたわけじゃないだろうな。未来の夫になるかもしれない男の悪口を堂々と言うとはいい度胸だ。俺がこれから教育し直してやる」

そうしてふんと鼻を鳴らしたかと思うと、アイデンは踵《きびす》を返して部屋から出ていってしまった。

そのすぐ後にユーゴーが顔を出し、ミアとビアンカに笑いかける。

「ああ言ってますけど、あなたのことは結構気に入っていると思いますよ。ご安心くださいね」

「ユーゴー！」

アイデンの鋭い声が飛び、ユーゴーは肩をすくめながらウィンクをしてみせた。完全に二人の姿が見えなくなってから、ビアンカが急いで扉をぴっちりと閉める。

「……なんといいますか、ラウレンス様とはまた違ったタイプの方ですね」

「まあ、お兄様よりは、話を聞いてくれそうだし家臣のことも大事に思ってそうだけど……って、そういうことじゃなくて！」

長椅子にドサリと座り込んだミアに、ビアンカがお茶を淹《い》れ運んでくる。

「でもスティーリンに帰れば、あの悪名高いジロン伯爵と結婚することになるんですよ？」

「それは、わかってるわよ……」

確かにアイデンの言動は高圧的だが、他者の意見に耳を傾ける心の広さはあるようだ。ミアが「順番通りの面会を」と希望した際、その通りにしてくれたのがいい例だ。

俺がルールだと言うのなら、あそこでミアの申し出を無視して無理矢理呼び立てることだってできたのに、アイデンはそれをしなかった。

（話せばわかる人なのかもしれない）

自分がこの国に来たのは、国王を陥落させ王妃の座を勝ち取るためだ。そのためには、アイデンといがみ合っている場合ではない。もっと彼を理解して、好かれる努力をしなければならないのだ。滞在を許可されたからには、なんとしても彼に近づき王妃に選んでもらわなければいけない。

(でも……具体的に何をしたらいいのかしら。出会いからして最悪なんだから、まずそれを払拭《ふっしょく》しないことには、好かれる可能性なんて皆無な気がするけど)

頭が痛くなってきた。思わずこめかみを押さえたミアに、ビアンカが心配そうに声をかけてくる。

「ミア様、お疲れなんじゃないですか？　今日はとてもめまぐるしい一日でしたし」

「大丈夫よ、ビアンカ」

ミアはビアンカが淹《い》れてくれたお茶のカップを、両手で持ち一口味わった。

「たとえどんな理由であろうとも、滞在を許可されたことに違いはないわ。だったら私は、何がなんでも、あの男を落としてみせる」

「その意気ですよ、ミア様！」

「絶対に、ぎゃふんと言わせてやるわ！」

「……それはなんか違います」

やや不安そうに見守るビアンカを余所《よそ》に、ミアは決意も新たにカップのお茶を飲み干した。

広間で散々飲み食いをしたミアは夕食を断った。だが、「ブライルの郷土料理を用意しておりますので、お付きの方だけでも」と言われ、ビアンカは嬉々《きき》として食事に行ってしまった。

一人部屋に残されたミアが今後について考えを巡《めぐ》らせていると、コンコンと部屋の扉をノックする音が聞こえてきた。

「どうぞ」

ビアンカにしては戻るのが早すぎる。誰かと思っていると、扉が開きブライルの侍女たちが顔を覗《のぞ》かせた。

「失礼いたします。ミア様、湯浴みの準備が整いました」

「湯浴み……」

できればビアンカに付き添ってほしかったが、食事中の彼女を呼び戻すのは気の毒だ。

「わかりました。あなた方にお手伝いしていただけるのかしら？」

「もちろんでございます。すぐに御案内いたしますね」

侍女たちは嬉しそうにそう答え、手持ちの着替えを持っていこうとしたミアをやんわりと制した。

「お着替えはこちらでご用意しております」

「え、着替えも？」

「はい。ですから、ミア様は何もご準備なさらなくて大丈夫ですよ」

「そう……わかったわ」

湯浴み後に着ようと思っていたのは簡易なナイトドレスだったので、それならどの国でもさほど変わらないだろう。

「さあミア様、まいりましょう」

ミアは促《うなが》されるまま、侍女たちの後に続いた。

長い廊下をしばらく歩かされ、たどり着いた湯殿は、圧倒されるほどの広さだった。

「すごいわ……これ、一体いくつの浴槽に湯が張ってあるの？」

水の貴重なスティーリンとは違い、ブライルは水資源も豊富と聞く。しかしこれだけの湯を引いて沸かすとなると、人手も燃料も相当かかるはずだ。呆気に取られていると、侍女たちはするするとミアのドレスを脱がし始めた。

「さ、ミア様こちらへどうぞ」

手を引かれ、果物がぷかぷかと浮かぶお湯に案内された。ほどよい温度のお湯につかり思わず感嘆の声が漏れる。しかしそれも束の間で、今度は真っ白く濁《にご》った湯や妙な匂いがするお湯などを転々とさせられる。そして湯から上がったと思うと、今度は四人がかりで身体や髪を丹念に洗われた。

ブライルのやり方に倣《なら》おうと口を出さずにいたが、世話をする侍女は基本一人というスティーリンとは大違いだ。少しは自分でもと思うが、まったく手を出す隙がない。

「ミア様の肌は、もちもちとしていてとっても美しいですわね」

「つるんとしていて、まるで陶器のよう。きっとこのお肌の触り心地に、陛下もメロメロになるに違いありませんわ」

たっぷりの泡で肌を磨《みが》かれる間もしきりに褒《ほ》められ、背筋がむず痒《がゆ》くなってくる。ミアは特別肌が白いわけではないが、その分丈夫で吸い付くような手触りをしているとビアンカがよく褒《ほ》めてくれていた。しかしそれを、あの男が喜ぶかどうかは、甚《はなは》だ疑問だ。

（……あの男が、私に触れるなんてことがあるのかしら？）

そう考えて一瞬頬が熱くなったが、すぐさまその考えを頭から追い払った。あれだけ言い争いを繰り返してしまったのだから、それはさすがにない。アイデンだって「とりあえず家臣がうるさいから」ミアを滞在させたと言っていたではないか。そんな関係、ありえない。

侍女たちはてきぱきと仕事をこなし、気づけば全身をくまなく洗われミアは花びらが浮くお湯へと沈められていた。むせかえるほどの甘い香りが、身体中に染《し》み込んでいくようだ。

「ブライルでは、いつもこんな豪華なお湯を使っているの？」

「いいえ。普段は、ここことは別のもっと小さな湯殿を使用しております」

じゃあ今日はなぜ？　と問いかけるより前に、侍女たちは意味ありげに顔を見合わせる。

「だって、今日は特別な日ですもの」

そう言ったきり口を閉ざした彼女たちにモヤモヤしつつも、ミアは湯浴みを終えた。

冷たい果実水で喉を潤《うるお》している間に、真っ白で絹のような手触りの服を着せられる。見慣れぬ形の服だが、これがブライルの夜着なのだろうと黙ってそれを身につけた。そして姿見で自分の姿を確認する間もなく、湯殿を出て廊下を歩かされる。てっきりもとの部屋に帰るのだと思い込んでいたミアは、案内役の侍女が立ち止まった部屋の前で怪訝《けげん》な顔をした。

「……ここ、さっきの部屋じゃないわよね？」

「はい。こちらは国王陛下の私室でございます」

「な……っ、なぜ⁉」

一体どういうことか。目を白黒させているミアを見て、侍女が不思議そうに首を傾《かし》げる。

「ユーゴー様より、ミア様に夜のお仕度を整えて陛下のお部屋へお連れするように仰《おお》せつかっております。ご存じなかったのですか？」

「ご存じないないない！」

激しく首を横に振り後ずさるが、すぐ後ろにも侍女が控えていて背中を押される。

「ささ、ミア様どうぞ中へお入りくださいませ」

「大丈夫ですよ。殿方は初めての女性には優しくしてくださるものです」

「そうですわ。陛下ならきっと、充分に優しくいたわってくださいます」

じりじりと迫る侍女たちが怖い。微笑みながらも、ミアを逃すまいと四方を囲んでくる。

「いやちょっと待って！　私はそういうつもりじゃなかったって、ねえ！」

必死の抵抗もむなしく、ミアは僅《わず》かに開いた重厚な扉から部屋の中へ押し込まれてしまった。

バタン、と閉まった扉の前で固まっていると、後ろから足音が聞こえてくる。

「一体なんの騒ぎだ……って、お前何しに来た？」

不機嫌さを露《あら》わにした声に、ぎこちない動きで振り返る。案の定、そこにはムッとした顔のアイデンが立ちはだかっていた。

「ちっ、違うの！　湯浴みに連れて行ってもらった後、気づいたらこの部屋に……っ」

必死に弁解しようとして、ミアはすぐ横の壁に置かれている姿見に映る自分の姿が目に入った。

裾に純白のレースが縫い付けられた夜着は思った以上に生地《きじ》が薄く、湯上がりの肌がうっすらと透《す》けている。胸元もかなり広く開いていて、こんな姿を晒《さら》して歩いてきたのかと思うと、あまりの恥ずかしさにたまらなくなった。ミアは両腕で身体を抱きしめその場にしゃがみ込む。

「や、やだっ！」

「お前な……勝手に人の部屋に入り込んできた挙句、その態度はなんだ」

呆れたように言われ、涙が出そうになる。侍女が連れてきたと言っても、彼に信じてもらえるかどうかなんてわからない。こんな格好では、夜這《よば》いをかけに来たと誤解されても仕方のない状況だ。

(どうしよう……こんな下着みたいな格好で、どうしたらいいの!?)

パニックを起こしそうになった時、アイデンは突然踵《きびす》を返すと部屋の奥に引っ込んでいった。すぐに戻ってくると、ばさりと乱暴にミアの上へ何かをかける。おずおずと顔を上げると、ミアの肩には男性ものの上着がかけられていた。

「どうせユーゴーの差し金だろう。ちゃんとわかってるから……そんなに落ち込むな」

素っ気なく言われたが、声の調子が幾分優しくなっている。

「早く着ろ。湯冷めしてしまうぞ」

もそもそと上着を着込むと、安堵して気持ちが落ち着いてきた。立ち上がってアイデンを見上げると、むすっとした顔のまま目を逸《そ》らされる。

「あの……ありがとう」

「礼を言われる覚えはない。俺の家臣が、お前を騙《だま》してここへ連れてきたんだからな。ユーゴーや侍女たちには、俺からキツく言っておく」

「い、いいの！　皆を叱《しか》る必要なんてないわ。気づかないでノコノコついてきた私も悪いから」

ミアは慌ててアイデンに駆け寄る。騙《だま》されたといえばそうかもしれないが、彼女たちからは何の悪意も感じなかった。むしろ、ミアに対してとても好意的だった。そんな彼女たちが、自分のせいで怒られるのは嫌だ。

「お前がいいのなら、そうするが……」

アイデンは戸惑った様子でそう言うと、扉を開けて廊下を確認した。ミアもつられて廊下に顔を出すが、しんと静まり返っていて人の気配はまったくない。

「部屋に帰そうにも、どうやら人払いがされているようだな。……すぐに追い出してはお前の立場がなくなるだろうし、……少し話でもするか」

アイデンはごく自然に、ミアに手を差し伸べた。そんな風に優しくされると、ミアもしゅんと勢いがしぼむ。躊躇《ためら》いつつも、差し出された手にそっと自分の手をのせた。

「それじゃあ……」

触れた手がほんのり温かいことに妙な緊張を覚えながら、ミアは手を引かれるままアイデンの私室の奥へ進んでいった。

通されたのは書斎のような場所だった。促《うなが》されて、濃緑のビロード生地《きじ》の長椅子に腰掛ける。

「あいにく酒か水しかないが、酒でいいか？」

「ええ。少しなら大丈夫」

お酒は弱くはないし、眠れない夜に寝酒を嗜《たしな》むこともある。アイデンは棚から金属製のグラスを一つ取り出した。

「今日に限って、普段飲まない果実酒が置かれていたから妙だと思っていた。ユーゴーがお前を寄越すつもりで用意していたのだな」

美しい彫刻の入ったグラスに注《つ》がれたのは、淡いピンク色の液体だ。顔を近づけると、花のようないい香りがする。

「いい香り……これ、お酒なの？」

「ああ。秋に取れる赤い果実を、ごく薄い酒に漬け込んだものだ。ブライルでは女性が好んで飲む酒で、それほど強くないから寝酒にもちょうどいい」

香りに誘われ一口含んでみると、ほのかな甘さが口に広がる。

「甘いのに爽《さわ》やかで、とっても美味《おい》しい」

「それはよかったな」

アイデンはふっと口元を緩《ゆる》め、自分もグラスを持って向かい側の椅子に腰を下ろした。

「……あの、陛下」

「陛下はやめろ。お前に言われると、なんだか気持ち悪い」

露骨に眉間に皺《しわ》を寄せられ、ミアはムッとする。

「それじゃあ、あなただって『お前』と呼ぶのをやめてくれるかしら？　ちゃんと名前があるのに、お前お前って連呼されるのは気分が悪いわ」

「じゃあ、ミア」

グラスに口をつけたままぶっきらぼうに呼ばれて、なぜか胸がどきんと跳ねた。彼が素直にミアの名を呼ぶとは思わなかったせいもあるが、それだけでは説明のつかない動悸が押し寄せてくる。

思わず頬を赤らめ黙り込んだミアに、アイデンはくくっと喉の奥で笑った。

「なんだ、名前があると言っておきながらその反応は」

「よ、呼んでとは言ってないわ……」

自分でも、どうしてこんな反応をしてしまうのかわからない。スティーリンでは若い男性と接する機会がほとんどなかったから、そもそも異性に対する耐性がまるでないのだ。

「ほら」

なんだか顔が熱くてペタペタと頬に触れていると、アイデンが促《うなが》した。

「ほら、って何？」

「ミアも名前で呼んでみろ。この俺が、名前で呼んでもいいと言ってやっているんだぞ」

俺様、と小さく呟いてみたが無視される。ミアは眉を寄せてしばらく夜着の袖についたレースを弄《いじ》っていたが、意を決して上目遣いにアイデンを見つめた。

「ア、アイデン………様？」

「おい、その最後の疑問符はなんだ」

「じゃあ、アイデン！」

「呼び捨てか。無礼だな」

口ではそう言いつつも、彼の顔はなんだか楽しそうに見えた。

「まあ、陛下と言われるよりは、まだ気持ち悪くない。なぜだろうな」

なぜだろうと聞かれてもこっちが困る。ミアは手で顔を扇《あお》ぎつつ、アイデンが注《つ》いでくれた果実酒を一気に喉の奥に流し込んだ。直後、カッと胸が熱くなって、ふうっと息を吐く。

「なんだ、酒は弱いのか？」

「いえ、お酒は好きよ。でも……これ、そんなに強いお酒、だった、の？」

ぽうっと顔が熱くなり、じんじんと痺《しび》れるような感覚が身体に走った。何か言おうとすると声の代わりに吐息が漏れ、身体が熱くなってくる。

思うように力が入らず、くたりと長椅子に横になった。そのうち身体が汗ばんできて、思わず上着を脱ぎ捨てドレスの裾をまくり上げる。その様子に、アイデンがぎょっとして身を引いた。

「おいミア、いきなり何をしているんだ！」

アイデンの声は耳に届いているが、なぜか深く考えられない。それに、口を開くと艶《なまめ》かしい声が出てしまいそうでミアはきゅっと口を結んだ。

何かおかしい――

お酒はそれなりにいける方で、酔ったとしてもこんな状態になったのは初めてだった。

その時、アイデンがハッとした様子でミアのグラスを掴《つか》み香りを嗅ぐ。そして、僅《わず》かに残った液体を口に含み、すぐに忌々《いまいま》し気に吐き出した。

「くそ、ユーゴーめ……余計なことをしてくれたな」

盛大なため息が耳に飛び込んでくる。よくわからないけど、彼に呆れられたと思いなんだか気持ちが暗くなり悲しくなった。ミアは目を潤《うる》ませて、アイデンを見上げる。

「私、何か……した？　怒っているの？」

ひどく艶《なまめ》かしい声が出た。アイデンは漆黒の髪をガシガシとかきむしり椅子からおもむろに立ち上がる。しばらく迷うような動作を見せた後、ミアが横になる長椅子に腰を下ろした。

「怒ってはいるが、お前に対してではなくユーゴーに対してだ。大丈夫か？」

アイデンの指がミアの肩にそっと触れる。その瞬間、まるで電気が走ったみたいに身体がびくんと震えた。驚きのあまり、口を開くと声にならない吐息が漏れる。

「あ……、ん……」

身体が熱くてたまらない。触れられると、今みたいにおかしな声を漏らしてしまうのがわかっているのに、もっと触れてほしいという気持ちで頭がいっぱいになる。

自分が今、尋常な状態でないのはうっすら理解していた。しかし、アイデンが困った顔をしていることの方が気になった。やれやれといった様子で首を大きく振り、アイデンが立ち上がろうとする。そんな彼の身体に、ミアは咄嗟《とっさ》に手を伸ばした。

「アイデン、待って」

「お前が楽になるよう、薬を取ってくるだけだ」

頭では理解しているのに、彼の腕を握りイヤイヤと首を横に振る。彼が自分の前から離れていくのが、なぜだか耐えられない。

「だめ。行っちゃだめ……！」

「参ったな」

アイデンはふうっとため息を吐き、テーブルの上の水差しを取りミアのグラスに注《つ》いだ。

「ひとまず落ち着け。ほら、水を飲め」

「い、いや……」

グラスを差し出されたミアは、激しく首を振る。なぜかグラスを受け取れなかった。あれを飲んだらまたおかしくなる——そんな恐怖で頭がいっぱいになり身体が動かない。

「一種の催眠効果のようなものか。……仕方ない。身体に入った酒を薄めるために必要なんだ。口を開け」

アイデンはそう言ってグラスの水を口に含んだかと思うと、唇をミアに押し当ててくる。

「ん……っ！」

一瞬何が起こったのかわからず、身を強張《こわば》らせた。けれども間近に迫ったアイデンの目が何かを訴えかけていて、直前に口を開けと言われたのを思い出す。混乱しつつも少しだけ唇を開くと、その隙間から水が流れ込んできた。

「ん……ふ……」

冷たい水が注《そそ》ぎ込まれ、反射的にコクコクと飲み干す。含んだ水を全てミアに飲ませると、アイデンは再びグラスの水を口に含みミアに唇を近づけた。

二度目は何をされるかわかっている分、ミアの動きもスムーズだ。唇を押し当てられると同時に口を開くと、ゆっくり水が流れ込んでくる。口の端から受け止めきれなかった水が一筋流れた。唇を離したアイデンはその水を無言で舐《な》めとる。温かな舌が口元を這《は》う感触に、ぴくんと身体が反応した。

「……もう一度、するぞ」

少しだけ掠《かす》れた、アイデンの声。虚《うつ》ろな瞳で頷くミアに、アイデンは水差しから直接水を含むと、唇を重ねてきた。既にたくさんの水を飲んでいたが、口内に注《そそ》がれ続ける水を必死に飲み込む。口いっぱいの水を飲み干しほっとした矢先、唇の隙間からぬるりとした感触のものが差し込まれた。

冷たい水とは異なる感触に驚くが、不快感はまったくない。それどころか、柔らかく温かいものが口内で蠢《うごめ》くたびに、身体がふわふわと揺らぐような感覚に陥《おちい》る。

この気持ちいいものは、なんだろう。不思議に思って自分の舌を動かした瞬間、それがアイデンの舌だと理解した。

「ふ、ぁ……っ」

ミアの動揺を感じ取ったか、アイデンの手が身体に回りぐっと抱きしめられた。力強い腕に抱きすくめられ、ドキドキと鼓動が速くなっていく。

どうしてと、疑問を感じる暇はなかった。アイデンに舌を絡《から》め取られ、水で冷えた口の中が熱くなる。朦朧《もうろう》とする意識の中、唾液の混ざり合うぴちゃりという水音が聞こえた。

「ん、ふ……ぁ」

酸素を欲して口を開くと、さらに深く唇が重ねられる。荒い息を吐きながら、もっと彼の舌を感じたくて、ミアは自然と自《みずか》らの舌を動かしていた。

濡れた舌を絡《から》め合う感触が、次第にミアの身体から力を奪っていく。今にも長椅子に崩れ落ちそうになる身体を、アイデンがしっかりと支えてくれた。

「あ……」

数分にも及ぶ口づけを終えアイデンの唇が離れると、ミアの口から名残《なごり》惜し気な吐息が漏れた。

羞恥《しゅうち》が込み上げてミアは顔を赤らめる。すると、アイデンは目を細めて妖《あや》しく微笑んだ。

「生意気なだけの女かと思っていたが、こういう時は随分と可愛くなるんだな」

――こういう時って、どういう意味よ！

いつものミアなら即座にそう言い返せるのに、言葉が出てこない。そんな自分が悔しくてアイデンを睨《にら》みつけるが、それすらなんだか上目遣いで甘えるような視線になってしまう。

立ち上がったアイデンが、ミアの身体の下に逞《たくま》しい腕を差し込み、ひょいっと抱き上げた。

「っ、な、に……？」

「少しは話せるようになったか。だがまだ薬が抜けきったわけではない。奥で少し休め」

力の入らない身体では抵抗もできず、ミアはアイデンに抱き上げられ奥の部屋へと連れて行かれた。

ミアを案内した侍女は、ここをアイデンの私室だと言っていた。書斎らしき部屋の奥には、真っ白な天蓋《てんがい》のかけられた大きなベッドが据えられている。傍《かたわ》らの長椅子にアイデンの衣服が投げ出されているところを見ると、彼が寝室として使っている部屋のようだ。

ミアが滞在することになった部屋の豪華さに比べて、飾り気がなく質素と評していいくらいのアイデンの部屋に、ミアは少なからず驚いた。スティーリンの兄王の部屋と比べても、かなり地味な印象だ。

つい内装に気を取られていたら、そっとベッドの上に下ろされた。一見質素に見えたが、真っ白なシーツの肌触りはとびきり上質で心地がいい。ベッドサイドに置かれたテーブルも、装飾は少ないが重厚で造りのいいものだ。見た目より実質的なことにこだわりを持っているらしい彼に、ミアはなんだか好感を抱いた。

たくさんの水を飲まされたことで、少しだけ思考がはっきりしてくる。しげしげと部屋を見回しているミアに気づき、アイデンがくすりと笑った。

「興味があるか？　俺の部屋に」

「え、ええ。すごく無駄がない感じがして。それに……色遣いとか、とても落ち着くわ」

華美過ぎないこの寝室は、随分と居心地が良い。それでいて、寝具一つとってもさりげないこだわりを感じる。

「そうか。お前とは趣味が合いそうだな」

何気ない言葉だったのに、胸がとくんと鳴る。本当に自分はどうしてしまったのだろうと不思議に思いつつ、ミアはベッドに横たわったままアイデンに問いかけた。

「さっきのお酒って、一体……」

「ああ、酒が悪いのではない。あれ自体はブライルの特産で、どこでも手に入る果実酒だ。ただ、お前をここに寄越したユーゴーが、いらぬ気を回して薬を入れたようだ」

「薬？」

「ああ。薬というより、媚薬《びやく》と言った方がいいか。想像はつくだろ？」

世の中にそういう類《たぐい》の薬があるというのは知っていたが、半分以上はただの噂だと思っていた。それがまさか自分に使用されたなんて、恐ろしいというより興味を覚える。

「さすがブライルともなると、媚薬《びやく》まであるのね……」

「感心している場合か。お前、知らない間に薬を盛られたんだぞ？」

呆れたように言われるが、今一つぴんとこない。

「でも、それを私に飲ませて何になるというの？　意図がわからないわ……」

「簡単だ。……こういう状況を、作りたかったのだろう」

アイデンはそう言うなり、ぎしりと音を立ててミアの顔の横に手をついた。真上から見つめられ、ようやく落ち着いた頬の赤味が戻ってくる。

「え、あ、な、何……っ⁉」

「王妃となる覚悟でこの国に来たのなら、これくらいわけないだろう？」

低い声で囁《ささや》き、彼はミアの身体に覆《おお》いかぶさってきた。いきなりの展開に頭がついていかない。

「あの薬には、身体の感度を良くする効果があるが……同時に、己《おのれ》の欲望を解き放つ効力もある。お前、俺に触れられてイヤじゃないのだろう？」

耳元で囁《ささや》かれ、ふっと息を吹きかけられる。

「ひゃ、あぁ……っ」

それだけでミアは身体をくねらせ、甘い声を上げた。今や身体の自由が利かないのは、薬のせいだけではないだろう。初めての感覚と状況に戸惑い、どうすることもできない。

「いい声だな。キャンキャンと噛みついてくるのも悪くなかったが……その甘い声、随分とそそられる」

アイデンはそう言うと、ミアの耳の裏に舌を這《は》わせた。ぬるりと湿った舌が肌を伝う感覚に、ぞくぞくする。

「や、ぁ、や……っ」

身体に触れるアイデンの息が心なしか荒い。彼の手は触れるか触れないかの絶妙な加減でミアの身体をなぞっていく。耳を舐《な》められる快感に加え、新たな刺激にミアは意識が遠のきそうだった。

目をぎゅっと瞑《つぶ》り、身体をびくびくと震わせる。

そんなミアを見て、アイデンはわざとぴちゃぴちゃと音を立てて耳の周りに舌を這《は》わせてきた。熱い息を吹きかけ、熱くぬるついたモノがミアの耳を丹念に舐《な》め上げていく。

「は……っ、あ、ああ……っ！」

ミアは顔を背《そむ》け荒い息を吐きながら、シーツをぎゅっと握りしめた。

アイデンに触れられるたびに、身体がどんどん熱くなってくる。内側に熱がこもり、下腹部の奥がじゅんと痺《しび》れるような感じがした。

これ以上はしたない声を出したくなくて、ミアはきつく唇を噛みしめる。それに気づいたアイデンは、ミアの耳から顔を離し彼女の唇を舐《な》めた。

「声を堪《こら》えるな」

「っ……だ、だってぇ……んんっ！」

アイデンの手は、相変わらずミアの身体を柔らかく撫で続けている。

その手を止めてくれたら、こんな淫《みだ》らな声は出さないのに――

けれど同時に、心の奥底でもっと触れて欲しいと期待してしまっている。これも媚薬《びやく》のせいなのだろうかと、熱に浮かされた眼差しでアイデンを見上げた。

「媚薬《びやく》を飲んでしまった以上、身体に溜まった熱を外に出す必要がある。快楽を堪《こら》えず声を出した方が、薬の効果も早く切れるぞ」

「そ、そうなの……？」

「ああ。俺も一度、あの薬を口にしたことがあるからわかる」

彼も、こんなに狂おしい状況に置かれたことがあるというのか。

会ったばかりの相手を信じていいものかどうか……不安な気持ちもあったが、今ミアが頼れるのは目の前のアイデンしかいないのだ。それに、堪《こら》えるより快感のまま声を出す方がずっと楽だった。

「あ、ん……あ、あああっ！」

アイデンの手がミアの胸の膨《ふく》らみをぎゅっと握ってくる。途端にミアの口から漏れた甘い声に、アイデンは満足気に笑った。

「そうだ。いい声だ。もっとその声を聞かせろ」

褒《ほ》められた、というわけではないのに、胸がきゅんと高鳴った。

アイデンはミアの隣に横たわり、夜着の上から大胆に胸を揉み始めた。こんな風に男の人に胸を触られたのは、初めてだ。大きな手の平で捏《こ》ねるように揉まれ、ミアの息が乱れた。

「は……あっ、は、あぁぁ……っ、や、なんか……ん、変なのぉ……っ」

胸を弄《いじ》られるたびに、脚の付け根のずっと奥がじんじんしてくる。アイデンの愛撫《あいぶ》に身を震わせながら、ぼんやりと母国で受けた花嫁教育を思い出す。

（あ……きっと、私の、あそこが……潤《うる》んでいるんだわ……）

殿方のものを受け入れるための準備を、女性の身体は自然に行《おこな》うと学んだ。それが今、現実のこととして自分の身に起こっていることが、恥ずかしくて仕方なかった。

「あ、あああっ、やあ……ダメ、アイデン、だめぇ……」

薄い夜着の上からでも、胸の頂《いただき》が立ち上がっているのがわかる。アイデンは片方の胸を強く揉みながら、もう片方の胸に顔を寄せた。そして伸ばした舌で、ドレス越しにぴんと立った先端を舐《な》め始める。

「やあ……だめ、あああああっ！」

その光景を目の当《ま》たりにし、ミアは火照《ほて》った顔をさらに赤くして淫《みだ》らな声を上げた。

ちろちろと動く舌の先から唾液が滴《したた》り、胸の頂《いただき》を濡らす。湿ったドレスから桃色の膨《ふく》らみが透《す》けて見えて、彼の舌が触れるたびにふるふると揺れた。

あまりにいやらしい光景に、ダメだと思っても目が離せない。魅入《みい》られたようなミアの視線に気づいたのか、アイデンが艶《つや》めいた視線を向けながら舌を動かす。

——ああ……もっと。

そんな心の囁《ささや》きが聞こえたのか、アイデンはいっそう激しく舌を動かしてきた。かぷりと胸を食《は》んだかと思うと、頂《いただき》を口に含んで甘噛みする。

「は、あああぁぁっ！」

少し荒っぽい愛撫《あいぶ》に、全身に痺《しび》れるみたいな快感が走った。

身体の熱が出ていくどころか、どんどん熱くなっていくばかりだ。ミアは深く息を吐きながら、無意識に腰をくねらせる。

「も、う……だめ、あ、ああっ、ん、んん！」

「ああ。ミアの身体……熱くて、甘い香りがするな」

熱く火照《ほて》る身体を持て余し、ただひたすら声を上げ続けた。これまで経験したことのない快楽を与えられているのに、もっと強い刺激を身体が求めている。

「ああ、ん……アイデン、あ、んんんっ、もぅ……あ、だめぇ……」

この熱の行き先は、一体どこなのだろう。焦《じ》れた気持ちのまま首を振り、ミアはアイデンを見つめた。

「アイデン……ね、どうしたらいいの？」

胸から口を離したアイデンがごくりと喉を鳴らす。

「お前、本当にわからないのか？」

探るような視線を向けられても、ミアにはわからない。眉間に皺《しわ》を寄せ弱々しく首を振り、縋《すが》るようにアイデンの身体に手を伸ばした。

「熱……外に、出すって。どうするの？　私、このままじゃ、もう……っ」

アイデンは一瞬の躊躇《ためら》いの後、ミアの乱れた夜着の裾を開いた。露《あら》わになった太腿に手の平を這《は》わせ、ゆっくりと内側に手を滑り込ませる。

「あ……っ、ん、あ……」

温かい手に触れられ、ミアの脚の力が抜けていく。アイデンの手は内腿を撫でながら、徐々に何もつけていないミアの脚の付け根へと移動する。そして、薄い繁みに触れてきた。

そこでミアは、ハッと我に返る。

「いや！　な、何を……っ」

「熱を逃がしてほしいのだろう？　だったら、一度達するしかない」

アイデンのしようとしている行為に、ようやく思い至る。結婚後に夫婦でするべき行為だ。

どうしようと気持ちは焦るのに、身体の自由が利かない。うろたえているうちにアイデンの指がミアの秘部に触れ、ぴたりと閉じた割れ目を開いた。するとそこから、待ちかねたようにとろりと何かが溢《あふ》れ出す。

「……すごいな。こんなに濡れて……」

吐息とともに囁《ささや》かれ、ミアは顔を真っ赤にして首を振った。薬のせいだと反論する間もなく、アイデンが秘部を弄《いじ》り始める。

「や、あ、ああん……っ、は、あぁ！」

アイデンは流れ出した蜜を指ですくい、そのままくちゅくちゅと秘部の入り口を弄《いじ》る。

まさか、そんなところに触られるなんて思ってもみなかったミアは、恥ずかしくてたまらなくなった。とにかくアイデンを止めようと彼の腕に手をかけるが、逞《たくま》しい腕はびくともしない。

「ん、あ、あぁぁ、や……だめ、やだぁっ！」

下半身から、ぴちゃぴちゃと音が聞こえてくるたびに、羞恥心《しゅうちしん》が募《つの》っていく。けれど同時に、ぞくぞくとした快感が背筋を駆け上がっていった。

「あぁ……っ、ん、んんっ！」

ごく浅いところで蠢《うごめ》いていた指が、ミアの中へ入ろうと力を入れてくる。それを無意識に感じ取り、瞬時に身体が強張《こわば》った。ミアの秘部は、きゅうっと縮んでアイデンの指の侵入を拒《こば》む。

「キツイ、な」

アイデンはそう言いながらも、じりじりと指をミアの中に沈めようとする。しかしミアが微《かす》かに震えているのを見て、指の動きを止めた。その代わりとばかりに、しとどに溢《あふ》れた蜜を指にたっぷり纏《まと》わせ、秘部のすぐ上にある蕾《つぼみ》を撫でる。

「ひゃ、あああっ！」

いきなりの刺激に、ミアはがくんっと大きく背中を反らした。これまでの、じわじわと身体にまとわりついてくる快楽とは違った、直接的で強い刺激。何をされたのか理解するより早く、アイデンのぬるついた指でさらに強く蕾《つぼみ》の周囲をなぞられた。

「あああっ、ん、や、ああんっ！」

がくがくと腰が揺れ、身体が波打つ。二本の指で蕾《つぼみ》を優しく挟まれ上下に動かされると、甘い声が止めどなく喉の奥から溢《あふ》れた。

「あッ、あぁ……んっ、だめ、あン……っ！」

誰にも見せたことのない場所をアイデンにさらけ出している。自分の淫《みだ》らな姿にたまらない羞恥《しゅうち》を感じながらも、身体の奥底から込み上げてくる快感に逆らえなかった。

「あ……はぁっ、なん、か……きちゃうっ、あ、やぁんっ！」

何かが迫ってくる感覚が怖くて、ぎゅっとアイデンの腕にしがみついた。怖いのに、本能的にそれを待っている自分がいる。自《みずか》ら腰をくねらせ、ミアは忙《せわ》しなく息を弾ませた。

「そうだ。そのまま……俺の指で感じていろ。何も怖くない」

アイデンの声が、催眠術のように頭に響く。ミアは小刻みに身を震わせて彼の胸に顔を埋《うず》めた。

「あぁぁぁ……あ、あぁっ、や、あああっ‼」

一気に押し寄せてきた波が全身を包み、経験したことのない快感に身を浸《ひた》す。四肢が強張《こわば》り、身体の芯がぎゅっと締め付けられるみたいな感覚だった。一瞬の浮遊感の後、頭が真っ白になって全身から力が抜けていく。

初めての感覚に驚きつつ、自分の中で何かが目覚めていくのを感じた。必死に呼吸を整える間も、秘部はまだひくひくと痙攣《けいれん》を続けている。

アイデンはそんなミアを見つめながら、蜜にまみれた指を口元に持っていきぺろりと舐《な》めた。

「甘い、な」

「……っ！」

あまりの光景に声も出ない。ミアがぱくぱくと口を動かしているのを見て、アイデンはにやりと口の端を歪《ゆが》めた。

「達したのは初めてのようだな。どうだ、いくらか身体は楽になったか？」

熱を放つとは、こういう意味だったのか。確かに、行為の前より頭がすっきりして身体が動かせる。だが、行為の理由がわかっても、感情はまた別だ。

ミアは身を起こして乱れた夜着の裾を整え、涙目でアイデンを睨《にら》む。

「こんなこと……結婚を約束したわけでもないのに」

あれだけ快感に喘《あえ》いでいながら、と自分でも思うけれど、言わずにはいられない。スティーリンでは、閨《ねや》での行為は将来を約束し合った者としかしてはならないと教えられていた。いくら非常事態だったとはいえ、アイデンにそこまでの覚悟があったとは到底思えない。

案の定、彼はミアの言葉にきょとんとした表情で首を傾《かし》げた。

「結婚？　お前の国では、それが前提か」

「そ、そうよ！　こんな……み、み、淫《みだ》らな姿を晒《さら》すなんて……っ」

淫《みだ》ら、という単語を口にするだけでも顔が熱くなる。そんなミアを見て、アイデンは喉の奥をくっと鳴らして笑った。

「確かに淫《みだ》らではあるが、かなりそそられる美しい姿だったぞ」

「そそられっ……からかわないで！」

真っ赤になって、ぶんっと腕を振り上げたが、ひらりとかわされてしまう。

「お前のその貞操観念は王族としては好ましい。だが、結婚前に生娘《きむすめ》かどうかを確かめるのは遅かれ早かれ必要な行為だ。どこぞの男の手垢がついた女など、王妃にすることはできないからな」

「え……そ、そうなの？」

「純潔であることは当然の条件だ。まあ、お前の場合は……触れるまでもなく生娘《きむすめ》だとわかっていたけれどな」

アイデンの唇がふわりと額《ひたい》に触れたが、その温かさとは逆に身体にくすぶる熱は一気に引いていった。そうか、と気持ちがすとんと落ち着く。彼の行為はただ、王妃候補となった者が純潔かどうかを確かめるものだったのだ。

甘い雰囲気に流されそうになっていた自分が滑稽《こっけい》で、ミアは唇を噛んで俯《うつむ》いた。この男にうっとりと身を委《ゆだ》ねていた数分前までの自分を、殴ってやりたい。

「おい、どうした。何を落ち込んでいる」

自分の頭へ伸びてきたアイデンの手を、ミアはパンと撥《は》ね除けた。完全に薬が抜けたのを感じながら、アイデンを睨《にら》みつける。

「落ち込んで当たり前でしょう。結婚前の身体に、あなたの手垢がついてしまったのよ」

「手垢？　むしろ俺に触れられたのを光栄に思え」

あまりな言いぐさに、カッと頭に血が上《のぼ》った。ミアはひらりとベッドから飛び下りると、勢いよく手を振り上げアイデンの頬を叩く。

「最低！　このバカ王！」

油断していたのか、アイデンはミアの平手をまともに受けて、ぽかんとした顔をしている。ミアはその隙に落ちていた上着を羽織って、寝室の扉をすり抜けアイデンの部屋から飛び出した。

(何よ、あの言い方。まるで、王妃の資格があるかどうか、義務で確かめただけみたいじゃない！)

――可愛いと、もっとその声を聞かせろと言ったくせに。

今までも「王妃になる資格」を確かめるため、集めた女性たちにああして触れてきたのだろうか。誰にでもあんな甘い顔をして見せるのかと思ったら、腹が立つのを通り越して悲しくなった。胸のあたりが、なぜかズキズキと痛む。

闇雲に廊下を走り続けていたミアは、息が上がって立ち止まり、はたと気づいた。

(……ここは、一体どこ？)

点々と蝋燭《ろうそく》の灯《とも》された廊下はうす暗く、場所の見当がつかない。そもそも、湯殿に案内される時に相当歩かされたので、もとの部屋へ帰る道順もよくわからなかった。

辺りをキョロキョロと見渡したミアは、うっすらと明かりの漏れる部屋を見つけてそうっと中を覗《のぞ》いてみた。

「一体なんであの田舎《いなか》娘が王妃候補に選ばれるのよ！　家臣たちは何も言わないのかしら」

「あの娘がドレスで着飾る前の姿を、陛下はご覧になっていないのではないかしら。品のない、ただの使用人にしか見えなかったのに」

そこには、刺々《とげとげ》しい口調で文句を言いながら、気怠《けだる》げな様子で椅子にもたれている女性が数人。

手にしているのはおそらく酒の入ったグラスで、酔っているのかほんのりと顔が赤い。

彼女たちの顔には見覚えがあった。広間で謁見《えっけん》を待っていた、あの令嬢たちだ。ドレスをだらしなくはだけさせて酒を飲む姿は、清楚で貞淑そうな昼間の姿と同一人物とは思えなかった。その姿は、どう見ても清純とは言い難《がた》い。

(これじゃあ、アイデンが「純潔かどうか調べる」って言ったのも納得できるかも……)

そんなことを考えていると、扉に手が触れギギッと音を立ててしまった。一斉《いっせい》に令嬢たちがこちらを振り向き、表情を険しく一変させる。しまったと思ってももう遅い。

「まあまあ！　盗み聞きだなんてはしたない。本当にあなた、ねずみか泥棒猫みたいね！」

忌々《いまいま》し気に喧嘩を売られては、逃げるわけにもいかない。ミアは覚悟を決めて扉を開けた。

「皆様こんばんは。道に迷って部屋を探していたら、楽しそうな声が聞こえてきましたもので」

開き直って、笑みを浮かべる。令嬢たちはミアの姿をジロジロと眺めていたが、不意に一人が眉をひそめて言った。

「あら、やっぱり田舎者《いなか》はやることが大胆ですわね。そんな格好をして、陛下をたぶらかしにでも行こうとしていたんじゃなくって？」

ハッと自分の姿を見下ろした。確かに今ミアが着ているものを、ただの寝間着と言うには無理がある。いわゆる「初夜」に身に着けるようなブライル製の純白の夜着なのだ。

「ありえないわ！」

途端に令嬢たちの顔が怒りに染まった。

「あんたみたいな冴えない小娘に、どうして陛下自《みずか》ら城に残れだなんて言うのよ」

「この格好を見ればわかるでしょう？　きっと私たちが大人しく広間で待っている間に、身体を使って陛下をたぶらかしたのよ。使用人の格好で」

あれは旅用のドレスなだけで、使用人の格好をしていたわけではない……と内心で訂正を入れたが、口に出すのはやめた。

「私だって、陛下から直接『帰れ』と言われたわけじゃないわ。あのうさん臭い家臣が言ってるだけで、陛下はまだチャンスをくださってるのよ！」

「そうよそうよ！」

憎々しげな視線を向けられ、ミアはげんなりしつつ息を吐いた。

何を言われても痛くも痒《かゆ》くもない。むしろ、こうしてあからさまに人を見下す女性たちばかりが集まってきているのだとしたら、少しアイデンが気の毒に思えた。

「なんとか言ったらどう？」

ミアを挑発的に見据えてくる女性たち相手に、つい口が滑った。

「立派なお胸ですわねえ。でも……コルセットを外したウエスト周りもなかなか立派でいらっしゃるようで。夜のお酒や食事はお身体に障りますし、少し控えてはいかがかしら？」

「な……っ、なんですって！」

顔を真っ赤にした令嬢が詰め寄ってくる。そしてミアが羽織る上着に目を留め、眉をひそめた。

「ちょっとあなた、どうして男物の上着なんか着てるのよ。しかもそれ……王家の紋章が入っているじゃない！　ま、まさか本当に陛下に……」

しまった、と慌てて上着を押さえつける。アイデンの上着なら当然紋章入りなのに、しくじった。

「憎たらしいっ！　こんな小娘がっ」

「ありえないわ。痛い目見せてやりましょうよ！」

じりじりとにじり寄る令嬢たちに恐れをなし、ミアは急いで夜着の裾を掴《つか》んだ。

「で、では皆様、おやすみなさいませ……！」

言うや否《いな》や、ひらりと身を翻《ひるがえ》して廊下を走り出した。

「待ちなさいよ！」

怒号が飛んだが、これで待っていては自分の身が危険だ。酒に酔った彼女たちに捕まる気はしなかったが、なんせこの城の廊下は広くて長い。ひとまずどこかに身を隠そうと、ミアは偶然開いていた部屋に飛び込んだ。

石造りの広い部屋には、たくさんの水瓶《みずがめ》とかまどが並んでいる。テーブルや質素な椅子が整然と置かれ、部屋の隅には野菜の入った木箱が積まれていた。どうやらここは、台所らしい。

「こういうところまでは……あの人たちもさすがに来ないわよね」

ミアはそう呟き、傍《かたわ》らにあった丸い木の椅子に腰掛けた。なんだか色んなことがありすぎて頭がぐちゃぐちゃだ。まずは一つずつ整理しようと顔を上げたところで、開けっ放しのドアから一人の侍女が入ってきた。ふうふうと息を切らし、手には重そうな水瓶《みずがめ》を持っている。

「あ」

ミアに気づき、侍女は目を丸くしてどすんと水瓶《みずがめ》を床に置いた。

「あ、あの……？」

訝《いぶか》し気に声をかけられ、ミアは慌てて立ち上がった。

「ご、ごめんなさい、怪しい者ではないから。私、スティーリン国の第五王女でミアというの」

「え……それではもしかして、王妃候補になられたミア様でいらっしゃいますか？」

まさか使用人たちに知られているとは思わず、ミアはぎこちなく頷いた。

「まあ！　こんなに早くお目にかかれるなんて、なんて光栄なのかしら。申し遅れました。私、このお城で侍女をしておりますノーラと申します」

目を輝かせ跪《ひざまず》いたノーラに、ミアは慌てて駆け寄りシーッと人差し指を唇に当てる。

「ノ、ノーラ！　……申し訳ないけど、ちょっと声を小さくしてもらえるかしら。それと、そんなにかしこまらなくていいから」

「でも……」

「本当、お願い！　年も近そうだし、ね。もっと普通に話してほしいのよ」

ミアの必死のお願いに不思議そうな顔をしつつも、ノーラは小さく頷いた。それを見てほっとしたミアは、再び丸い椅子に腰掛ける。

「こんなところでどうなされたのですか？　今日は陛下と過ごされると聞いておりましたが」

「ち、違うわ！　まだ結婚もしていないのに、そんな、一緒に夜を過ごすなんて……っ！」

使用人にまで知られているとは思ってもみなかったミアは、真っ赤な顔で挙動不審になる。

「あら、そうですか？　でも、ブライルでは恋人が一つのベッドで夜を過ごすことは、特別珍しいことではないんですよ」

「え……そ、そうなの？」

性の習慣は国によって違うと教えられていたが、ブライルがこんなに奔放《ほんぽう》な国とは知らなかった。

「いや、そもそも恋人なんかじゃないしっ」

「陛下が部屋に入れてくださったのなら、認めたも同然ですよ」

そうなんだろうか、と納得しかけたが慌てて首を振る。

「たとえそうだとしても、そんな心の準備はできていないわ。今は自分の部屋に帰る途中で……」

「ああ、お腹でも空きました？」

「いや、そうじゃなくて！」

ミアはぶんぶんと首を横に振ると、うっかり令嬢たちが集まっていたサロンに迷い込んでしまい、ようやく逃げてきたことをノーラに話した。

「それは災難でしたね。ご令嬢方も、我が国の王妃になるかもしれない方になんと失礼な」

「いいの、別に大したことじゃないわ。それに……逆の立場だったら、私だって文句の一つくらい言いたくなったかもしれないもの」

確かに陰で悪口を言われていたことに、いい気持ちはしない。でも、特別秀でたところのないミアが、一人だけ王妃候補に選ばれたとあっては、彼女たちが不満に思うのも当然だろう。

（……アイデンの外見はやっぱり素敵だものね。ブライルの国力だけじゃなく、ご令嬢たちが彼の

妃になりたいっていうのもわかるっていうか）

ミアの脳裏に、さきほど甘い言葉を囁《ささや》き身体に触れてきたアイデンの姿がよみがえった。途端に顔が沸騰しそうなほど熱くなり、焦って椅子から立ち上がる。

「男って、なんて勝手なのかしら！」

いきなり立ち上がったミアに、ノーラが驚き目を白黒させている。

「ど……どうなさいました、ミア様？」

「あんな風に優しく気遣われたりしたら、ドキドキするのは当たり前じゃない！」

「あら」

ひそやかに笑みを浮かべたノーラに気づかず、ミアの口は止まらなくなる。

「王妃を娶《めと》るつもりもないのに、各国からあんなにたくさんの女性を集めて、あまつさえ……っ！」

結婚前のミアの身体を弄《もてあそ》び淫《みだ》らな行為に及んだ――とはさすがに言えず、心の中で文句を言う。

「そうですねえ。お妃様選びについては、陛下ではなく家臣の方々が率先して行《おこな》っているようですけど……陛下にその気がなければおやめになればいいのですものね」

「そう、そうでしょ！」

初めて話のわかる人が現れたとばかりに、ミアはノーラの手を握る。

「ですが……アイデン様が王位を継がれてからの方が、この国はずっと良くなったんですよ。陛下は一見無愛想で口調も冷たいですが、家臣や使用人たちをとても大事に思ってくださっています」

「え、そうなの？」

にこやかに微笑みながら言われ、ミアは目をパチパチとさせた。単に仕えている主《あるじ》だから、という感じではなく、ノーラは本当にアイデンを慕っているように見える。

「ええ。王妃様探しを強引に行《おこな》う家臣たちも……アイデン様のためにしているとわかっているから、陛下は無理にやめさせられないのではないでしょうか？」

彼女の言葉を聞いて、ミアは何も知らずにアイデンを悪く言ってしまった自分を反省した。

もっと彼のことを知れば、理解できるのだろうか……

そう考えた瞬間、彼に触れられ乱されたことを思い出しミアの顔が赤くなる。

「か、仮にそうだとしても！　アイデンだって絶対楽しんでやっているに違いないわ！　そうじゃなきゃ……」

「そうじゃなきゃ？」

ノーラの目がきらりと輝いた気がして、ミアはうっと口をつぐんだ。これ以上は、なんだか話してはいけないような気がする。

「……いえ、なんでもないわ。とにかく、その気もないのに、女性の心を弄《もてあそ》ぶような行動はよくないと思うの。そこは私も譲れないわ」

「女性の心……ですか。確かに陛下は、集めたご令嬢方となかなかお会いにならないって、案内役がぼやいていましたが。弄《もてあそ》ぶとか、そういう話は聞いたことないですよ？」

「え、それって本当に？」

「はい。侍女というものはあちこちに出入りするので、城の噂にもかなり精通しているんです。その私が言うんですから、間違いありません」

「んー……」

ノーラを疑うわけではないが、素直に信じられるほどアイデンについて知っているわけではない。ここは一つ冷静になって、彼や彼の周囲を詳しく観察する必要がありそうだ。

「色々教えてくれてありがとう、ノーラ。私、もっとアイデンについて知っていこうと思うわ」

「ええ、陛下のためにも、ぜひそうなさってくださいませ。ミア様は、どこか他のお姫様やご令嬢方と違う感じがいたします。初めて陛下自《みず》らご興味を抱かれたというのにも頷けますわ。ブライルの民としてはミア様のような方に王妃様になっていただきたいです」

「……そんな風に、あんまり褒《ほ》めないで。私も他の方と何も変わらないのよ」

ノーラの真っ直ぐな視線を直視できなくなり俯《うつむ》いた。ミアとて望まぬ結婚を回避するためにブライルの招待状に飛びついたにすぎないのだ。

じっと床を見て考え込んでいると、廊下から足音が聞こえてきた。

「あら、誰か来たみたいですわね」

ノーラが言ったと同時に、ひょいっと顔を覗《のぞ》かせたのはアイデンだった。

「な、何しに来たの!?」

動揺と驚きで声がひっくり返ってしまう。アイデンはムッと眉をひそめたが、同時に安堵のような表情も見せた。

「この城は広いから、どこかで迷子にでもなっているのかと思ったぞ。まあ、無事ならいい」

ぶっきらぼうながら、アイデンの言葉にはミアへの心配が滲《にじ》んでいた。それに気づいて文句を言うほど、こちらも子供ではない。

「……心配してくれたのね。ありがとう」

「心配？　ああ、城で迷子になり腹を空かせてのたれ死ぬかもしれないとは思ったな」

せせら笑われ、ミアは思わず立ち上がった。

「あのねえ！　もとはと言えば、あなたが……っ」

言いかけたミアは、ハッとして口をつぐんだ。ここには興味深げに成り行きを見守っているノーラがいる。下手《へた》なことは言えない。するとアイデンは、にやりと笑みを浮かべミアの髪をぐしゃぐしゃと撫でた。

「一人で部屋に戻るのは無理だろう。そこにいる侍女に送ってもらえ。仕事を増やして悪いが、よいな？」

「はい！　もちろんでございます！」

ノーラが目を輝かせて答える。ミアにとっては憎らしい男でも、彼女にとっては憧れの立派な国王なのだろう。

「……ごめんねノーラ。案内してもらえるかしら？」

「かしこまりました。それでは陛下、失礼いたします」

丁重に頭を下げるノーラとは逆に、ミアはつんとそっぽを向きアイデンの横をすり抜ける。その様子を、笑いを堪《こら》えながらアイデンが楽しげに見送っていた。

「……あの王女のこと、気に入られたようですね」

ミアとノーラの姿が見えなくなった直後、暗闇からユーゴーが姿を現した。ぎょっとした様子でアイデンが振り向く。

「ユーゴー、いつからそこにいたんだ……」

「陛下とほぼ同時にございます」

「だったらすぐに姿を現せ。気配を殺して覗《のぞ》き見るなど、趣味が悪いぞ」

舌打ちして立ち去ろうとするアイデンのすぐ後ろを、ユーゴーがまるで影のようについて歩く。

「アイデン様。どうなんです、気に入られたのですか?」

返事をするのも億劫《おっくう》そうな顔で、アイデンは欠伸《あくび》を一つした。

「さあな。威勢がよくて面白いやつには違いないが、すぐに王妃に結びつけて考えるなよ」

「ですが……」

何か言いかけたユーゴーを、アイデンは立ち止まり鋭く睨《にら》みつけた。

「ここで俺が気に入ったと言えば王妃として話を進め、気に入らないと言えば他の女を探すのか? いい加減にしろ。今日は謁見《えっけん》に当てた分、政務が滞《とどこお》っている。書斎で目を通すつもりでいたのに、余計な気を回すな」

ミアを部屋に通したことと媚薬《びやく》入りの酒を用意していたことを、暗に責める。ユーゴーは悲しそうに目を伏せ、ため息を吐いた。

「私は、陛下のために、陛下のことだけを思って、陛下の力になりたいと……!!」

「あーわかったわかった。だが、理解はしていても限度はある。今日はもう誰も部屋に通すな」

アイデンは厳しい口調で言うと前に向き直り、足早に廊下の向こうに消えた。

さすがにこれ以上は機嫌をそこねてしまうので、ユーゴーはその場で頭を下げアイデンを見送る。

そしてアイデンがすっかり姿を消してから、ノーラが静かに同じ場所に戻ってきた。

「ご苦労。ミア様のご様子はどうだ？」

「プリプリと怒ってはいらっしゃいましたが、アイデン様をお嫌いになったご様子はないように思います。私のような侍女にも気さくに話してくれる方のようですので、今後もっとお近づきになれば、色々とお気持ちを確認しやすいかと」

「そうか。私の見たところ、陛下もまんざらではないご様子。引き続き、ミア様の監視と陛下がいかに素晴らしい方かをアピールする役目、頼んだぞ」

「承知いたしました」

ノーラは深く頭を下げ、侍女にしては機敏すぎる動きで姿を消した。

「やはり彼女が第一候補だな。この国の跡取りのためにも、あの方にはなんとしてもアイデン様を陥落していただかねば……」

ユーゴーは暗闇の中でそう呟くと、何やら思案顔で長い廊下を歩き始めた。

三　市場に行こう

スティーリンにいる時は毎日それなりにやることがあったが、ブライルに来てからは一気に暇になってしまった。長椅子に寝そべり本を読むミアを、ビアンカが呆れ気味に見下ろす。

「ミア様……ブライルに来た目的は、そうやって日がな一日のんびりと読書を楽しむためですか？　違いますわよね？」

侍女といえどもビアンカの言葉には容赦がない。ぎくりとしながら、ビアンカを見上げる。

「国王を陥落して王妃に選ばれるため」

「そうですよね？」

間髪《かんはつ》を容《い》れずに言われ、ミアはぷくりと頬を膨《ふく》らます。

「わかっているわよ。でも、肝心のアイデンに会えないんだもの。どうにもできないじゃない」

城への滞在を許可するとは言われたものの、それ以上の展開はない。アイデンから呼び出されることはおろか姿を見かけることもなく、どういうつもりなのかと腹を立て面会を申し出ても「そんな暇はない」と断られてばかりだ。

「直接お会いするのが無理なら、何か他の策をお考えになってはどうです？」

「何も考えてないわけじゃないわよ。ほら」

そう言ってミアは、持っていた本をビアンカに見せた。それはブライルの書庫からユーゴーが持ってきてくれた歴史書で、ブライル建国から現在にいたるまでが詳細に記されている。他にも王家の系譜や庶民の暮らしを伝える雑記帳など、ブライルに関するありとあらゆる書物がミアの傍《かたわ》らに積まれていた。

ただ寝そべって本を読んでいるだけ……とビアンカの目には映るかもしれないけれど、できる努力はしてるつもりだ。

「別に趣味で読書してるわけじゃないわよ。ユーゴーに頼んで色々と見繕《みつくろ》ってもらったんだから。王妃になるためには必要な知識でしょ？」

「もう、せっかく陛下の側近であるユーゴー様にお願いができる立場にいらっしゃるんですから、もっと別のお願いをしたらどうです？　ほら、こっそり二人だけでお会いできるように取り計らっていただくとか！」

ビアンカの言葉に、ミアはぎくりと身体を強張《こわば》らせた。

アイデンの寝室に連れて行かれた件は、さすがにビアンカには話していない。やはりユーゴーの差し金だったようで、翌日丁重に謝られた。だが、反省した様子はなく「アイデン様の寝室をこっそり訪れたい時には、私にお申しつけください」などと言われてしまったのだ。

「二人だけで会うのは、ちょっとね……」

「ミア様は消極的すぎます！」

ぷりぷりと怒るビアンカを尻目に、内心汗を拭《ぬぐ》う。

あの日、ミアと離されブライルの郷土料理を満喫したビアンカだったが、いつの間にか眠っていて気づいた時には朝だったという。本人は長旅の疲れが出たせいだとしきりに謝ってきたが、おそらくそれもユーゴーが何かしたせいだろうと踏んでいる。

(この状況であの夜のことを話したら、「もう一度夜這《よば》いを!」なんて言い出しかねないわ)

いくら国王を陥落させたくても、あんなのは二度とごめんだ。

(だって……アイデンは別に私のことが好きで手を出したわけじゃないんだもの)

媚《び》薬《やく》による熱を身体から出すのと、王妃候補として純潔かどうかを調べるため。わかっていても、思い出すとムカムカしてくる。

(何よ、アイデンなんて。人の身体に好き勝手触れておきながら、何も言ってこないなんて)

身体を這《は》う手の感触を思い出し、ミアはふるりと身震いをする。あれからというもの、ふとした瞬間に淫《みだ》らな妄想が頭を占めるようになってしまった。

熱い眼差し、淫《みだ》らな低い声、微《かす》かに弾んだ吐息。無意識にそれらを反芻《はんすう》している自分に気づき、誰もいない部屋で真っ赤になることもしばしば。

「ミア様、ぼんやりしていないで、もっとしっかりしてくださいな」

黙り込んだミアを、話を聞いていないとでも思ったのかビアンカがキツイ口調で窘《たしな》めた。

「わかってるわよ……」

ミアとて、このままでいいと思っているわけではない。

「なんとか、アイデンと少しでも話す時間が持てたらいいんだけど。だってあの人、何を考えているかよくわからないんだもの」

「そうですね。まずお会いしないことには、お互いのこともわからないままですし」

二人で頭を捻《ひね》るが、名案は浮かばない。こういう時には、側近のユーゴーに相談するのが一番だろう。政務で忙しいと言って姿を見せないアイデンとは違い、ユーゴーは執務室にさえ足を運べばすぐに会ってくれる。彼には色々思うところがあるが、今の状況では力強い味方だ。

「ちょっと、ユーゴーに相談しに行ってくるわ」

ビアンカに見送られ、ミアは部屋から一人で廊下に出た。

初日には広すぎて迷子になったこの城も、一週間もすれば主要な場所には迷わず行けるようになる。スイスイと廊下を進みユーゴーのいる執務室まで来ると、扉の前にいた衛兵が何も言わずに取り次いでくれた。現在のミアは、城の皆にも「王妃候補」と認識されているらしい。

「どうぞお入りくださいませ」

衛兵に促《うなが》され中に入ると、ユーゴーがにこやかに出迎えてくれる。

「これはミア様、よくおいでくださいました。ブライルの民族衣装がとてもよくお似合いです」

ブライルの服を身につけたミアを見て、ユーゴーは目を細め満足気に何度も頷く。スティーリンから持ち込んだドレスを着たのは初日だけで、すぐにミアの体型に合ったブライルの民族衣装が何着も用意された。

繊細なレースや宝石で飾られたスティーリンのドレスと違い、ブライルの衣装の作りは割と単純だ。しかし手に取るとかなり上質な布地で作られているのがわかる。金や銀をふんだんに使用した装飾品も、シンプルに見えてかなり緻密《ちみつ》な加工がされている。おそらく高い技術力を持つ職人が多いのだろう。

コルセットを締める必要がなく動きやすいブライルの民族衣装を、ミアはすぐに気に入った。長い髪を結い上げず、繊細な刺繍《ししゅう》の入った太めの布で束ねるだけなのも楽でいい。

「ありがとう。素敵な衣装を用意してくださって、とても嬉しいわ」

「気に入っていただけて何よりです。それより今日の御用件は？　お貸しした本は、もうお読みになられたのですか？　それで別の書物をご所望《しょもう》でしょうか」

「いえ、貸してもらった本はまだ全部読み終わってないから大丈夫。今日は、その……ちょっと、アイデンのことで話があって」

彼がミアに王妃候補として多大な期待を寄せているのはわかっているので、アイデンの名を出すのはなんとなく気が引ける。でも、ここで躊躇《ちゅうちょ》していては何も始まらない。

「陛下のことで！　何かありましたか？」

きらりと光った眼鏡の奥で、三日月形に歪《ゆが》む目が怖い。

「いえ。その……やっぱり、今日もアイデンは政務が忙しいんでしょう？」

「残念ながら。でも、ミア様がどうしても会いたいと仰《おつしや》ったら、きっとアイデン様もお喜びに……」

「ないない、お喜びになるわけない。そんなの私でもわかるわ」

呆れ気味に言うと、ユーゴーはなぜか嬉しそうに微笑む。

「さすが、ミア様。陛下をよくご理解していらっしゃる」

さすがも何もない。満面の笑みを浮かべるユーゴーに脱力しかけたが、ビアンカに叱咤《しった》されたこともあり、もう少し踏み込んで彼のことを聞いてみようと思い直す。

「アイデンが執務で忙しいのは充分にわかったわ。それでは、彼はいつも城で仕事をしているの？」

「城にこもる仕事ばかりではありませんし、街にお出かけになることもございますよ」

「街？　街って……城下に出かけるってこと？」

「ええ、そうですが」

ユーゴーは何気ない口調で言ったけれど、ミアにとっては驚きでしかない。

「国王が、城下に行くというの？　それは、あらかじめ民に知らせを出してとか……」

「いえいえ。陛下は、ちょっとした空き時間にふらっと街へ行かれるんです」

ユーゴーの言葉にミアは絶句した。母国スティーリンでは、国王が民の前に立つのは年に数回あるかないかだ。まして、城下を訪れるなんて特別な理由でもなければ絶対にないし、もしそうなったら数週間前から国中におふれが出る。

「城下にある市場が、陛下のお気に入りの場所でして。特にそこによく行かれるんですよ」

「市場？」

スティーリンでは耳にしたことのないものだ。

「商店……とは、違うのよね？」

「商品を売るという点では同じですが、もっと気軽で活気があります。市場では誰でも商品を売買できるので。そうですね、直接見ていただいた方が早いかと」

アイデンのお気に入りの場所だというのなら、一度見ておいた方がいいかもしれない。

「その市場っていうのは、いつやっているものなの？」

「市場は常に開かれておりますよ。時期によって規模は異なりますが、よほどのことがない限り、ほぼ毎日、城下で開かれております。ご興味がありますか？」

「ええ。せっかくこうして滞在しているのだから、もっとこの国のことが知りたいわ」

「それなら侍女に案内をさせましょう。ちょうど時期的に、秋の実りが店頭に並び、市場が活気づく頃です。閉じこもって本ばかり読んでいては、ミア様も退屈でしょう」

それは是非行ってみたいと、早速案内の手配を頼んだ。ビアンカも一緒に連れて行こうと部屋に戻り姿を捜したが、どこにも見当たらない。

ビアンカも暇を持て余しているらしく、どうやら侍女の仕事をやらせてもらっているらしいのだ。きっと今も、どこかで仕事をこなしているのだろう。

「逞《たくま》しいわね、ビアンカは」

自分も、しっかりしなければ。密かに拳《こぶし》を握りしめていると、部屋をノックする音が聞こえた。

「失礼します、ミア様。ユーゴー様よりミア様のお供を仰《おお》せつかりました」

姿を見せたのはノーラだった。

「まあ、ノーラが案内してくれるのね。ありがとう」

まったく知らない侍女に付き添われるよりずっと心強い。

ミアはウキウキしながら支度を済ませて部屋の外に出た。

「ミア様の安全をお守りするためにもお忍びで行かれるのがいいだろうとのことで、裏門に馬車を用意しております」

「ありがとう。安全も何も……そんな心配いらないと思うけれど」

「いえいえ。ミア様は王妃様候補なのですから、万が一のことがあっては大変です」

その意見には賛同しかねるが、確かに仰々《ぎょうぎょう》しく着飾り正門から馬車に乗ったら何事かと人々に注目されるかもしれない。

ノーラに案内され裏門まで来ると、馬車の傍に男性が立っている。ノーラ以外にも誰か帯同するのかと思って彼女を見ると、不思議そうに首を振った。

黒いマント姿の男性は、遠目でもかなり背が高く逞《たくま》しい身体つきだ。ユーゴーが用意してくれた護衛の兵士だろうかと近づいていき、振り向いた相手の顔に仰天した。

「アイデン!?　こんなところで何をしているの？」

アイデンの方はミアが来るのを知っていたのか、しれっとした表情をしている。

「それは俺のセリフだな。お前、俺に黙ってどこへ行くつもりだ？」

「どこへって……ノーラに付き添ってもらって、城下の市場を見に行こうかと」

「市場？　なんでわざわざ市場になんて行くんだ」

怪訝《けげん》そうに聞かれ、返答に困る。まさか、あなたがよく行く場所だと聞いたから、とは言えない。

「私がおすすめしたんです。城下の様子を見てみたいと仰《おっしゃ》っていたので、それなら今の時期はちょうど市場が賑《にぎ》わっているので楽しいですよって」

すかさずノーラがフォローしてくれる。できる侍女だと思いながら、横でコクコクと頷く。

「ほら、物を売ってるところに行けばその国の特産だとか、民の様子なんかも見られるじゃない？　スティーリンでは決まった商人しか商売ができないから、市場というものに興味があるの」

とってつけたような理由だが、あながち嘘というわけでもない。

「……そうか」

アイデンは素っ気なくそう言うと、用意された馬車に乗り込もうとする。

「え、ちょっと待ってよ。その馬車って私たちが市場に行くために用意してもらった馬車で……」

「ちょうどいいから俺も乗って行こう」

「は⁉」

ミアの眉間に皺《しわ》が寄る。何度面会を申し込んでも、会ってくれなかったくせに。

「あなた、政務が忙しいんでしょ？　私たちについて市場になんて行ってる場合じゃ……」

「ついて行く？　おい、勘違いするな。お前について行くわけではない。月に二度、市井《しせい》を見て回るのは俺の習慣なんだ。今日がたまたまその日というだけだ」

「別の日にしたらいいじゃない！」

「俺の予定は俺が決める。お前に指図されるいわれはない。そもそもこの馬車は我が国のものだろう？　ということは、俺のものだ。むしろお前の方こそ『乗せてください』と頭を下げるべきじゃないのか？」

ムッとして口をへの字に曲げて押し黙るミアを見て、ノーラがオロオロし始める。

「ミア様、落ち着いてください。ね、陛下と御一緒した方が楽しいでしょうし……」

「楽しい!? 楽しくなんて……」

ない、と言い切れない自分が悔しい。これまでミアに会おうともしなかったくせに、いきなり現れたかと思ったら好き勝手に振る舞う。そんな彼に腹が立っているのに、はっきり拒絶しきれない自分もまたもどかしい。

むうっと黙り込んだミアの腕をアイデンが掴《つか》んだ。

「ほら、時間がない。さっさと行くぞ」

「時間がないなら、アイデン一人でどうぞ。……私と一緒になんて行きたくないでしょうから」

「なんだ、会えなかったから拗《す》ねているのか？」

ふふんと鼻で笑われ、ミアの顔がカッと赤くなる。

「ち、違うわよ！」

「わかったわかった。とりあえず馬車に乗れ。話なら中で聞く。時間が惜しい」

アイデンはミアの腕を強引に引っ張り馬車の中に押し込んだ。

「ノーラと言ったか。悪いがお前は御者の横に回ってもらえるか」

「もちろんでございます！」

ノーラが急いで御者の隣に座ったと同時に馬車の扉が閉まり、ゆっくりと馬が走り出した。

「ノーラに、色々ブライルの話を聞こうと思っていたのに……」

「話を聞くなら俺でいいだろうが。俺はこの国の王だぞ？」

アイデンは不満そうにそう言うと、どっかりとミアの隣に腰掛けた。身分を隠してのお忍び観光だったため、用意されていた馬車はごく一般的な造りの小さな馬車だ。

身体の大きなアイデンと並んで座ると、自然と足が触れてしまう。思えば彼と会うのはあの夜以来で、意識した途端アイデンの顔を見られなくなってしまった。

一体自分はどうしてしまったのだろうと思っていると、ひょいっとアイデンに顔を覗《のぞ》き込まれる。

「ミア、やっぱり拗《す》ねているのか？」

いきなり間近にアイデンの顔が迫って、ミアは反射的に窓枠ギリギリまで身体を仰《の》け反《ぞ》らせた。

「ち、近いわよ！」

「近くで見たいから寄ったんだろう。なあ、拗《す》ねてるのか？」

どうしてそんな子供みたいな聞き方をしてくるのだろう。いつもの俺様な表情の中に、ほんの少しだけ不安そうな色が見えた気がした。

「……拗《す》ねてないわ。政務で忙しいのは、国王なら当たり前のことでしょう」

「それはいい心がけだな。ブライルの書物もかなりの数を読んでいると、ユーゴーから聞いたぞ」

「退屈だったからよ。ただ、それだけ」

遠回しに褒《ほ》められた気がした。思わず緩《ゆる》みそうになる頬をつんと横を向いて隠す。面会を断られ続けて怒っていたはずなのに、こうして二人になるとなぜか心が浮き立ってくる。

そんなミアの心情がわかるのか、アイデンがくくっと小さな笑い声を漏らした。

「嬉しいなら嬉しいと、もっとわかりやすく態度で表せよ」

「う、嬉しいなんて言ってない」

思わず振り向くと、アイデンがなんとも楽しそうな顔でこちらを見ている。弧を描く唇に自然と目が吸い寄せられ、胸が苦しくなる。

同時に、ミアの身体に触れてきた彼の手の感触を思い出した。

(動揺しちゃだめよ。きっと他の人にも、同じことをしているはずだもの)

「どうした?」

じっと見つめ続けるミアに、アイデンが不思議そうに尋ねてくる。

「あの、アイデン?」

「なんだ」

「これまで……何人くらいの女性が、来ているの?」

「城にか?　それなら俺ではなくユーゴーに聞いてくれ。あちこちに王妃候補の案内状を出しているのはアイツだぞ」

「そうじゃなくて、あなたの部屋によ。この前の夜みたいなこと、他の人にもしてるんでしょ?」

言ってしまってから、急に恥ずかしくなって目を伏せた。なんだかこれじゃあ、焼きもちを焼いているようではないか。

「そ、そのっ、ほら、ユーゴーとかノーラが、私を『王妃様候補』なんて言うから、変な期待を持たないためにっていうか。でも、王妃になりたくないとかそういうわけじゃなくて、あの……」

口を開けば開くほど余計なことを言ってる気がして、汗が噴き出してくる。ちらりとアイデンの顔を見ると、呆気にとられたような顔をしていた。

「や、やっぱりいいわ。聞かなかったことにして！」

一方的に話を打ち切り、身体ごと窓の方を向く。意味のない質問をしてしまったと後悔していたら、にゅっと目の前に長い腕が伸びてきた。

「きゃっ!?」

強い力で引き寄せられ、気がついた時にはアイデンに後ろから抱きしめられていた。

「ちょ、や、何！」

さっきとは違った意味で、パニックを起こしそうになる。

「いや……なんだか、こうした方がいいのかと思ってな」

「バッ、バカにしてるの!?」

「バカになどしてない。だったらこんなことするか。……お前がどう思っているかは知らないが、あの日、お前を部屋に呼んだのは俺の意思じゃない」

呼びたくて呼んだわけじゃないと言われたみたいで、気持ちがしゅんと落ち込む。そもそも彼に呼ばれてすらいないのだから、ミアの純潔を確かめたのもただの〝ついで〟なのだろう。

アイデンの意思で呼ばれ、純潔の証《あかし》を確かめられた女性。見たこともない相手に、激しい胸の軋《きし》みを覚え唇を噛んで俯《うつむ》く。

しかしそんな気持ちを読んだように、ミアを抱きしめる逞《たくま》しい腕の力が強まった。

「最後まで聞け。今までも、ああいうことがまったくなかったとは言わない。けれど、部屋の中に入れた女はお前が初めてだ。いつもなら、強引に入ろうとしてもすぐに追い返している」

「え、それじゃあ……」

驚いて振り向くと、すぐ目の前にアイデンの顔がありぱちりと目が合った。真っ直ぐにミアを見つめる彼の瞳は、嘘をついているようには見えない。

「寝室に入れたのは、お前だけだ」

低く耳元で囁《ささや》かれて、ミアの顔がみるみる赤く染まった。それどころか、一気に鼓動が速くなる。

「そ、そ、そ、そうなの……？」

それ以上アイデンの顔を見ていられず、ミアは急いで顔を前に戻してそっけなく言った。

(私だけ？　……私だけが、あんな風にアイデンに触れられたの……？)

どうしようもなく、顔が赤らんでくる。

「普段は気が強くて物怖《ものお》じせずポンポン憎まれ口を返してくるくせに……こういう時は、随分と可愛らしくなるのだな」

アイデンがミアの長い髪に指を差し入れ、さらりと梳《す》く。咄嗟《とっさ》に言い返すこともできず俯《うつむ》いているとアイデンの指がそっと耳に触れた。びくっと身を震わせるミアに、アイデンは顔を近づけ耳元で囁《ささや》く。

「ミア、耳まで赤くなっているぞ……」

吐息が耳朶《じだ》にかかり、ミアは息を吐いた。狭い馬車の中にミアの甘い息遣いが響き、それに煽《あお》られたようにアイデンが腕の力を強める。彼はぴたりと身体を密着させ、ミアの髪に顔を埋《うず》めた。

「……っ！」

ミアのうなじに、柔らかいものが押し付けられる。それが彼の唇だとわかった次の瞬間、ちろりと熱い舌で首筋を舐《な》められていた。

「ぁ」

声が漏れてしまい、ミアは慌てて自分の手で口を押さえる。馬車の中は二人きりだが、外には御者もノーラもいるのだ。こんな淫《みだ》らな声を聞かれては、恥ずかしくて市場見学どころではなくなってしまう。

「俺が夜な夜な他の女を呼んで、楽しんでいると思ったのか？　そんな暇人に思われていたとは心外だな」

手で口を押さえたまま、ふるふると首を横に振る。声を堪《こら》えているとわかっているはずなのに、アイデンの舌の動きは止まる気配がない。首筋をゆっくり舐《な》め上げ、耳朶《じだ》を口に含んだ。

「っ！　……っ、く」

口に溜まった唾液をこくんと呑み込む。アイデンは舌先でちろちろと耳朶《じだ》を舐《ねぶ》った後、耳の縁を丹念に舐《な》めていく。ぴちゃぴちゃという水音が、すぐ傍から聞こえてきた。

「心外ではあるが……お前が焼きもちを焼いていると思えば、悪い気はしないな。ミア」

「ちが……っ、あ……ん……っ」

否定したくても、口を開けば快楽を伝える声が漏れてしまう。なんとか声を堪《こら》えようと、ミアは自分の指を含んで歯を立てた。

「こら。そんなことをしたら、指が傷つく」

誰のせいだと思っているのか。

返事の代わりに弱々しく首を振ると、アイデンは抱きしめていた手を緩《ゆる》めた。そしてミアの指を口から離すと、自分の指を咥《くわ》えさせる。

「ふ……っ」

自分の指とは比べものにならない太く骨ばった指が、ミアの口腔《こうこう》に差し込まれた。どうしていいかわからずにいると、ミアの舌に指が優しく触れてくる。これは、舐《な》めろということだろうか。たどたどしく、ミアは彼の指に舌を這《は》わせた。促《うなが》されるまま舌を指に絡《から》めていると、ふっと短く息を吐いたアイデンに再び耳を舐《ねぶ》られる。

最初は優しく探るようだった舌の動きが、次第に激しく大胆になっていった。耳の奥に響く淫《みだ》らな水音が、次第に馬車の中に響いているみたいに感じる。

背後から抱きしめていたもう一方の手が、ミアの胸元でもぞもぞと動き始めた。ブライルの衣装はコルセットを着けないため、ドレスの下は薄い絹の下着のみ。彼の手はミアの胸の膨《ふく》らみに触れ、やわやわと揉み始めた。

「……っ、ぁ、アイデン……っ！」

彼の指を口に含んだまま、抗議の声を上げる。しかし彼の手は止まる様子がない。ミアの耳から口を離した彼は、今度はチュッチュッと音を立てながら首にキスを落としてくる。

あの夜の行為は、媚薬《びやく》を飲まされたミアの熱を解放し、純潔かどうかを調べるためのものだった。だとしたら、今、彼がミアに触れる理由はなんだろう。

婚約どころか、恋人ですらない男性に、これ以上淫《みだ》らな行為をされてはだめだ。

そう、頭ではわかっていても、彼を制止するための言葉が出てこない。口を開くと喘《あえ》ぎ声が出てしまうからというのもあったが、なぜか彼を拒《こば》むことができないのだ。

下から持ち上げるように胸を揉んでいた手が、布の下で硬くなり始めたミアの頂《いただき》を見つけた。すかさず、そこを指できゅうっと摘《つ》ままれる。

「ふっ……んん!!」

必死にアイデンの指に歯を立てて、声を呑み込んだ。その反応をよしとしたのか、指の動きが大胆になった。彼は服の上から二本の指で摘《つ》まんで、くりくりと捏《こ》ね回したり、ピンと弾いたりして胸の頂《いただき》を刺激してくる。ドレスの上からでもはっきりわかるくらい、ぷくっと先端が立ち上がってきた。

「く……ぁ、ん……っ」

ここまでされてしまっては、どんなに声を堪《こら》えようとしても難しい。ミアは喉の奥から甘い呻《うめ》き声を漏らし、アイデンの指に必死に吸い付いた。

「ミア……」

掠《かす》れた声で名前を呼ばれたかと思うと、口の中からちゅぽんと指を引き抜かれ一気に口内が寂しくなる。しかしすぐに身体を反転させられ、アイデンの唇が激しくミアの唇に吸い付いてきた。

「んっ……あ」

いきなり入ってきた舌が、強くミアの舌に絡《から》まってくる。ミアがそれにたどたどしく応《こた》えると、さらに口づけが深くなった。

「は……っ、ふ……っ」

荒い息遣いの合間に、じゅるじゅると唾液を啜《すす》る音が響いた。その音は、車輪がゴトゴト立てる大きな音に紛《まぎ》れて消える。

「あ……ん、んん……っ」

口内で蠢《うごめ》く厚い舌に、ミアはちゅっと吸い付いた。その途端、胸を弄《いじ》るアイデンの指の動きが激しくなる。指の腹で硬くなった先端をぐっと強く押し、こりこりと回したりきゅっと抓《つね》るような動作を繰り返した。

「ふぁ……ん、あ、アイデン……っ」

たまらず背中を反らしたミアに、アイデンはにやりと笑って手の平を下に滑らせる。薄いドレスの裾をたくし上げ、ふっくらとした太腿を撫で始めた。

「……もう腰が動いているぞ。たった一度俺に触れられただけで、随分と反応が良くなったな」

耳元で低く囁《ささや》かれる。戸惑ってアイデンを見上げると、彼の瞳はいたずらっ子のように妖《あや》しく輝いていた。からかわれているのだとわかって、ミアはぎゅっと固く足を閉じて顔を背《そむ》けた。

「バカにしないで！　こんな淫《みだ》らな行為、夫となる人としかしてはならないのに……」

「ほう。それは、俺にならいいということか」

「ち、ちがっ」

最後まで言い終える前に、アイデンの手が強引にミアの膝を割る。ミアの力では彼の力に敵うわけもなく、軽々と秘部を撫でられてしまった。

「あ、ダメ……」

彼の指が触れた瞬間、ぬるりと蜜が溢《あふ》れた。真っ赤になり目を瞑《つぶ》ったミアの額《ひたい》に、アイデンの唇が優しく触れる。

「嫌がっているのかと思った。でもここは、素直だな……」

からかいのかけらもない、ひどく艶《つや》めいた声で囁《ささや》かれる。驚いて足の力を緩《ゆる》めたミアに、アイデンはさらに問いかける。

「続けていいか？」

固まったまま頷くことのできないミアを見て、アイデンは指を動かし始めた。

「うく……っ、あ、ひぁ……っ」

トロトロと溢《あふ》れ出す蜜をすくい、それを秘部の上に隠れた花蕾に擦りつける。そうされるたび、ミアの腰がびくびくと揺れ、さらに蜜が溢《あふ》れてきた。これでは服を汚してしまう——そう思い焦っていたら、アイデンは胸ポケットからひらりとハンカチーフを出しミアの尻の下に敷いた。

「すごいな」

感嘆したような言葉に、必死に首を振る。嫁入り前どころか結婚の約束すらしていないのに、こんな簡単に身体を開いて快楽に喘《あえ》いでいる自分が恥ずかしい。けれどもアイデンは、なんだか嬉しそうにミアを見下ろしているのだ。

「そんなに恥ずかしいのか？」

「あたりまえ………っ、ん、あ、やぁ……」

涙目でそう訴えると、アイデンは蜜にまみれた指をミアの秘部にずぶりと沈めてきた。

「あ、あうっ!!」

いきなり与えられた圧迫感に身体を強張《こわば》らせる。しかし、そんなミアに構わず、アイデンはゆっくりと指を動かし始めた。出し入れされるたびに、ちゅくちゅくと淫《みだ》らな水音が響く。さらに、中を探るみたいに指を動かされると自然に奥が締まった。

「俺の手で乱れるのを、恥ずかしく思う必要はない。こうしてお前を快楽で乱すのは、後にも先にも俺だけなのだからな」

彼の言っていることが、上手《うま》く頭の中に入ってこない。ジュクジュクと馬車の中に響く淫《みだ》らな水音で、頭の中がいっぱいになっていく。

「あ、あ、あぁぁ……っ、や、ダメ、アイデン……っ！」

ひときわ奥まで指を突き立てられた瞬間、ミアは大きく腰を突き出すように揺らした。快楽で達する感覚は、もう知っている。その波がもうすぐ自分を襲おうとしていることも。

「あ、や……きちゃう、この前の……っ」

「もうイクのか？」

ミアは夢中でアイデンの身体を引き寄せるように腕を伸ばし、その頭を強くかき抱いた。

「あ、ダメ、いく、イッちゃう……！」

「ああ、すごい。中がひくひくと蠢《うごめ》いて、俺の指を締めつけてくる……」

いつの間にか一本だった指が二本に増え、激しく出し入れされている。中を犯されている感覚に、ミアの頭が段々真っ白になってきた。

「……果てる時には、俺の名前を呼べ。そうでなければ、ここで止める」

妖《あや》しい囁《ささや》きに誘導されるように、ミアは潤《うる》んだ目でアイデンを見上げる。

「い、いや……だめ、あ、いく、アイデン、アイデン……っ!!」

ミアは彼の頭をぎゅっと抱きしめ、名前を呼びながら身体を大きくしならせた。腰の辺りから駆け上がる快感に全身を震わせ、秘部に埋まった太い指をきゅうっと締めつける。

絶頂を迎えて何も考えられず、ミアはアイデンの腕の中でくたりと力を抜いた。

「……可愛いな」

ミアの耳に、ぽつりとアイデンの声が届く。その直後に貪《むさぼ》るようなキスをされ、ミアは蕩《とろ》けきった頭でその口づけに応《こた》えていった。

「随分お静かでしたけど……アイデン様とちゃんとお話しできましたか？」

馬車を降り、背の高い背中をぼんやり見つめて歩いていると、ノーラが横から小声で聞いてきた。

「えっ！」

ミアの声が不自然に裏返った。

「ええと……そんなに、話してはいないかな……」

「せっかくの機会ですから、もっとミア様の方からアイデン様に話しかけて距離を縮めてはいかがでしょう」

ノーラにしてみれば何気ないアドバイスかもしれないが、なんだか意味深に聞こえて居心地が悪い。必死に声を堪《こら》えていたが、最後の方は自分でもよくわからなくなってしまっていた。ノーラと御者にあのいやらしい声が聞こえていたらと思うと恥ずかしくて消えたくなる。

絶頂を迎えた後も、アイデンは何度もキスを繰り返した。しばらくするとそれもやみ、後は黙ってミアを抱いていてくれた。その間、ミアの太腿には石のように硬い何かが当たっていて、それが何かと考えるとさらに恥ずかしくなる。

そういう状態になった殿方は理性がきかなくなると花嫁教育で習ったのだが、アイデンはミアをじっと抱きしめたままだった。そのおかげで大分平静を取り戻せたが、まだ多少足下はおぼつかない。

「ちょっと……アイデンと、話してくるわ」

このままノーラと話しているとボロが出てしまいそうだ。それならいっそのことアイデンと一緒にいた方がいいかもしれない。そう思ったミアは、小走りで先を歩くアイデンの横に並んだ。

アイデンは隣に来たミアを一瞬不思議そうに見下ろしたが、そのまま気にせず歩き続ける。内心ほっとしながら、自分より遥《はる》か上にある横顔をちらりと見上げた。

さきほどまでの妖《あや》しい雰囲気とは違い、今は堂々とした立派な顔つきをしている。それを小憎らしいと思っているはずなのに、きゅんっと胸が高鳴った。自分は彼の別の顔を知っているのだと思うと、どうしても顔がにやけそうになる。

(ダメダメ。ちゃんとしなきゃ！)

ミアは深呼吸をして気持ちを落ち着けると、なるべくいつも通りにアイデンに話しかけた。

「そういえば……従者はつけなくていいの？　護衛とか」

「どこからか見張っているとは思うが、基本的に供はつけない。仰々《ぎょうぎょう》しい視察は嫌いでな。民との距離が開いてしまうだけだ」

「でも……いくら平和だからといって、不用心じゃない？　跡取りもいないし何かあったら……」

「心配してくれるのか？」

琥珀《こはく》色の瞳が、楽しそうに煌《きら》めいてミアの目を覗《のぞ》き込んでくる。

「す、するわよ一応。だって私、王妃になるためにこの国に来たんだもの。肝心の相手が死んでしまったら意味がないじゃない」

「王妃になるため、か。さきほどの反応を見る限り、その覚悟はまだまだのように思うがな」

暗に馬車の中でのことを指してるとわかって、ミアの頬が熱くなった。

「そんなの関係ないわ！」

「大いに関係ある」

くすりと笑うアイデンを睨《にら》みつけながら、内心それほど腹を立てていない自分に驚く。むしろ、こういう会話を楽しく感じていた。

(変なの……ちょっと前までは、俺様で気に入らないって思ってたのに)

心なしか、アイデンがミアを見つめる瞳も最初より随分和《やわ》らいだ。さっきまではずんずん先を歩いていたくせに、ミアが隣に並んだ途端、歩く速度を緩《ゆる》めたのにも気づいている。

なんだか調子が狂う。

気持ちを切り替えようと、ミアは沿道に並ぶたくさんの露店を眺めた。

「スティーリンにもこういう市場はあるのか？」

「いいえ……。スティーリンで商売ができるのは、国に届け出をした商人だけと決まっているの。だから、商店街はあっても代々続く老舗《しにせ》の店舗ばかりで、こんなに活気のある市場はないわ。闇市があるって噂は聞いたことがあるけれど、私はあまり城を出る機会がなかったから……」

そう言いながら、ミアは首を傾《かし》げた。なぜだか、露店が通りの奥まで立ち並ぶこの光景を見たことがあるような気がしてならないのだ。似たような場所がスティーリンにあっただろうかと記憶を探るが、まるで思い当たらない。

「こういう……市場とかって、どこの国にもあるものなのかしら？」

「名称は色々変わるだろうが、どこの城下にもこういう市場はあると思うぞ。俺に言わせると、スティーリンにないという方が驚きだな」

あっさり言われ、そういうものなのかと納得する。この光景に既視感を覚えるのは、以前本か何かで見かけたことがあったからかもしれない。

「お店の脇にぶら下がっている色んな色の布は、その色で取り扱ってる商品を表しているのよね？」

何気なく問いかけると、アイデンは驚いたようにミアを見下ろした。

「よく知ってるな。ノーラに聞いたのか？」

「え？　いえ……なんとなくそう思ったのだけど、よくある印ではないの？」

「俺の知る限り、この目印を利用しているのはブライルだけだと思うが」

怪訝《けげん》そうに言われ、ミアも首を傾《かし》げる。どうして自分は、そんなことを知っていたのだろう。

「おおっ！　アイデン様じゃねえか。久しぶりだなあ」

その時、後ろから男の太い声が聞こえた。振り返ると、大柄な男がこちらに近づいてくる。

「ああ、ガルボ。しばらく来られなくて悪かった。何か変わったことはなかったか？」

「いつも通りでさー。それもこれも、アイデン様のおかげですよ」

髭《ひげ》をもじゃもじゃと生《は》やした逞《たくま》しい身体つきの男が、ガハガハと笑う。男はひとしきり笑った後、アイデンの隣で固まっているミアに目を向けてきた。

「アイデン様、可愛らしい女の子を連れてるじゃねえですか。とうとう奥方を迎える気になったんで？」

その一言に、あちこちの店から人が出て来る。そのほとんどが、そう若くはないご婦人たちだ。

「えっ、アイデン様が女連れ!?」

「本当かい。どこどこ？」

「……そうは見えないだろうが、こちらは遠い異国の王女でな。今日はブライルの城下を案内しているところだ」

「ちょっと待って。そうは見えないは余計でしょ？」

確かにブライルの民族衣装を身につけているし、使用人に間違えられてしまうほど気品やオーラがないことは認めよう。けれどもそれをわざわざこんな大勢の人の前で言う必要はないではないか。

しかし声をかけてきた男はアイデンの発言を気にした様子もなく、しげしげとミアを眺める。

「そりゃ珍しい。異国のお姫様？　その割にはブライルの服がよく似合ってらっしゃる。俺が知る限り、アイデン様が女性を連れてここに来たのは初めてですねぇ」

「え？　そうなの？」

外交では、王自《みずか》ら訪れた客人をもてなすために出かけるのなんてよくあることだと思っていた。驚いてアイデンを見上げる。

「……勘違いするな。外交やら接待というのは、相手の希望に沿って行《おこな》うだろ、普通。単に、この国を訪れた王族が希望した場所に、この市場が入っていなかっただけだ」

「なあんだ。そりゃそうよね」

一気にガッカリしたが、まあそれならそれでもいいかと思い直す。今のところ行ってみたいと思っていたのはこの市場だけだし、元々はノーラと二人で来ようとしていたくらいなのだから。

「あ、それなら私がどこか行きたいって言ったら、連れて行ってくれるってこと？」

「はあ？」

アイデンが顔をしかめる。

「お前は……どこまで図々しいんだ」

「失礼ね。私だってこの国を訪れた王族じゃない」

つんと横を向くと、二人のやり取りを見ていた大男がガハガハと笑い出した。

「こりゃいいや。ちゃんといいお方がいるんじゃねーですか。いつまでたっても王妃様を娶《めと》る気配がないから、俺たちみんな心配してたんですぜ？」

「あら、見る目があるわ。ブライルの殿方は、みんなアイデンみたいに偉そうな俺様かと思っていたから」

アイデンを無視して男に微笑みかけると、男はさらに大声で笑いミアの肩をぽんぽんと叩いた。

「この方の奥方になるんなら、アンタくらい元気で物怖《ものお》じしない人じゃないとダメだ。気に入った、ぜひうちの店を見ていってくれ」

「ええ、喜んで！」

アイデンを置いてさっさと歩き出すと、慌てて後ろから追いかけてくる気配がした。

「ミア！　お前なあ、自分の立場をわかってるのか？　ガルボも、気安く接しているが一応この女は王女なんだぞ」

「そんなこと言ったら、アイデンだって国王様でしょ。大体今まで人のことを王女扱いなんて一度もしてないのに、何を今さら」

「そうだそうだ。今からそんなんじゃあ、結婚した暁《あかつき》には奥さんの尻にしかれますぜ」

「……いつも奥方に怒鳴られているお前にだけは言われたくないな」

ため息を吐いた後、仕方ないといった様子でアイデンがついてくる。その後ろに、くすくすと笑いながらノーラが続く。

「アイデン様、すっかりミア様のペースになってしまっていますね」

「……ついてきたのは俺だから、別にいいんだ」

アイデンがふてくされたようにぽつりと漏らし、ノーラはおやといった表情で首を傾《かし》げた。

「あら？　今日は元々視察に来られる予定だったのでは？　もしかしてミア様が市場に行かれると聞いて、予定を変更されたんですか？」

聞こえているのかいないのか、アイデンは返事をせずにさっさと先に行ってしまった。


無骨で身体の大きなガルボは、意外にも市場の責任者であるらしい。彼の店の商品は、その見た目とは大きくかけ離れた繊細な銀細工《ざいく》だった。

「まあ……綺麗。これ、ガルボが作っているの？」

「さすがに全ては無理でさぁ。主に職人を雇って作らせていますが、まあ俺も多少は制作してますよ。ちなみにデザインを考えているのは、全部うちのかみさんです」

細い銀線を組み合わせて編み上げられた腕輪やネックレスは、思わず手に取りたくなるほどの美しさだ。

「ブライルの鉱山では、銀が取れるのよね」

「ああ。だからその銀を使った細工《さいく》物は、ブライルの大事な産業の一つだ」

横にいたアイデンが答え、傍にあったやや大きな腕輪を手に取る。

「これだけの腕があるのだから、王家お抱えの銀細工《ざいく》職人になれといつも言っているのだが……なかなか首を縦に振らなくてな」

「俺は自分の好きなものを作るっつうか、かみさんが描いたものを形にするのを誇りに思ってるんでね。今の生活にも充分満足しているし、わざわざ気難しい王族さんにお仕えするのは気が進まない」

「悪かったな、気難しい王族で」

二人がぽんぽんと会話を交わす様子を、ミアは不思議な気持ちで見つめていた。

『王族は民とは違う。常に威厳を持ち、自分は民とは異なる存在なのだと自覚せよ』

スティーリンの国王である兄はいつもそう言っていた。先代の王である父も、兄ほどではなかったが民と交流を持っていた記憶はあまりない。

アイデンが、まるで友人のようにガルボと話す姿は、ミアにとってはかなり新鮮に映った。

「で、ミア様は何か気に入ったものがありましたか？」

ガルボに問いかけられ、ミアはハッとした。

「ええと……これ、初めて見た時からずっと気になっていたのだけど」

ミアが手に取ったのは、花のモチーフで縁どられたブローチだ。小ぶりで可愛らしく、どことなくガルボ夫人の優しさが感じられるデザイン。本物の宝石がついていればドレスに付けても充分に映えそうだ。

「なかなかお目が高い。それは俺もかみさんも一番気に入っている物で、気に入らないやつには売らないって決めてる品なんですよ」

「それなら、私が買うわけにはいかないわ」

慌ててブローチを並べられていた場所に置いた。だがガルボは笑いながらそれを取って、またミアの手の中に戻した。

「ミア様になら問題ねえ。むしろ、使っていただけたらこんなに嬉しいことはないですよ」

「いいの？　嬉しい」

ミアはパッと弾けるような笑みを浮かべ、手の中のブローチを大切そうに眺めた。その横で、アイデンがなんだか意地悪そうな顔をしている。

「お前、ブライルの貨幣は持っているのか？」

「え？」

言われて、さーっと青ざめた。思わず控えていたノーラを振り返ろうとしたが、彼女はそもそもミアの侍女ではない。自国であれば届けておいてと気軽に言えるかもしれないが、ここは異国だ。そんな勝手は許されない。

「ごめんなさい、ガルボ。別の日に買いにきてもいい？　ちゃんとお金を用意してまた必ず来るから」

悲しげにそう言って、ミアはガルボにブローチを差し出した。すると、たまりかねた様子でアイデンがプハッと噴き出す。

「冗談だ、ミア。俺が一緒にいながら、お前に払わせるわけないだろ。ガルボ」

「へいっ」

ガルボもニヤニヤ笑いながら、茶色の紙にブローチを包んでいる。からかわれたのだと気づいて、ミアは顔を赤くして頬を膨《ふく》らませた。

「ひどい。私、今本気で悲しかったし、次来る時までにこのブローチが残っているかって、心配していたのに」

「そうやって困っているミア様の顔が見たくて、アイデン様はわざと意地悪を言ってるんですよ」

「そんな訳あるか！」

今度はアイデンが赤くなって声を上げ、ミアはガルボと顔を見合わせて笑った。

「でも、本当にいいの？」

「ああ。銀細工《ざいく》はブライルの特産品だからな。お前も一つくらい持っていた方がいいだろう。国に帰った際にはいい土産《みやげ》になる」

国に帰る、と言われて僅《わず》かに胸が軋《きし》んだ。アイデンがそう言うのは当然だ。今は家臣たちの手前、ミアを仕方なく城に置いているけれど、しかるべき時が来れば帰国を促《うなが》されるのだろう。しょんぼりと落ち込みかけた心が、包装紙に包まれたブローチを差し出されて少し浮上した。

そうだ。まだ帰れと言われたわけではないのだから、落ち込むのは早すぎる。

「ありがとう、ガルボ」

しかしミアが包みを受け取ろうとした瞬間、ひょいっとアイデンがそれを取り上げてしまう。

「あっ！」

驚くミアを余所《よそ》にアイデンはそれを再びガルボに返し、何やらコソコソと耳打ちをしている。

「なるほど。わかりました。急いで仕上げて城にお届けしますよ」

「ああ、頼む」

手を差し出したままきょとんとするミアに、ガルボがパチリとウィンクをしてきた。

「大丈夫ですよ。ちょっと直したいところがありますので……ちゃんと仕上げて後日お届けします。それまで楽しみに待っていてください」

アイデンに言われたのなら信用できないが、ガルボがそう言うなら仕方ない。

「わかったわ。届けてくれるのを楽しみにしているから」

そう言って微笑むと、ガルボも相好《そうごう》を崩した。

「ここに並んでる商品は、俺の子供も同然の品ばかりだ。それをそんなに気に入ってくれて職人としてこんなに嬉しいことはないですぜ。必ずお届けしますよ」

ガルボの横に立つアイデンもまた、誇らし気な顔をしている。彼の表情からは、自国の産業と、それを支えるガルボのような職人を大切に思っているのが伝わってきた。

(何もかも、スティーリンとは違う……)

ガルボの店を後にし、再び市場を歩きながら、ミアはぼんやりと考えていた。

確かにブライルと比べるとスティーリンは小さく貧しい国だ。それでも、きっとガルボのような職人はいるはずだ。もしかすると、目立った産業がないのではなく、そういった職人を支援する政策を何も取ってこなかった国に問題があるのかもしれない。

そもそも決められた商人しか商《あきな》いができないというのがおかしいのだ。民の生活のためや、スティーリンの産業発展のために、もっと王室の力を役立てることができないだろうか。

「どうした？　腹が減ったのか？」

黙り込んだミアを見て、アイデンが声をかけてきた。

「失礼ね。……色々と考えていたのよ。スティーリンとブライルの違いは、国の大きさや豊かさだけじゃなくて、王家と民の関わり方にもあるんじゃないかって」

「意外だな。ただの呑気《のんき》なお姫様の観光かと思っていたのに」

「本当にもう……重ね重ね失礼な人ね」

たとえ王妃になれなかったとしても、ミアがブライルに来た意味はあった。今のままでは、スティーリンはいつか廃《すた》れてしまう。王族としてミアができることは、ただ兄王の言いなりになって嫁ぐことだけではないはずだ。

「そろそろお腹が空いてきましたね。城のシェフが作る料理も美味《おい》しいですが、市場で売っているものもなかなか美味《びみ》なんですよ。ミア様にもぜひ召し上がっていただきたいです」

ずっと後ろをついてきているノーラに言われ、ミアは辺りをキョロキョロと窺《うかが》った。確かに、市場には食べ物を扱う露店もたくさんあって、鼻腔《びこう》をくすぐるいい匂いがしきりに漂《ただよ》っている。

異国の文化に触れるのも勉強の一つだ。ミアはノーラに、にっこりと微笑みかけた。

「ノーラがそう言うなら、ぜひ食べてみたいわ。あなたのお薦めは何？」

「ミア様は、好き嫌いはおありですか？」

「ないわ。あ、でも今はちょっと甘い物が食べたい気分」

「それなら俺は管轄外だな」

アイデンは甘い物があまり得意ではないらしい。そんな些細《ささい》な情報にすら気持ちが浮き立つ。

「あの辺りに何軒かありますから、行ってみましょうか」

そう言って先に立ったノーラの後ろを歩いていたミアは、ふとあるお店の軒先《のきさき》で売られているお菓子に釘づけになった。

「あら？」

それは、スティーリンのシェフが、ミアのためだけに作ってくれていた菓子にとてもよく似ていた。近づいてみると、ほんのりと漂《ただよ》うスパイスの香りまで同じだ。

「ミア様、そのお菓子が気になりますか？」

「気になるというか……このお菓子、ブライルでも売っているのね」

紙袋にたくさん詰められた黄金色《こがねいろ》の丸いお菓子は、ミアの大好物だった。小さな頃からよく城のシェフに強請《ねだ》って作ってもらっていたのだ。

「ブライルにもあるといいますか……この菓子は、ブライルの名物菓子ですよ。スパイスのクセが強くて独特な味がするので」

「ああ、わかるわ。スティーリンでもこれが好きなのは私だけだったし……」

考えたら、ミアはこの菓子の正式名称を知らない。『ミアのあのお菓子を作って』で通じていたからだ。

「スティーリンにも似たようなものがあるとは知らなかったな。不思議なものだ」

感嘆したように言うアイデンに対し、ミアはどこか腑《ふ》に落ちない気持ちでいた。

自分が好きで食べていたあのお菓子は、一体どういった経緯で作られるようになったのだろう。

「食べるか？」

「あ、うん、食べてみたい」

すぐにノーラが店主から菓子を買い、紙袋を手渡してくれた。揚げたての温かい菓子から、ほわっとスパイスの香りが漂《ただよ》ってくる。

一つ摘《つ》まんで口に運ぶと、とても懐《なつ》かしい味がした。城のシェフが作ってくれたものと似ているが、少しだけ違う。きっと使っているスパイスが微妙に違うのだろう。

「……俺も小さな頃は好きでよく食べたんだが、今は、ほとんど食べなくなったな」

アイデンはそう言って、横からミアの持つ紙包みの菓子を摘《つ》まむ。そして、ひょいっと自分の口に放り込んだ。

「うん、懐《なつ》かしい味がするな」

目を細めて優しげに微笑むアイデンに、ミアは目を奪われた。こんな風に穏やかに笑うこともあるのだと、胸が小さく弾む。

アイデンにつられ再びお菓子を口の中に入れたミアは、湧き上がる懐《なつ》かしさに戸惑う。

（なんだろう、この感じ……）

もしかして自分は、この市場とよく似たところに来たことがあるのだろうか。

ふと顔を上げると、アイデンがじっとミアを見下ろしている。考え事をしていたから、彼に見つめられていることに気づかなかった。

目が合った瞬間、アイデンの瞳が僅《わず》かに揺れる。たったそれだけなのに、どくんと心臓が跳ねた。

「……灰色の瞳。その瞳の色は、もとからか？」

「瞳の色なんて変えられるわけがないでしょ。この色は生まれつきよ。変えられるものなら、とっくの昔に変えているわ」

灰色の瞳は母国スティーリンでも珍しいと言われる色合いで、ミアの祖母にあたる先々代の王妃が灰色の瞳だったそうだ。なんでも遠い異国から嫁いできた女性らしく、肖像画にも特徴のある灰色の瞳がハッキリと描かれている。

けれどミアは、この瞳の色があまり好きではない。幼い頃に兄から獣の目みたいだとからかわれたことがコンプレックスになっていて、姉たちのような緑色の瞳に憧れていた。

「変えるなんてもったいない。俺はその色、なかなか悪くないと思うぞ」

さらりと言われ、ミアの頬がぱっと薄く色づいた。侍女や姉たちに『綺麗な色』と何度言われても消えなかった劣等感が、すうっと消えていくのを感じる。

「そ、そうかしら……」

俯《うつむ》いて照れるミアに、アイデンは別の質問をしてきた。

「お前、以前にもこの市場に……というか、ブライルに来たことがあったのか？」

「いいえ？　この国に来るのは初めてよ」

どうしてそんなことを聞くのだろうと不思議に思った瞬間、遙《はる》か遠くで女性の悲鳴が聞こえた。続けて、ガシャンと何かが倒れる音が聞こえてくる。

「ひったくりだー!!」

そう叫ぶ声と共に、アイデンがその声に向かって走り出した。

「あっ、アイデン!?」

ミアとノーラも顔を見合わせて、すぐさまアイデンの後を追う。

「ミア様は私の後ろへ」

そう言ってミアの前を行くノーラの動きが、さきほどまでとは打って変わり俊敏なものになる。

その言葉に従いノーラの後ろを走っていくと、黒いマントをなびかせ遙《はる》か遠くを走っていたアイデンが一人の男の腕を掴《つか》んだのが見えた。

「待て!」

そう言ったかと思うと、掴《つか》んだ男の腕をあっという間に捻《ひね》り上げる。それほど力を入れたようには見えなかったのに、気づくと男の身体は宙を舞って地面に叩きつけられていた。

「て、てめえ!」

男はそう言って懐《ふところ》に手を差し入れたかと思うと、きらりと光る短剣を取り出した。

「アイデン!」

叫びながら、ミアは身体が凍り付きそうになるのを感じた。だが、男の短剣はすぐさまアイデンの一蹴りによって高く宙に舞い上がる。

「え？」

驚いたのはミアだけでなく男も同じだったようだ。一瞬呆気にとられたものの、すぐさま体勢を整えアイデンに向かっていく。しかしそれを軽々とかわしたアイデンは、男の背後に回り手を後ろに捻《ひね》り上げた。

「いっ、いでででで!!」

「よりによって俺がいる時に盗みを働くとは、いい度胸をしているな」

男の醜《みにく》い声が響くと同時に、大男が二人に近づいていく。ガルボだ。

「コイツっ！　観念しろ！」

そう言ったかと思うと手にしていた縄で男をぐるぐる巻きにしてしまった。

この間、三十秒も経っていない。呆然としているうちに全てが終わっていた。男をガルボに引き渡したアイデンが、マントの埃《ほこり》をはらいながらミアとノーラのもとに戻ってくる。

「悪かったな、急に置いていって」

「ううん、そんなことはいいのだけど……アイデン、強いのね。動きもとても機敏だし」

「これくらい、王としては普通だろ」

素っ気なくアイデンは言ったが、そんなことはないと思う。有事に際してすぐに動けるのは、常日頃から身体を鍛《きた》えている証拠だ。

本来なら、王とは常に危険から守られる存在だ。たとえ戦《いくさ》があろうとも自分から戦地に赴《おもむ》いたりせず、まして率先して民の諍《いさか》いに出ていくなんて考えられない。

兄ならば、こうして城下を少人数で歩くことすらしないだろう。王としての器が違いすぎる。

「少なくとも、スティーリンでは普通ではないわ。あんなに政務で忙しくしていても、ちゃんと鍛《きた》えているのね。すごいわ」

感心してそう言うミアに、アイデンは少しして静かに口を開いた。

「先々代の王……俺にとっては祖父にあたる人だが、その人が王位を退《しりぞ》いた後、俺に色々なことを教えてくれたんだ。最後に自分の身を守るのは自分だ、というのが祖父の教育方針で、武術も一通り会得《えとく》させられた」

話しながら、彼の目が懐《なつ》かしそうに遠くを見つめる。

「国というのは、王がいなくても成り立つが、民がいなくては成り立たない。だからこそ、民に寄り添う必要があるのだと教えられた。俺は幼い頃、祖父の方針で民に交じりこの街で暮らしていたことがある。実はガルボとは、その頃からの付き合いなんだ」

これほどの大国の王が、民と一緒に暮らしていたとは驚きだ。

「城では俺様だったのに、民と随分親しくしているから不思議に思っていたのだけど」

「家臣たちとは、共にこの国を守り繁栄させていくという目的があるからな。しかし民は違う」

兄ならばきっと、まったく逆のことを言うだろう。けれどミアは、アイデンの考えの方が正しいと思っていた。彼のような人こそ、王に相応《ふさわ》しい。自分が民であったなら、彼のような王がいる国に住みたい。

「そう……だからあなたは、大国の王だというのに気取ったところがまるでないのね」

「それは嫌味か？」

「本心よ。感心しているの。あなたの考えや振る舞いに」

素直にそう称賛すると、アイデンもミアに微笑みかけた。

「お前も人のことは言えないぞ。質素な服を着て噴水で水浴びしてみたり、特別扱いされることを嫌ったり、とても一国の王女とは思えないが」

「私は……王女といっても貧乏国の第五王女ですもの。普通の姫のように、蝶よ花よと美しく着飾られ育てられたわけではないわ」

今まで、そんな自分に劣等感を抱いたことはない。でも、初めてブライルに来た日に目にした、たくさんの美しい令嬢たちの姿を見て迷いが生じた。彼女たちは皆、煌《きら》びやかで美しいドレスを纏《まと》い、優雅にお茶を楽しんでいた。あれこそが、王妃として望まれる女性の姿なのではないか。

「あなたの家臣が私に王妃候補の招待状を送ったのは、きっと失敗ね。だって私は、美しく着飾って大人しくしていることなんてできないもの」

「王妃とは、華美に着飾り黙っていればいい、というものではないだろう。どんなに外見が美しくても、内心で何を考えているかわからないのでは、話にならん」

アイデンはそう言ったが、ミアは素直に頷けなかった。

「そうかしら。この国の家臣たちの考えは違うんじゃない？」

「だとしたら、ユーゴーがお前を王妃候補として歓迎している訳ないだろ。物怖《ものお》じしなくて裏表がない性格は、傍に置いておくには楽でいい。余計な気遣いをしなくてすむ」

「……それって、王妃に対する感想じゃないんじゃないの？」

あまり褒《ほ》められている気はしないが、少なくともミアを傍に置くのがイヤではないということだ。

「そもそも『王妃候補』として、城への滞在を許されているけれど、あなたからそういう扱いを受けたことは一度も……」

言いかけて、馬車の中で身体を弄《いじ》られたことを思い出してしまった。ああいう行為をするのが、彼にとっては王妃候補扱いなのだろうか。不意に口を閉ざしたミアを、アイデンは不思議そうに見下ろす。

「どうした？」

「な、なんでもないわ！」

頬を赤く染めながら、ミアは首を横に振った。何か別の話題を、と必死で頭を巡《めぐ》らせる。

「そ、そういえば……あなたが民と一緒に暮らした時期があったように、私も小さい頃に城を離れて療養していた時期があったの」

「療養って、お前が？　今の健康そうな様子からは想像がつかないな」

ははっと軽く笑われ、ミアはムッと頬を膨《ふく》らます。

「失礼ね。私にだって、小さくて可憐な時期があったのよ」

母がミアを産んだのはかなり高齢の時だった。産後体力の消耗《しょうもう》が著《いちじる》しく、乳を上げることはおろか抱き上げることもできなかったらしい。

ミアは母ではなく乳母に育てられたと言っても過言ではなく、母が亡くなってからは年老いた乳母が心の支えでもあった。

今回のブライル訪問は突然だったため、スティーリンの郊外にある彼女の屋敷に顔を出す暇もなかった。帰国したら会いに行こうと思う反面、その時はアイデンから帰れと言われた時だと思うと少し気持ちが沈む。

「小さくて可憐とは、よく言えたものだ。作り話という可能性はないのか？」

「……ほんっと失礼なんだから！」

思わず軽くアイデンの腕を叩こうとすると、笑いながらその手を掴《つか》まれた。温かくて大きな手に自分の手を握られる感触に、胸が大きく高鳴ってしまう。

「さて、もう少しだけ見て回るか」

アイデンの手がすぐに離れてしまったのを、ほんの少し残念に思った。

忙しい彼の時間は限られている。ミアはこくりと頷き、二人の時間を楽しむことにした。


もう少しと言いながら、たっぷり二時間ほどかけて市場を回り、城に向かう馬車に乗り込む頃には陽が傾き始めていた。市場で何度か軽食を取ったとはいえ、空腹を感じる。夕食は早めに取らせてもらおうと考えていると、アイデンに声をかけられた。

「このまま一緒に夕食でもどうだ？　まともに食べていないから腹が減っただろう」

ミアは表情を明るくして頷きかけたが、ハッと自分の姿を見下ろした。

「そう言ってもらえるのは、とてもありがたいのだけれど……」

「いやか？」

残念そうな顔をしたアイデンに、慌てて首を振る。

「ううん、そうじゃなくて。あなたと一緒に夕食を取るために着替えをしていたら、すごく待たせてしまうから……。アイデン、お腹が空いているでしょう？」

国王と一緒の食事だ。さすがに着替えもせずに行くほど、ミアの神経は図太くない。

「なんだ、そんな理由か。ずっと一緒にいたのに、今さらそんなことを気にするのか？」

アイデンが可笑《おか》しそうに笑う。

「気にするな。夕食を一緒にといっても非公式なものだ。俺だって上着を取り替えるくらいだし、お前も普段のドレスで充分だ」

華美に着飾る必要がないなら、断る理由はない。今日はもう少し彼と話をしていたかった。

「よかった。それなら、ぜひ一緒に」

素直に微笑みかけると、アイデンは目を細めた。

「俺の話をしてばかりだから、お前の国の話も聞かせてくれ」

「私の話なんて聞いても、楽しくないでしょう？」

「そんなことはない。こんな風に他国から来た者と長く接する機会は、中々ないからな」

動き出した馬車の中で、アイデンがミアの手に触れた。驚いて彼を見たが、なぜか窓の外に目を向けていてミアを見ようとしない。戸惑っているうちに、大きな手で包み込まれてしまった。

「いやか？」

「……ううん」

ぶっきらぼうな口調に、小さく答える。身体を弄《いじ》られるよりもなんだか恥ずかしくて、ミアは俯《うつむ》いてアイデンの骨ばった指を見つめていた。

このくすぐったい不思議な感情が、アイデンの中にもあればいいなと思いながら。

突然いなくなったことでビアンカはひどく心配していたが、アイデンが一緒だったと知ると小躍《こおど》りせんばかりに喜んだ。

「ミア様ったら！　私の知らない間に、国王陛下とお近づきになられていたんですね。これで他のご令嬢たちより、一歩も二歩もリードですよ！」

リードしたかどうかは怪しい。だが説明するのは面倒で曖昧《あいまい》に誤魔化した。そのまま、ビアンカに手伝ってもらって、ミアは夕食のために着替えを済ませる。

「夕食をご一緒になさるのでしたら、スティーリンから持ってきた、もっと華やかなドレスの方がいいんじゃないですか？」

「いいのよ。少しだけ話し足りなくて夕食を一緒に取るだけだもの。待たせるのは悪いし、アイデンも『普段のままで』って言ってくれたから」

「だからこそ！　ちゃんとした格好をした方がいいんじゃないですかぁ」

食い下がるビアンカを見ると、なんとも言えない表情をしている。

「どうしたの？　ビアンカ。何かあったの？」

「……私、今日は厨房《ちゅうぼう》でお仕事をさせてもらっていたんです。城の人たちから、何か有力な情報でも聞けないかと思って」

彼女が城の仕事を手伝っていたのは、退屈だからじゃなかったと知って驚いた。

「そうだったの？」

「はい。それで今日……ちょっと、気になる話を聞いてしまって」

「気になる話？」

ビアンカは言いにくそうにしていたが、ひと呼吸おいて口を開いた。

「使用人たちの間で、また別の王妃候補がやって来ると噂になっております」

「また？　でもそれは、アイデンの意思ではなくてユーゴーがしていることだと聞いたけど」

「これまではそうだったみたいなんですけど、今回はちょっと違うみたいなんですよ。……というのも、その方はアイデン様がずっと想い続けていた人だとかなんとか」

途端に、ミアの動きがぴたりと止まった。

「え……アイデンが、ずっと想い続けていた人？」

「はい。実はアイデン様には、心に決めた方がいらっしゃるようなんです。妃を娶《めと》らないのも、その方をずっと捜しているからだと城の中ではもっぱらの噂みたいで」

そんな話は、ユーゴーからも聞いていない。

「その……心に決めた方っていうのは、どういう女性なの？」

「なんでも陛下の初恋の人らしいですわ。幼い頃に市場で出会った方だとか」

「幼い頃に、市場で……」

　頭がぼんやりしてきた。もしかしてアイデンが市場に足繁《あししげ》く通う理由は、初恋の相手を見つけるためではないのか。

「じゃあ、今度来るという王妃候補が……アイデンがずっと捜し続けていた相手ってことなの？」

「その可能性が高いと、噂されていました。ミア様が王妃候補としてお城に滞在されてからは、新たにご令嬢方が来ることはなかったのに、その方は別格扱いだから……と」

　指先が、すうっと冷たくなった。一緒に市場を見て回り、少しだけ彼との距離が縮んだように感じたけれど、あれはミアの勘違いだったのだろうか。

「ね、ミア様。ですから、もう少し着飾ってみてはどうかと……」

　ミアは静かに首を振った。

「必要ないわ。それよりも、これ以上彼を待たせることの方がずっとマイナスよ」

　渋るビアンカを説き伏せ、ミアは母の形見のネックレスだけを身につけて部屋を出た。


　市場から帰って来た時には軽やかだった足取りが、今やすっかり重くなっている。彼と色んな話をするのが楽しみでウキウキしていたのに、モヤモヤして仕方がない。

　どことなく暗い気持ちでアイデンの部屋の扉をノックすると、待ちかねたように扉が開いた。

「遅いぞ。腹が減った」

「ご、ごめんなさい！」

まさかアイデン本人が扉を開けてくれるとは思わず、慌てて頭を下げる。

来るように言われていたのは客人をもてなすような大きな広間ではなく、アイデンの私室だ。聞けば、食堂に行くのが面倒でよくこの部屋で一人で食事をしているとのことだった。

給仕をしてくれる侍女が二人いたが、他にはミアしかいない。急いで席についてナプキンを広げると、アイデンは待ちかねたように食前酒に口をつけた。

その姿をじっと見つめつつ、ミアも食前酒を喉の奥に流し込んだ。

思えば、半日一緒にいて色々アイデンのことを知れたと思うが、一番大事なことは聞けていない。

アイデンは、王妃の存在についてどう考えているのだろう。

城に滞在を許可されたとはいえ、正式に王妃にするとアイデンから言われたわけではないのだ。

ビアンカに教えられた初恋の人のこともある。ミアは、会話が途切れた際に思い切って切り出した。

「ねえ、アイデン。こんなことを聞くのは失礼かもしれないけれど……どうしてあなたは結婚をしないの？」

単刀直入にそうぶつけると、アイデンはぴくりと眉を引き上げた。

「随分、唐突な質問だな」

「ごめんなさい……。もう聞き飽《あ》きた質問かもしれないけれど」

急いでそう続けると、アイデンの表情が少しだけ和《やわ》らぐ。

「いや、王妃候補として城に滞在するお前には、それを聞く権利があるな」

自嘲気味にそう言うと、アイデンは彼の瞳と同じ琥珀《こはく》色の果実酒を口に含んだ。

「俺は別に、ずっと結婚しないでいるつもりはないし、選《え》り好みしているわけでもない。ただ、ブライルの王妃に相応《ふさわ》しい相手を見極めようとしているだけだ。俺が結婚しないのは、単にまだ、『将来を共にするに相応《ふさわ》しい』と思える女性に出会っていないからにすぎない」

「なら、あなたが思うブライル国の王妃に相応《ふさわ》しい女性ってどんな人なの？」

柔らかくソテーされた肉をナイフで一口に切り分け、何気なく尋ねてからハッとする。

（これって……なんか、彼の好みを聞き出そうとしているみたいじゃない？）

「あの……ち、違うの！　やっぱり言わなくていい！」

慌てふためいて発言を撤回する。直後、アイデンは高らかに笑い出した。

「お前は、考えていることが手に取るようにわかるな」

ひとしきり笑った後、頬杖をついてミアをじっと見つめてくる。まるで王妃の資質がミアにあるかどうかを、見極めようとしているみたいだ。

「この国は充分大きく、土地も人も潤《うるお》っている。わざわざ他国と縁を結ぶ必要もない。そんな中で、俺が王妃に求める条件は、そう多くない。一番大事なのは、この国の民を愛し、俺と共に生きる覚悟を持てるかどうか、ということだ」

（この国の民を愛し、共に生きる覚悟……）

いかにも彼らしい条件だ。初めて会った時に抱いた高慢な印象とは違い、彼を知れば知るほど、国と民を思う心優しき高潔な王であるのが伝わってくる。王妃になるため国王を陥落させてみせると意気込んできた自分が、打算的で恥ずかしくなるほどに。

食事の手を止め黙り込んだミアに、アイデンが笑いかける。

「どうした？　お前がそんなに考え込む必要はないと思うが？」

まるで、お前には関係ないと言われているようで少し傷ついた。だが、それに気づかれないように笑って顔を上げる。

「そんなことを言って、本当は初恋の姫が忘れられないんでしょう？」

途端に、ぶほっとアイデンが食べ物を喉に詰まらせた。咳き込みながら、慌てて水の入ったグラスを手に取る。

「……誰からそんなことを聞いた」

じろっと睨《にら》まれるが、彼の目元はほんの少しだけ赤く染まっている。そんなアイデンの様子に、ミアは心臓に楔《くさび》が打ち込まれたような衝撃を感じた。ただの噂ではない。きっとこの噂は本当だ。

「どこの誰がお前にそんな話を吹き込んだか知らないが……それは、俺が王妃を選ばない理由ではないぞ。俺が王妃に求める条件は、今言った通りだ」

そう言われても、アイデンの本当の心まではわからない。

恋い焦《こ》がれた初恋の人なら、その条件を満たしているという期待があるのか。

それとも、ミアにもその条件をクリアできる可能性があるのか。

「……それを確かめるのは、とても難しいわね。だって、表面はいくらでも取り繕《つくろ》えるもの」

ミアは、不安を隠すように目を伏せた。アイデンの考えは理解できる。だがその見極めは、結局のところ彼にしかわからないのだ。それを待つ家臣はやきもきするばかりだろう。

「私……少しだけユーゴーの気持ちがわかった気がする」

ふう、とため息を吐くとアイデンが小さく笑った。

「ねえ、アイデン。……跡継ぎがいない今、もしあなたに何かあったらこの国は乱れるわ。それは、あなたの望みに反する事態ではないの？」

「お前、ユーゴーに似てきたか？　確かに俺にはまだ跡取りはいないが、王位継承権を持つ者は他にもいる。信頼する家臣も。王は血で選ぶものではない。経験と民の信頼によって作り上げられるものだ。だからこの国の王は、必ずしも俺である必要はない」

深い言葉だ。これだけ力に溢《あふ》れ魅力ある王なのに、その座にしがみついていない。そういう彼だからこそ、周囲も彼を慕うのだろうか。

ユーゴーが次々と王宮に王妃候補を集めるのも、アイデンを思ってのこと。

彼はきっと一日でも早く跡継ぎを作らせ、アイデンの立場をさらに強固にしたいのだろう。

そう考えれば、ユーゴーがミアに期待をする理由もわかる。別にミアを王妃に相応《ふさわ》しいと判断したからではない。

そんなミアの立場を、アイデンは今どう思っているか。

聞かなければいいのかもしれない。けれども、聞かなければこれ以上先に進めない。

「……アイデンは、どうして私に城へ滞在することを認めたの？」

問いかけると、アイデンはちらりと視線を上げてミアを見つめた。

——私なら、条件をクリアできるってこと？

そう口にするだけの勇気はなかった。鼻で笑われるならまだしも、それならそろそろスティーリンに帰るか、と言われたら怖い。

しばらく黙っていたアイデンは、「どうしてだろうな」と、一言漏らしただけだった。


気まずい雰囲気で食事を終え、デザートが運ばれてきた。その途端、ミアの顔が一変する。

「わあ！　やっぱりアイデンと一緒だから？　なんだかいつもより、デザートの種類が多いわ」

使用人が静々と、見た目も鮮やかなケーキやタルトを銀のトレイに載せて運んできた。

「俺は甘い物はあまり得意でないが、お前は好きみたいだから、多めに用意させたんだ」

それはつまり、ミアのために用意してくれたということだろうか。思わず口元が緩《ゆる》みそうになるのを慌てて堪《こら》えたが、バッチリ見られてしまった。

「そんなに嬉しいか。明日からお前の食事には、多めにデザートをつけるようにしよう」

「い、いい。毎日たくさんデザートを食べたら、ありがたみが無くなってしまうわ」

笑みの理由を、勘違いされたようだ。安堵しつつも、少しがっかりする。

「お食事中、申し訳ありません」

その時、急いだ様子でユーゴーが部屋の中に入ってきた。ちらりとミアに目をやるが、その表情がいつもよりも硬い。

「どうした？　何かあったのか？」

ユーゴーは怪訝《けげん》そうなアイデンに近づくと、耳元で何かを囁《ささや》く。一瞬だけ、アイデンの目がこちらに走ったのをミアは見逃さなかった。

「……わかった」

アイデンが短くそう答えると、ユーゴーは一礼し、すぐに部屋を出て行った。

「どうしたの？」

ユーゴーが居なくなってからそう尋ねてみたものの、アイデンは軽く首を振っただけで答えてはくれなかった。彼と少し距離が近づいたと思ったのが幻と思えるくらい、よそよそしい態度だ。

ミアはアイデンを見ないようにして、目の前のデザートに集中した。

ビアンカから聞いた「初恋の人」の噂が脳裏を掠《かす》める。もしかしたら、ユーゴーがアイデンに伝えたのは、新しく来るという王妃候補の話かもしれない。そう思うと、ずんと気持ちが落ち込んだ。

――自分はこの人の妻になりたいと本気で思い始めているのかもしれない。

国や、自分の立場とは関係なく。

胸に芽生えた想いをそれ以上考えないようにして、ミアはデザートを口に運び続けた。とびきり美味《おい》しいはずのデザートの味に、なぜか思うほど感動できなかった。

シェフたちの心遣いを無駄にしたくなくて、ミアは頑張ってデザートを平らげた。侍女たちが手早く食器やクロスを片づけ部屋から出ていったのを見計らい、ミアも椅子から立ち上がる。

「ごちそうさま。それじゃあ、私も失礼するわね」

ミアを終始無言で見つめていたアイデンが、気怠《けだる》そうに口を開く。

「満足したか」

「ええ、とっても。食べ過ぎたくらい。シェフにも、お礼を伝えておいてもらえると嬉しいわ」

デザートを食べない代わりに、アイデンはずっと酒を飲み続けていた。表情はあまり変わらないが、ほんの少しだけ目元が赤い。やけに色っぽく感じる表情から、ミアは無理矢理顔を背《そむ》けた。

これ以上ここにいたら、もっと彼といたくなってしまう。

後ろ髪を引かれながらも、書斎を出て行こうとしたら、どうした訳か部屋の扉が開かない。

「え、あれ……」

焦ってがちゃがちゃとドアノブを回していると、立ち上がったアイデンがこちらに歩いてくる。

「バカだな。その扉は、引くんじゃなく押すんだ」

笑いながら後ろに立ったアイデンが、覆《おお》いかぶさるようにしてドアノブを掴《つか》むミアの手に触れようとした。その瞬間、ミアは咄嗟《とっさ》にドアノブから手を離し、彼の手から逃れる。

「……どうして逃げる」

「だ、だって……」

一緒に市場に行った時よりも、ずっと彼を意識している。触れられたりしたら、否応《いやおう》なく身体が反応してしまいそうな自分が怖かった。

王妃にすると、アイデンにはっきり言われたわけではない。

いつか自分は、国に帰されるかもしれないのに、あんな風に彼と触れ合うのは躊躇《ためら》われる。

アイデンは無言で、ミアの手を握ってきた。その強引な態度に、ミアの身体がびくんと震える。

「や、やめてったら」

思わず振り返ったミアは、自分を見つめるアイデンの目に釘付けになった。

琥珀《こはく》色の瞳の奥に、仄《ほの》かな熱が揺らめいている。その目から視線を逸《そ》らすことができない。

「……ミア。そんな顔で俺を見つめておきながら、触れるなと言う方が無理だ」

「そんな顔って、言われても……」

抗議の言葉が尻すぼみになる。咄嗟《とっさ》に俯《うつむ》いてはみたものの、顔がみるみる赤くなっていく。

ミアの手を握りしめていたアイデンが、指と指を絡《から》ませてくる。彼と触れ合った場所がじんと痺《しび》れ、ミアは怖くなってふるふると首を横に振った。

「だめ……アイデン」

「ただ、手を繋《つな》いでいるだけなのにか？」

「だって」

彼がミアに触れる理由がわからない。純潔の証《あかし》なら、とうに証明済みだ。

困り果てて俯《うつむ》くしかないミアの頭に、アイデンがそっと唇を押し当てた。ふっと息がかかり、ミアは何も言えずただ首を横に振る。

「……ミア」

掠《かす》れた声に名前を呼ばれ、頭が真っ白になった。口の中がカラカラに渇き、声も出ない。

「普段は跳ねっ返り王女のくせに、こういう時だけ初心《うぶ》で可憐になる。そんな姿を見せられたら、手放せなくなるだろう」

アイデンが熱い息を首筋に吹きかけてきた。身体が反応しそうになり、慌てて手を握りしめる。

「ミア。……帰るな。今日はここで寝ろ。俺の隣で」

甘く艶《つや》めいた声に命令され、息を呑む。

――流されては、いけない。

こんな状態で彼を受け入れたら、傷つくだけだ。

「い、いやよ。私、一人じゃないとぐっすり眠れないの」

「それなら問題ない。どうせ眠らせるつもりはないからな」

アイデンの腕がミアを捕らえ、強く抱きしめてきた。

「俺は、それほど辛抱強い方ではない。これ以上焦《じ》らすつもりなら……どうなっても知らないぞ」

どこか切羽《せっぱ》詰まった声色と、抱きしめる腕の強さに頭がくらくらする。全身が熱くて、何も考えられない。

「ミア」

顎《あご》に手を添え上を向かされる。すぐに、ミアの桃色の小さな唇にアイデンの唇が覆《おお》いかぶさってきた。彼の熱い口づけに押されて、無意識に開いた唇の隙間から熱い舌がぬるりと入ってくる。舌から伝う唾液から、彼の飲んでいた果実酒の味が口内に広がる。その味は初めてアイデンに触れられた夜のことを彷彿《ほうふつ》とさせ、ミアの顔が火照《ほて》ってきた。

媚薬《びやく》を飲まされたわけでもないのに、頭がぼーっとする。ミアの口腔《こうこう》を蠢《うごめ》く彼の舌に、されるがままになっていたら、口の端をつつっと唾液が零《こぼ》れた。

恥ずかしくなって、唇を離す。するとアイデンが零《こぼ》れた唾液を指ですくいぺろりと舐《な》めた。彼の眼差しがひどく熱い。誰に教わらなくても、自分が欲情しているのがわかった。躊躇《ためら》いがちに彼の身体に身を寄せ、厚い胸板に手を添える。感じる鼓動は、ミアに負けないくらい速かった。それがなんだか嬉しくて、アイデンの顔を見上げる。

「今夜は……離れがたい」

彼の熱く掠《かす》れた声に、ミアは自然に頷き返していた。

たった一言でこんなにも心が浮き立ち、胸の中が一瞬で桃色に染まる。幸福感に包まれ嬉しいと実感する間もなく、ミアの唇は再びアイデンによって塞がれていた。

(私も……離れたくない。このまま朝までアイデンと一緒にいたい……)

流されてはいけないと自制する気持ちは、もろく崩れ去ってしまった。

今はただ、アイデンに対する自分の気持ちに素直に従いたい。

口づけの合間にアイデンの上着をぎゅっと握りしめると、その手を大きな手がすっぽりと包み込んだ。次の瞬間、ミアはアイデンに軽々と横抱きにされた。

「きゃっ」

思わず声を上げ首にしがみついたミアを、彼は満足気に見下ろす。

「行くぞ」

短くそう言うと、彼はミアを抱いたまま颯爽《さっそう》と奥の寝室へと歩き出した。

「ん……ふ……っ、あ、ん……」

ぴちゃぴちゃと舌を絡《から》ませ合う音を響かせながら、ミアは白いシーツの上で淫《みだ》らな姿を晒《さら》していた。ベッドの上に下ろされたかと思うと、あっという間にウエストのリボンを解かれ、ドレスの前ボタンを外されてしまった。

ひとしきり熱烈な口づけを交わした後、アイデンは身体を起こし乱れた姿のミアを見下ろす。じいっと穴があくほど見つめられ、恥ずかしくなって顔を背《そむ》けた。

「そ、そんな……じっと見なくてもいいじゃない」

両手でドレスの前を合わせようとしたら、逆にドレスを脱がされてしまった。生まれたままの姿にされて、ミアは目を潤《うる》ませる。

これだけ魅力のある人だ。きっと女性のこんな姿は見慣れているに違いない。彼の視線を全身に浴びながら、もしかして他の女性と比べられているのかもしれないと思うと不安で逃げたくなる。

「初めて見るお前の裸を、隅々までちゃんと見たいと思うのは間違っていないだろう」

(え、そう……だったかしら……?)

記憶をたどろうとしたところ、腕を捕らえられ、頭上にひとまとめにされた。

「美しい肌だな。触り心地もよかったが、こうして見ると艶々《つやつや》していて、なお美しい」

色白とは言えないがもちもちとした手触りのミアの肌は、湯浴みの際によくビアンカから褒《ほ》められる。アイデンはミアの手を片手で押さえ、もう片方の手でゆっくり身体に触れてきた。温かい指先に触れられた瞬間、ミアの身体がぴくりと震える。

アイデンの指はすぅっと優しく首筋から鎖骨を滑り、胸の丸みに沿って動いた。

「ふ……」

胸の膨《ふく》らみをなぞられ、声が漏れる。アイデンもまた短く息を吐くと、幾分手の動きを速めた。

「ん、あ……っ、んんっ」

大きな手の平で柔らかな胸を掴《つか》まれ、ふるふると左右に振られる。ミアの両手を押さえていた手が離れ、もう片方の胸を力強く揉みだした。

「んーっ、あぁ……っ、ん、ぁ」

胸の先端が桃色に色づき、ジンジンと疼《うず》き始める。早く触れてとばかりにぷくりと立ち上がり、存在を主張した。アイデンがそれを見逃すはずもなく、頂《いただき》に指を伸ばしてきゅっと摘《つ》まみ上げる。

「あぁ……っ、や、あぁんっ」

途端に、びくっと身体がしなった。

「ダメぇ、そこ……ん、や、なんか変、だから……っ」

弱々しく首を振るが、それはむしろ逆効果だったらしい。アイデンはごくんと唾を呑み込むと、執拗《しつよう》に頂《いただき》を弄《いじ》り始めた。

触れられているのは胸なのに、そことは別の場所がじわりと潤《うる》み始める。それを意識すればするほど、彼の手に翻弄《ほんろう》され快感が募《つの》っていく。

「ここ、随分と硬くなっているな」

アイデンが嬉しそうに言って、ミアの胸に顔を寄せ頂《いただき》に舌を伸ばしてきた。尖らせた舌先で頂《いただき》をつんつんと突《つ》いたかと思うと、おもむろに口の中に含む。

「あ、あぁ……っ、あ、んんっ」

熱い口の中に含んだまま、舌がチロチロ動き頂《いただき》を刺激してくる。舌先でくるむように包んだかと思うと、今度は軽く歯を立てられた。ミアはたまらず深い息を吐く。

「はあぁっ……ア、アイデン……」

「お前の身体は、たまらなく甘いな……」

アイデンだけではなく、ミアも信じられないくらい彼に欲情していた。だからこそ、この行為の先に待つものをありありと意識してしまって怖くなる。

「ア、アイデン、だめ……っ」

「何がダメなんだ？　そんなに、心地好さそうな声を上げておきながら」

ミアの胸に顔を埋《うず》めたまま、アイデンが薄く笑う。

「だ、だって……わ、私、こんなこと、しちゃいけないの……」

拒絶の言葉を聞くや否《いな》や、アイデンが胸の膨《ふく》らみに軽く歯を立てた。

「あ、んんっ！」

「お前は、王妃になるつもりでブライルに来たのだろう？　だったら、俺に抱かれるのに何を躊躇《ためら》う必要がある」

覚悟を決めてこの国に来たのは事実だし、ミアは彼に惹かれ始めている。躊躇《ためら》うことはないと言われれば、確かにその通りだ。けれど、自分が本当に王妃になれるか、まだ決まったわけじゃない。

それなのに、彼に身を任せてしまってもいいのだろうか……

「で、でも……っ」

ここにきてなお迷いを見せるミアに、アイデンは胸への愛撫《あいぶ》を激しくした。

「あぁっ、あぁぁん！」

ざらりとした舌が頂《いただき》を何度も往復して、ぴちゃぴちゃと音を立てる。無意識に自分の胸を見下ろしたミアは、貪《むさぼ》るように胸をしゃぶるアイデンの目を見てめまいを覚えた。

「余計なことは考えるな。悪いようにはしない」

「あぁ、や……アイデン、あ、あああんっ」

いつの間にか脚の付け根に下りていた手が、素早くミアの太腿を割り開いた。既に何も身につけていないため、彼の骨ばった手がすぐに秘所に触れる。指先で繁みをかき分けたアイデンは、ふっと笑みを零《こぼ》し意地悪そうな視線をミアに向けてきた。

「……こんなに蜜を零《こぼ》しておいて、イヤだと？」

まだ割れ目に触れたわけでもないのに、彼の指が蜜に触れたようだ。たちまち林檎のように真っ赤になるミアに、アイデンはさらに目を細めた。

「気持ちがいいなら、気持ちがいいと素直に言えばいい。こんなに濡らしておきながらイヤだと言われても、俺が収まらない」

「い、今までは……それ以上、しなかったのに……？」

「さすがに会ったその日に奪うほど、鬼畜ではないつもりだ。さきほどは馬車の中だったしな」

それはそうだけど、と言いかけたところで、彼の指が花蕾に触れた。

「んんんっ!!」

溢《あふ》れ出した蜜を纏《まと》いぬるぬるになった指が、優しく蕾《つぼみ》とその周囲に触れてくる。

「ひ、あ、あぁ……ん、あ、ああんっ、ダメ、アイデン……っ!」

「すごいな。もっとよく見せろ」

そう言ってアイデンはミアの脚を大きく広げ、足下へと身体の位置をずらした。

「やっ!! ダ、ダメ!」

ミアは慌てて太腿を閉じようとしたが、がっちりと彼の手に押さえつけられて身動きがとれない。

「いや……本当、見ないで……」

ミアは両手で顔を覆《おお》い、イヤイヤと激しく首を左右に振った。羞恥《しゅうち》で、頭がどうにかなってしまいそうだ。アイデンはなおも花蕾に触れながら、ミアの秘所を至近距離でじっと見つめてきた。

「どんどん奥から溢《あふ》れてくる……そそられる匂いだ」

次の瞬間、ミアは熱い何かで割れ目を撫でられるのを感じた。ハッとして指の隙間からアイデンを見下ろすと、うっとりとした表情でミアの秘所に顔を埋《うず》めている。さらに彼は、舌で秘部の割れ目を開きじゅるじゅると溢《あふ》れる蜜を啜《すす》り始めた。

「いや、いやぁ……っ、だめ、あ、あぁぁっ!」

逃れようにも、太腿をがっちりと掴《つか》まれてしまってどうにもできない。その間も、アイデンの舌は秘部の入り口を舐《な》め回している。やがて彼は、ぐっと奥まで舌を差し込んできた。我がもの顔で、上下左右に舌を動かし内部の壁を舐《な》め上げていく。ミアは今までとは比にならない嬌声《きょうせい》を上げた。

「あっ、はあぁぁぁ……っ、ん、ん、ダメ、あ、あああぁぁんっ！」

舌が動くたび、こぽこぽと奥から新たな蜜が零《こぼ》れだす。それを愛撫《あいぶ》の合間に音を立てて啜《すす》ったかと思うと、蜜でねっとりと濡れた唇を秘所に押し付け、花蕾をちゅうっと吸い上げる。

「ひいっ！　あ、ダメぇっ!!」

ミアは顔から手を離し、何かに縋《すが》ろうとシーツを強く握りしめた。

「はぁ……っ、アイデン、だめ、そんな、あぁぁ……！」

そんな汚いところを、どうして執拗《しつよう》に舐《な》めるのだろう。聞きたくても、口を開けば快楽を訴える喘《あえ》ぎ声しか出てこない。アイデンは、夢中になってミアの秘部を舐《な》め続けている。腰のあたりがゾクゾクして蕩《とろ》けそうだ。身体の奥がきゅうんと締めつけられるような感じがして、快感の波が襲ってきた。これまで二度味わったあの感覚の再来に、ミアの息が上がる。

熱くて分厚い舌にべろりと花蕾を舐《な》め上げられた時、たまらず声を上げた。

「あ、あぁぁ……もう、いく、いっちゃうぅ……ッ！」

ビクッと身体が大きく跳ね、秘部に顔を埋《うず》めるアイデンをぎゅっと脚で挟み込む。そのまま、びくびくと痙攣《けいれん》し、ミアの身体からくたりと力が抜けていった。

「まだ……ひくひくと蠢《うごめ》いているな。中から蜜が漏れてくるぞ……」

なおもミアの秘部に顔を寄せるアイデンが、掠《かす》れた声で囁《ささや》いた。かと思うと、絶頂の余韻が残る秘部につぷりと指を突き立ててくる。

「い、いやぁ……そ、んなっ」

熱の冷めきらない身体にいきなりそんなことをされ、ミアはきゅっと腹部に力を入れた。

「く……キツイ、な。これだけ蕩《とろ》けているのに、こんなにキツイとはどういうことだ」

達したばかりで収縮を続けている秘部に、今の刺激は強すぎた。ずぶずぶと侵入してくる指を、押し出さんばかりに締めつける。

「あ、いやぁ……」

アイデンはあくまでゆっくりと指を出し入れするが、違和感が拭《ぬぐ》えない。強引に押し入ろうとする指の動きに恐怖を覚え、さらに身体が硬くなるという悪循環を招いていた。

指を突き立てミアの反応を窺《うかが》っていたアイデンが、諦めたようにずるりと指を引き抜く。

「たった一本の指さえ入れられぬようでは、到底俺のものなど受け入れられないな」

どことなく残念そうな響きに、ミアはハッとして顔を上げた。

彼のものを受け入れられないということは――もしかして、王妃失格ということだろうか。

どうしよう、とサーッと血の気が引いた。肝心なところでこれでは、アイデンに呆れられたかもしれない。そうこうするうちに、アイデンの身体がミアから離れた。

「ア、アイデンッ」

身を起こした彼に慌てて声をかける。アイデンはそれには答えず、ベッド脇のテーブルに手を伸ばした。そこに置かれた小箱を掴《つか》み、中から陶器製の小さな瓶を取り出す。

「こんなものに頼るつもりはなかったが……お前が痛くないのが一番だからな」

「え、私……？」

訳がわからないミアを見下ろし、アイデンが妖《あや》しく微笑む。彼は小瓶の蓋《ふた》を開けると、それをミアの顔の前に近づけてきた。

彼に促《うなが》されるまま、ミアはその小瓶に顔を近づける。花のような甘い香りに、記憶が揺さぶられた。微妙に顔色を変化させたミアを見て、アイデンがにやりと口の端を歪《ゆが》める。

「わかるか？」

「これって、もしかして……」

ブライルに来て初めての夜。ミアが飲んだ果実酒の香りと似ている。

「そうだ。これはお前がユーゴーに盛られた媚薬《びやく》の原液だ。いずれ役に立つからと無理やり置いていかれたのだが……まさか、本当に役に立つ日がくるとはな」

もしかして、この薬をまた飲まされるのだろうか。あの夜のことを思い出し顔を引き攣《つ》らせたミアの目の前で、アイデンは蓋《ふた》の開いた小瓶を傾けた。

「あっ」

とろみのある液体が、ミアの身体の上に落ちてくる。アイデンが狙いを定めて零《こぼ》した場所は、ミアの秘部だった。

「い、いやっ！」

慌てて身体を起こしたが既に遅く、媚薬《びやく》はミアの花蕾から秘部へと流れていった。冷たさを感じたのは一瞬のことで、すぐにじんじんと痺《しび》れるような感覚が広がっていく。

「や……何、これ……っ」

「あの媚薬《びやく》は飲むこともできるが、こうして直接肌につけるとさらに効果が増す」

アイデンは蓋《ふた》を閉めた小瓶をテーブルに戻し、ミアの秘部へと指を伸ばしてきた。

「あ、いや、だめぇ……」

身体を半分起こした状態で首を振る。薬の効果が表れたのか、秘部がひどく熱い。口ではいやと言いつつも、早く触れてほしくておかしくなりそうだ。

「ああ。さっきよりも赤く充血しているな……ここも、こんなに立ち上がっている」

アイデンはそう言って、ミアの花蕾に触れた。

「あああぁぁあっ！」

途端に、達した時みたいな刺激が全身を駆け抜けた。

「だ、だめえ、アイデン……っ、すごく、なって、あぁ……ッ！」

アイデンは楽しそうに、わざとゆっくり指を動かしてくる。望んでいる刺激を与えてくれないもどかしさに、ミアは自然と腰をくねらせた。

「や、や、や……っ、あん、ダメ、そんなの……ん、あぁん！」

「もっと触れてほしいのなら、素直に言えばいいだろう」

そんな恥ずかしいことを、言えるわけがない。必死に歯を食いしばり首を振るミアの唇に、アイデンが顔を近づけちゅっと軽くキスをした。

「だ、だって……こんなの、はしたない……」

「薬のせいでこうなってる。それをしたのは俺だ……心のままに、強請《ねだ》ってみろ」

軽いキスでは物足りなくて、はあはあと息を切らしながらミアは舌を出した。アイデンは目を細めて笑い、その舌に吸いついてくる。

「んぁ……ッ、ふ、あぁ……っあん……」

激しく舌を絡《から》ませ合い、頭がぼーっとしてくる。ミアはちゅくちゅくとアイデンの舌を吸いながら、自然と彼の指に腰を擦りつけた。アイデンの指が中で蠢《うごめ》くと、叫び出しそうなほど気持ちがいい。でも、本当はもっと奥にその指を突き立てて激しく動かしてほしかった。

ミアは彼の舌を離し、顔を近づけたまま囁《ささや》いた。

「ほ、んとに……いい、の……？　いやらしい女の子だって、思われたくないの……」

「そんなことを恐れているのか」

アイデンは薄く笑うと、おもむろに自《みずか》らの上着をがばりと脱いだ。引き締まった身体に見惚れていると、次にズボンに手をかけ下着ごとずるりと下げる。

すると、腹につきそうなほどそそり立つ彼のモノが飛び出してきた。

花嫁修業で男性の身体について説明を受けていたが、想像していたよりも遙《はる》かに大きく太い塊《かたまり》にミアは目を丸くした。

赤黒くそそり立ったモノは血管が浮き出ていて、丸い先端からは透明な汁がくぷりと溢《あふ》れている。

「こ、こんなに大きいものなの……!?」

「さあな。人と比べたことがないから知らん。俺だって、お前の中に入りたくてこうなっているんだ。……だから、恥ずかしがることはない」

アイデンはなんでもないことみたいに、そう言い捨てた。

「あ」

いやらしい女の子だと思われたくないと言ったミアのために、こうして見せてくれたというのか。

(どうしよう……今、私の頭の中、アイデンでいっぱいになってる……)

「アイデン……」

たまらず名前を呼ぶと、アイデンはすぐにミアを正面から抱きしめた。ミアの身体に直接、熱く滾《たぎ》った彼のモノが当たる。

「ほら、これが……お前の中に入るんだ」

(これを……入れるって、私の、あそこに……?)

頭では無理だと思うのに、知らず、じゅんと秘部の奥が蕩《とろ》けてくる。

先端から滲《にじ》むぬるりとした液がミアの腹部についた。アイデンは、それを擦りつけるように腰を動かしてくる。そのたびに、昂《たかぶ》りの先端がミアの腹部をなぞった。

「あ、すごい……」

その硬さと熱さに驚いていると、アイデンはすかさず秘部へと手を伸ばしてくる。媚薬《びやく》にまみれたそこは触れられただけで、すぐに蜜を溢《あふ》れさせるほど敏感になっていた。

「ああぁんッ、あ、や、あああっ」

アイデンは溢《あふ》れた蜜を指に纏《まと》わせると、じゅぶりと一気に秘部へ突き立てた。さきほどはきつく侵入を拒《こば》んでいた入り口が、あっさりと指を咥《くわ》え込んでいく。

「あ、あああぁぁ……っ」

ミアは震えながらアイデンの身体に腕を回した。指はすぐに二本に増やされたが、痛みは感じない。絶えず溢《あふ》れる蜜に助けられ、すんなりと指が出入りを繰り返す。

「ん、あん、あああっ……っ、あ、ああんっ」

ミアは指の動きに合わせて、高い声を上げる。そのたびに、ミアの腹部に当たっている昂《たかぶ》りがびくびくと反応した。

「もう、大丈夫だろう」

アイデンはそう言って身体を起こすと、ミアの中から指を引き抜いた。

「あ……」

快感の中にいたミアの口から、思わず寂しそうな声が出てしまう。するとアイデンは、にやりと笑いミアの脚を大きく広げた。その中心に、熱く膨《ふく》れ上がった自身の昂《たかぶ》りをぴたりと当てる。

さきほど感じた怖さは既になく、ミアは蕩《とろ》けた目でアイデンを見上げた。

「こんなに濡らして……ほら、俺が欲しいと言え」

獲物を捕らえた獣のような目で見下ろされた。彼に支配される——そう思いながらも、ミアはこくんと唾を呑み込み小さく口を開いた。

「アイデンが……欲しい……欲しいの……」

「ああ……俺も、お前が欲しくて、もう限界だ」

アイデンは自身に手をやり、数回割れ目の上を往復し蜜を纏《まと》わせた。次の瞬間、入り口に先端をぐいと押し込む。

「あぁ……っ、や、あぁ……っ」

身体の中に大きなモノが埋め込まれていく。信じられないくらいの圧迫感に、ミアは眉を寄せた。だが、媚薬《びやく》のせいか快感のせいか、思ったほど痛みはない。

途中で何かにつっかえたようにアイデンの動きが止まり、彼は深く息を吐いた。

「悪い」

短く言うや否《いな》や、ずんと勢いよく腰を押し込んでくる。メリメリと肌が裂ける感じと共に、深く彼の昂《たかぶ》りがミアの中に入ってきた。

「い、痛……っ！」

瞬間的に感じた痛みは、すぐに引いていった。おそらくたっぷり馴染《なじ》まされた媚薬《びやく》の効果だろう。初めては叫ぶほど痛い、と教えられていたミアにとっては、予想外に小さな痛みだった。

「入った……」

二人の身体がぴったりと合わさり、アイデンがほうっと熱い息を吐いた。無意識に息を止めていたミアも、つられて長い息を吐く。

「これで……終わ、り？」

「何を言う。これからだ」

アイデンがそろりと腰を引いた。内部が引っ張られたかと思うと、再びずしんと腰が打ちつけら

れ、中がいっぱいになる。二度三度と同じ動きを繰り返した後、アイデンは身体を起こしミアの脚を抱え込んだ。

「痛みはないようだな。だったら……もっと激しくしても大丈夫か」

そう言うとアイデンはミアの脚を大きく広げ、ずぶずぶと抽送《ちゅうそう》を始めた。

「いっ、あぁぁぁんっ！」

反射的に痛いと叫びそうになったが、痛みはまったくない。それどころか、中を抉《えぐ》られるたびに、ぞくぞくするほどの快感が込み上げてくる。

「ひっ、ん、あぁぁっ」

腰を打ち付けられ身体が揺さぶられ、ミアの声が切れ切れになる。けれどもそれは痛みや違和感を訴えるものではなく、彼の口元にうっすらと笑みが浮かんだ。

「お前の中……ひくひくと蠢《うごめ》いているぞ。すごい締め付けだ」

「や、そんなの、言わないでぇ……！」

恥ずかしくて、じわりと涙が滲《にじ》んでくる。

——初めての時は、どんなに痛くても声を殺して、終始大人しく夫となる人に身を任せる。

そう習ったはずなのに、今のミアは淫《みだ》らに声を上げ、痛み以上に快感を覚えていた。たっぷりと溢《あふ》れた蜜はアイデンの昂《たかぶ》りに絡《から》みつき、蝋燭《ろうそく》の灯りに照らされぬらぬらと光っている。

彼が動くたびに、繋《つな》がったところがぴちゃぴちゃと音を立て、恥ずかしくてたまらなかった。

腰を大きく前後に動かしながら、アイデンは二人の繋《つな》がった部分を見下ろしている。

「ああ、すごい……こんなに蜜が、絡《から》まって……」

「いやあぁ、み、見ないで……っ」

見られているのを意識すると、さらに興奮する。ミアは徐々に心の箍《たが》が外れていくのを感じた。

「あ、あぁぁ……っ、ん、んん、あああんっ」

不思議と、声を上げると快感が増していく。そしてアイデンもまた、ミアの甘い声に煽《あお》られるように腰の動きを速めていくのだ。

「く……っ、ダメだ……ミア、耐えられん……ッ」

そう言ったかと思うと、アイデンは猛然とミアの奥に昂《たかぶ》りを突き立てた。

「ひゃ、ああぁっ、ん、あぁぁんっ！」

媚薬《びやく》のせいで敏感になった身体は、あっという間に快感の高みに上《のぼ》り詰めてしまう。

「だめ、だめぇ、ん、ああああっ、いっちゃう……っ！」

ズンズンと何度か最奥《さいおう》まで打ち付けられ、ミアは身体を震わせた。

「あぁぁぁあ、いく……ッ」

ひときわ艶《つや》めいた声を上げ、ぎゅっと奥を締め付ける。その瞬間、アイデンが低く呻《うめ》いて激しく腰を打ち付けてきた。

「ミア、俺も……ッ」

彼は限界まで膨《ふく》れ上がった自身を寸前で引き抜くと、白濁した液をたっぷりと吐き出した。

「あ、あぁ……」

「……まだ、お前の中に子種は残せないからな」

お腹の上に注《そそ》がれる熱い飛沫《しぶき》を、ミアは震えながら感じていた。

（子種……これが……）

ミアの身体に広がる白い液にうっすらと赤いものが混じっているのを見届け、アイデンは口元を歪《ゆが》めて手早くシーツで拭《ぬぐ》った。

ぼんやりと視線を宙に彷徨《さまよ》わせながら、ミアは純潔を失った実感を噛みしめる。これが良かったのかはわからない。けれど、後悔はなかった。

「ミア」

囁《ささや》きながら、アイデンがどさりとミアの上に覆《おお》いかぶさってきた。彼を無意識に抱きしめたミアは、腹部に当たる彼のモノが今なお硬さを保っているのに気づく。

（確か……これで、終わりよね……？）

うろ覚えの花嫁教育を頭の中で反芻《はんすう》していると、胸の辺りでもぞもぞと何かが動く。

アイデンがミアの胸に顔を埋《うず》めているだけではなく、手でまさぐり始めたのだ。

「ア、アイデン……？」

戸惑いながら彼を見下ろすと、アイデンは舌を伸ばしてペロリとミアの胸を舐《な》めた。

「ひゃあっ……ッ、あの、もしかして……」

もう一度？　と聞き返す間もなく再開された愛撫《あいぶ》に、ミアはあっという間に甘い吐息を零《こぼ》した。

四　一夜明けて

ミアがぱちりと目を覚ました時、隣にアイデンの姿はなかった。

分厚いカーテンのせいで今が何時かはわからないが、隙間からほんの少しだけ漏れる光は明るい。きっともう、とっくに朝を迎えている。

忙しい彼のことだ。おそらく政務に向かったのだろう。何気なく寝返りを打った瞬間、ずきりと下腹部が痛んだ。その痛みと全身に残る気怠《けだる》さが、昨夜の情事が夢ではなかったことを表している。

彼に抱かれたのは、素直に嬉しい。しかし、ミアは純潔を失ってしまった。ブライルでは問題ないとしても、こうしたことに厳しいスティーリンでは決して許されない行為だ。

——それでも。

熱っぽい声で何度もミアの名を呼び、腰を打ち付けてきたアイデンを思い出し胸がぎゅっと掴《つか》まれたように苦しくなる。彼のモノでミアの中がいっぱいになり乱される感触がよみがえり、ずくりと脚の付け根が潤《うる》んだ。

「アイデン……」

彼の名を呼び、シーツに顔を埋《うず》める。そこにはまだ、彼の匂いが残っていた。

（どうしよう。これから……）

嬉しいのに、不安で落ち着かない。何度も口づけを交わし抱かれたとはいえ、彼の口からはっきりとミアに対する気持ちを聞くことはなかった。

——私はこのまま、ここにいてもいいの？

たった一言そう聞けたらよかったのに、拒絶されたらと思うと、怖くて何も言えなかった。

ミアを見つめる、甘く情熱的な瞳。思い出すだけで蕩《とろ》けそうに幸せな心地になる。だが、あれがただの生理的な情欲でしかなかったら……と考えると、不安で胸が締め付けられた。

（ここにいて……少しでも、王妃になれる望みはあるのかしら。でも私が、彼の語った王妃の条件を満たしてるとも思えないし……）

途方に暮れるミアの耳に、コンコンと軽快にドアをノックする音が聞こえた。アイデンが戻ってきたのかと慌ててシーツを身体に巻き付けたが、聞こえてきたのは爽《さわ》やかな女性の声だった。

「ミア様～。おはようございます！」

「開けてもよろしいですか？　っていうか、開けますよ！」

ビアンカとノーラの声に、ミアは青ざめて自分の姿を見下ろした。

昨夜脱がされたドレスは床に散らばったままで、シーツの下は全裸だ。さらに、シーツから覗《のぞ》いた脚に、朱い痕《あと》がいくつも散らばっているのを見つけて卒倒しそうになる。

「ちょっ、ちょっと待ってお願い……っ！」

慌てふためくミアを余所《よそ》に豪快に扉が開き、二人は満面の笑みを浮かべて入ってきた。

流れ作業のように湯浴みと着替えを手伝われ、遅い朝食が運ばれてくる。

胸がいっぱいでお腹が空いてないと言おうとしたが、ほかほかと湯気のたつ温かい食事を目にすると、ぐーっとお腹が鳴った。なんとも身体は正直だ。

「いただきます……」

野菜のたっぷり入ったスープをひとさじすくって口に運ぶ。身体の中からじんわりと温まっていく感覚に、ほっと息を吐く。あれだけ激しく抱かれたのだから、消耗《しょうもう》しているのも当然だ。ゆっくりと食事を口にしていたミアは、ふと見慣れない食べ物を見つけ小さな器を手に取った。

「綺麗な桃色……これは、何かの穀物?」

「あら、スティーリンでは見かけませんか?」

「ええ。とってもいい香りがするし、随分綺麗な色をしているのね」

ノーラに尋ねると、彼女はふふっと意味ありげな笑みを浮かべる。

「これはですね、ブライルでお祝い事があった時に出される、とっても貴重な穀物なんです」

「お祝い事」と言われ、思わずむせる。

「な、な、な……」

なんで皆知ってるの!?　と叫びかけたミアの前で、二人がニマニマと顔を見合わせた。

「この穀物を赤い豆と一緒に炊くと、こんな風に綺麗な桃色になるんです。結婚式では必ず出される食べ物で、あとは年頃の娘が初潮を迎えた時とか……」

「も、もういいわ……」

これ以上説明を聞いたら、卒倒してしまう。食事の用意をするのは、城の全ての料理を取り仕切る料理長の仕事。すなわち、彼らもこの祝い膳の意味を知っているということだ。

(ありえない……アイデンに抱かれたのを、城の皆が知ってるなんて!)

動揺を隠すために、ミアは一心不乱に食事を平らげ始めた。ノーラとビアンカの穏やかで微笑ましげな視線が、なおいたたまれない。

王妃候補として城にいる自分が王とベッドを共にして、二人だけの秘密ですむ訳がなかったのだ。自分の浅はかさを思い知らされると共に、この事態をアイデンはどう思っているのかと頭の中がぐちゃぐちゃになった。この先、どんな顔をしてアイデンに会えばいいのだ。

「ごちそうさま……」

ため息と共にフォークをトレイに置いた瞬間、コンコンッと性急なノックの音が聞こえてきた。

ノーラが扉を開けるより早く、外側から扉が開く。

「ミア様!　おめでとうございます」

嬉しそうな声と共に、ユーゴーが部屋に飛び込んできた。

「ユ、ユーゴー?」

驚くミアを余所《よそ》に、まるで小躍《こおど》りせんばかりの勢いでミアに近寄ってくる。だが、途中でハッと表情を改めると少し離れた場所で跪《ひざまず》いた。

「私ごときが簡単にお傍に寄れる方ではございませんね。あなたを見込んだ私の目に間違いはありませんでした」

ユーゴーは感極まった表情で、ミアを見上げてくる。

「これでようやく、私も肩の荷が下りるというものです。ああ、そうだ！　もし婚姻前にご懐妊の兆《きざ》しがありましても、わが国はその辺が非常に寛大なのでご安心くださいますよう」

「いや、本当にちょっと待って……」

話の内容に頭がついていかない。

「よかったですね、ビアンカ」

「ありがとう、ノーラ。本当に素晴らしい……スティーリンの国民も喜びますわ！」

さらに、侍女同士までが勝手に盛り上がっている状況に、大いに焦った。

(王妃として認めるって言われた訳でも、好きって言われた訳でもないのに……って、べ、別に、好きかどうかは関係ないんだけど！)

ミアは激しく首を横に振った。まずは直接彼に会って話をしなければ。このままでは彼の気持ちがわからないまま、どんどん話が進んでいってしまう。

「あの、ユーゴー。今日のアイデンの予定を教えていただけないかしら？　早急に、話し合う必要があると思うの」

「もちろんです。アイデン様とお会いできるよう早速、予定を調整してまいりましょう！」

ミアの言葉を聞いたユーゴーは、すぐさま部屋から出て行った。あの様子なら、彼は何がなんでもアイデンの予定を調整してくれるだろう。

王妃になるのを希望していたミアにとっては願ってもない状況のはずだ。しかし、どうにも落ち着かない。自分はともかく、アイデンの気持ちがはっきりしないまま事が進むのは耐えがたかった。

「ミア様、ここからが踏ん張りどころですよ！　新しい王妃候補なんて付け入る隙がないくらい、アイデン様との仲を確実なものにしてくださいね」

ミアの食器を片づけながら耳元で囁《ささや》いたビアンカに、曖昧《あいまい》な笑みを返す。

そうだ。新しい王妃候補が来るという話も、まだちゃんと彼に確認していなかった。

既成事実は既にある。だったら、ビアンカの言う通り、ミアはアイデンの気持ちなど気にせず、何がなんでも王妃の座を確固たるものにしなければならないのだろう。

王妃の座を手に入れる。その覚悟が足りない自分に、ミアは密かにため息を吐くしかなかった。


その後、ユーゴーは三十分も経たずにミアのもとに舞い戻ってきた。それも「支度が済んだらいつでも会いにきていい」とのアイデンの返事を携えて。

「もしかして、あなたが無理に面会をねじ込んだだけで、アイデンの意思じゃないんじゃない？」

仰天してユーゴーを見やると、彼はとんでもないといった様子で顔の前で手を振った。

「本当です。家臣たちとの会議の後、部屋に来るようにと。さあ、一緒にまいりましょう」

ユーゴーに連れ出されるが、アイデンの部屋が近づくにつれ気持ちが落ち着かなくなってきた。

昨日の今日で、どんな顔をして会えばいいかわからない。

「あの……ユーゴー、やっぱり私、部屋に戻るわ」

ぴたりと足を止めたミアを、ユーゴーが不思議そうに振り返る。

「どうしてですか？　執務室はすぐそこですし、アイデン様もお待ちですよ」

「だって……どんな顔して彼に会えばいいのか、わからないんだもの」

子供の駄々のようだと情けなく思いながら、ぼそぼそと打ち明ける。

「大丈夫ですよ。アイデン様はミア様をお待ちです。どうぞ自信を持ってください」

「でも……」

躊躇《ためら》うミアに、ユーゴーが穏やかな笑みを向けた。

「というか連れて行くとお約束してしまった以上、ミア様に来ていただかないと私が怒られます」

ユーゴーの口調は優しげだが、まったく引く気配がない。これ以上ぐずっても彼に迷惑をかけるだけだと、ミアは渋々足を進めた。

いつもは遠く感じる執務室が、今日はやけに近い。衛兵の視線すら恥ずかしくて、ミアはずっと足下ばかり見つめていた。

「陛下、ミア様をお連れしました」

扉を開きユーゴーが楽しそうに声をかけると、ツカツカとこちらに向かう足音が聞こえてきた。

ここまできたら、もう腹を括《くく》るしかないのに、顔が上げられない。

「ミア」

すぐ傍で、昨夜散々聞いた声がする。

恐る恐る顔を上げると、目の前にアイデンが立っていた。戸惑うミアの肩にアイデンの手が触れ、抱き寄せられる。目を白黒させるミアの髪に、アイデンはそっと頬をすり寄せた。

「今朝は一人にして悪かったな。ずっとお前の寝顔を見ていたかったが……仕事が溜まっていてな」

聞いたこともない優しい声音でそう囁《ささや》いたかと思うと、ミアの柔らかい髪を優しく撫でる。結い上げる時間がなくて下ろしたままだった髪に大きな手が差し込まれ、ミアの耳を軽く撫でた。

「……っ」

温かい指が触れ、咄嗟《とっさ》に声を漏らしそうになる。真っ赤になったミアを微笑ましげに眺めつつ、ユーゴーが数歩後ろに下がった。

「では、わたくしはこれで」

「ああ、ご苦労。さあ、ミア」

アイデンは嘘みたいに優しい手つきでミアの肩を抱き、中へ誘《いざな》う。重い扉が静かに閉まり、バタンと音を立てた——かと思うと、ミアはぽいっと部屋の中に押し込まれた。

「え、何?」

「お前な、いくらなんでもぐーすか寝すぎだぞ。まあ、そのおかげで、間抜けな寝顔をじっくりと拝ませてもらったが」

さきほどまでの蕩《とろ》けるような笑みはどこへやら、声色も表情もすっかりいつものアイデンだ。

「そ、そ、そんなの仕方ないじゃない！　私、初めてだったのに……アイデンが、しつこく何回もするから！」

思わずそうまくしたててから、朝からなんてことを言ってるのだと真っ赤になる。

「それは……悪かった」

素直に謝られると、それはそれでいたたまれない。

「い、いえ、その……ううん、いいんだけど」

これまで彼とどんな風に話していたか思い出そうとするが、緊張して上手《うま》く振る舞えない。

「俺はまだ仕事があるから、とりあえずは、そこに座ってろ。身体も辛いだろう？」

アイデンはそう言って、執務室に置かれている大きくてゆったりとした紫色のソファーを指した。

「あ、うん……ありがとう」

確かにまだ身体はどことなく怠《だる》い。言われた通りにソファーに腰掛けると、それを見届けたアイデンは執務机で書類を片づけ始めた。

そういえば仕事をする彼を見るのは初めてで、ミアはいつしか、ぼーっとその様子を眺めていた。

元々端整な顔立ちだと思っていたが、見れば見るほど彼が精悍《せいかん》で格好よく見えてしまう。

自分は一体どうしてしまったのだろうと、無理やり彼から視線を外す。

「どうした？　ミア。喉が渇いたなら、侍女にお茶でも持ってこさせるか？」

落ち着きのないミアに、アイデンが仕事の手を止めて話しかけてくる。

「う、ううん。喉は渇いていないし大丈夫……」

仕事をしつつもさり気なくこちらに気を配ってくれるのが嬉しい。それからも、飽《あ》きもせずに仕事をするアイデンを眺めていると、突然彼がすっくと立ち上がった。

そのままつかつかとソファーまで歩いてきたかと思うと、ミアの隣に乱暴に腰を下ろす。

「……少し疲れたから休ませろ」

肩にこつんと頭をのせられる。昨夜あまり寝てないのはアイデンも同じなのだから、疲れていて当然だろう。なのに自分ときたら、彼を気遣う言葉一つかけていない。

「ごめんなさい。私……自分のことばっかりで。アイデンだって疲れているわよね、あんなに……」

言いかけて、その先を続けるのがはばかられて黙り込んだ。アイデンはニヤニヤしながらそんなミアの顔を覗《のぞ》き込んでくる。

「あんなに、なんだ？」

なんだか、楽しそうな顔をしている。無視してそっぽを向くと、今度はミアの膝に頭をのせて横になった。いわゆる、膝枕と言うやつだ。

「ちょ、ちょっと！　いきなり、図々しくない!?」

慌てて抗議するが、彼はどこ吹く風と言った様子である。

「初めてのお前は辛かっただろうが、俺はなんともないぞ。疲れているということもない。お前とは日頃の鍛《きた》え方が違うからな。なんなら……」

そう言って、ミアの膝を妖《あや》しい手つきで撫でた。

「ここで、もう一度……というのも可能だが」

言葉の意味を理解した途端、ミアはみるみる頬を赤く染めた。

「無理……無理無理ッ！　こんな明るいところで、何を考えているのよ！」

「じゃあ、暗ければいいのか」

「そ、そういう問題じゃないわ」

困る。そんな甘えたような目で見上げられると、無駄に心臓がドキドキしてくる。

「ダメよ。アイデン、お仕事中じゃない。……始めると、その、すごい時間がかかりそうだし、外に人もいるし」

うるさく暴れ出した心臓を鎮《しず》めようと、ミアはぎゅっと目を瞑《つぶ》り首を振った。だが、心地好い重みが膝の上を占領していて、嫌でも彼の存在を意識してしまう。アイデンの長い指が、戯《たわむ》れるみたいに、ミアの膝をくるくる触っているのも落ち着かない。

昨日の情事を呼び起こさせる指の動きを止めようと、ミアは目を開けて彼の手を握った。

「ね、アイデン」

諭《さと》すというより、懇願《こんがん》だった。必死にアイデンを見下ろすと、彼は驚いた表情で目を見張り、もう一方の手をミアの頬に伸ばしてきた。

「ミア……お前、そんな顔をしていたか？」

「そ、そんな顔ってどんな顔よ！」

じっと見つめてくるアイデンから目を逸《そ》らそうとしても、逃がさないとばかりに頬に触れた手に力を入れられる。

マズイ。正面から見ると、身体に力が入らなくなる。ミアの膝から身体を起こしたアイデンが、ゆっくりと顔を近づけてきた。キス、されてしまう。

身体が強張《こわば》り真っ赤に染まった額《ひたい》から汗が噴き出す。その直後、コンコンコンッと場違いなまでに軽快なノックの音が部屋に響いた。

「どうですか、ミア様？　アイデン様がお仕事に励《はげ》む姿は……と」

許可も得ずに笑顔で入室してきたユーゴーは、長椅子に座る二人の姿を見て一瞬動きを止め、そのままくるりと方向転換をした。

「失礼しました！」

「……お前は本当に間の悪い男だな」

怒りに満ちたアイデンの低い声が部屋に響く。

「まさか陛下が、ところ構わず盛ってしまわれるとは想像もしていなかったもので……邪魔者はすぐに退散いたします」

すたこらと部屋の外に消えそうなユーゴーに、ミアは慌てて声をかける。

「待ってユーゴー！　私も帰るからっ」

「は？　お前、俺に何か話があったんじゃなかったのか」

アイデンがミアの腕を掴《つか》む。テンパったミアは、赤い顔でその手を振り払おうと必死になった。

「い、いいの！　その……あの、お仕事中に聞くような話じゃなかったわ。これ以上傍にいたら、私の心臓が持たないものっ」

動揺しすぎて無意識に本音を口にしたミアに、アイデンは口角を引き上げニヤリと笑った。そして、掴《つか》んでいた腕をぐいっと引っ張る。

「きゃっ！」

勢いよく倒れ込んできたミアをしっかり受け止め、アイデンが耳元で囁《ささや》いた。

「夜になったら、また部屋に来い。じゃないと、この腕は離さない」

一刻も早くここから立ち去りたいミアは、こくこくと何度も頷く。

「わかったわ。わかったから、お願い」

「よし」

満足気な表情で腕を離したアイデンは、ちゅっと音を立ててミアの耳にキスをした。

突然触れた唇の感触に、ミアはびくりと身体を震わせてしまう。

「ミア。……そんな可愛い反応を見せるな。今すぐ押し倒したくなるだろうが」

冗談ではない。ミアは耳を押さえながら、慌てて立ち上がった。

「お仕事中に、失礼いたしました!!」

一目散に彼の部屋から退散したミアは、廊下に出た途端フラフラと壁に手をついた。

(私ったら……どうしちゃったの!? そのまま押し倒してほしいとか思うなんて……)

胸がドキドキしているのに、足元はふわふわしていて落ち着かない。深呼吸をして顔を上げると、そこには感激した様子のユーゴーが目を潤《うる》ませミアを拝んでいた。

「ミア様……あなたはブライルの女神です！　アイデン様のあの態度……夢を見てるのかと思いましたよ。デレッデレじゃないですかっ」

「デ、デレッデレ……って！」

他人から見たら、そんな風に映るのか。ミアはヨロヨロと額《ひたい》に手を当てる。

「待って、ユーゴー。誤解よ、違うの。あれは、アイデンが政務に疲れたって横に座ってきて、それがなぜか膝枕になって、そうしたら膝を指で触ってくるものだから、ダメって言ったらいつの間にか……って、あれ？」

言葉にしてみると、ただの惚気《のろけ》だ。ユーゴーもそのように感じたらしく、視線が若干生温かくなる。だが、嬉しそうな表情は変わらなかった。

「仲がよろしいのは、大変結構なことでございます。ミア様、心配なんていらなかったでしょう？」

「でも……ろくに話もできなかったし」

自分に対するアイデンの考えを確認したくて部屋を訪れたというのに、結局、何も聞けていない。

「話なんて、これからいくらでもできますよ。アイデン様の態度で、充分おわかりでしょう？」

「そ、そうなのかしら……」

ユーゴーの後ろをついて歩きながら、さきほどのアイデンの態度を思い返す。

（夜にまた、って……、今夜も一緒に過ごすということよね）

媚薬《びやく》を飲んだわけでもないのに、なんだか身体が熱い。

（私がこの国の王妃になれたら、ずっとアイデンの傍にいられて、彼を支えていけるのかしら……）

ブライルの王妃になるということは、アイデンの妻になること。

それを今さらながらに意識して、気持ちが舞い上がる。会ったばかりだというのに、早く夜になってアイデンの傍に行きたいなんて考えてしまう。

まだはっきりと王妃の確約をもらった訳ではないのに、幸せな気持ちに包まれ、さっきまでの不安が胸から消えていた。

だからミアは、すっかり忘れてしまったのだ。ビアンカから聞いた、新しい王妃候補の話を。

『夜になったら、また部屋に来い』

アイデンはそう言ったが、果たして自分から彼の寝室を訪れるべきなのか、それとも呼び出しを待つべきなのか。悩んでいるうちに食事も湯浴みも終えてしまい、ミアは侍女たちが退室した部屋で一人途方に暮れていた。

アイデンにお伺いを立てればいいのだろうが、まるで「今夜も抱かれに行きます」と宣言しているようで、できなかった。ユーゴーやビアンカたちが異様に盛り上がっていて、恥ずかしかったせいもある。

(そもそもスティーリンの家庭教師が教えてくれた夜の作法は、初めての時だけだったわ。それだって、全然要領を得なかったし！　こんなことなら、二度目についても聞いておくべきだった……)

アイデンには会いたいが、どうしていいかわからない。結局、ミアは何もできずに自分のベッドにもぐり込んだ。けれど、脳裏に浮かぶのは昨夜のアイデンの姿ばかり。

——会いたい。

素直にそう思い、寝返りを何度も繰り返していた時だった。

ノックもなく部屋の扉が開いた音がして、ミアはぎょっとしてシーツの中で身体を硬くする。侍女たちには下がるように伝えてあるし、王城で許可も取らずに入室してくるような者がいるはずがない。

静かに絨毯《じゅうたん》の上を歩く人物は、真っ直ぐミアのいる寝室へ近づいてくる。恐怖に耐え兼ねて身体を起こすのと、寝室の扉が開いたのはほぼ同時だった。

「え……アイデン？」

仄《ほの》かな蝋燭《ろうそく》の灯りに照らし出されたのは、アイデンの姿だった。

「なんだ、まだ起きていたのか」

ほっとした様子でそう言うと、アイデンはベッドの端に腰を下ろす。

「どうしたの、こんな遅くに」

「どうしたのって……お前、俺が言ったことを忘れたのか？」

きゅっと鎖骨の辺りが軋《きし》むような、甘酸っぱい感情が胸に広がる。

「忘れてない……」

「だったら、なぜ部屋に来ない」

「だって、どうしていいかわからなかったんだもの。私からアイデンの寝室に行くなんて、周りの皆がどう思うか……」

「なんだ。そんなことを気にしていたのか？」

アイデンは笑いながら、ミアの髪に手を伸ばして優しく撫でた。

「そんなこと……じゃないわ。昨夜のことだって、ビアンカやノーラだけでなく、ユーゴーやシェフまで知っていて……それなのに、今夜もまたあなたの部屋に行くなんて」

「抱かれに行くみたいで、恥ずかしいとでも？」

唇を噛みしめ頷くミアに、アイデンはふっと笑みを零《こぼ》し柔らかく抱きしめる。

「それがなんだというのだ」

広い腕の中にぎゅっと抱きしめられ、お互いの身体が密着する。

「ミアは余計なことを考えすぎるんじゃないのか？　執務室に来た時も、なんだか思い詰めたような表情をしていた。お前が今、頭を悩ませることなんてないだろう」

「そんな、人を能天気な人間みたいに言わないで」

触れた身体は温かくて、そして心なしか鼓動が速い。アイデンが自分に対して、こうなっているのだと思うと嬉しくて仕方がなかった。

「……アイデン」

名前を呼ぶと、返事の代わりに腕の力が強くなった。確かな言葉がなくても、彼に抱きしめられているだけで気持ちが通じ合ったように思えてしまう。

自然とミアも、アイデンの背に手を回し彼を抱きしめた。耳元に、はぁっと熱い息がかかる。

自分とは違う、逞《たくま》しくて大きな身体。すっぽりと包み込まれる安心感に、ミアの頬が緩《ゆる》んだ。

無意識に、アイデンの厚い胸板に頬をすり寄せる。すると、僅《わず》かに身体を離したアイデンがミアの顔を覗《のぞ》き込んできた。そのまま、互いの唇が軽く触れる。

「昼間は……空気の読めない家臣が邪魔をしたからな」

掠《かす》れた声がそう囁《ささや》き、瞼《まぶた》の上にキスをしてきた。しっとりと濡れた唇が触れるたび、身体がゆるゆると蕩《とろ》けていく。

「……身体は、辛くないか？」

昨夜の激しい交わりを指しているのだとわかり、ミアは躊躇《ためら》いつつも小さく頷いた。

「うん、大丈夫……」

媚薬《びやく》のせいもあるだろうが、初めての行為にもかかわらず、痛みはそれほどなかった。最後の方にいたっては快楽しかなかったように思う。

「それなら、よかった」

湯浴みを済ませてきたのか、アイデンからはほんのりと薬草のような香りがした。ミアが侍女たちに付けてもらう花の香りのする油とは違って、胸がすっとする爽《さわ》やかな香りだ。

「なんだか、とてもいい香りがする」

ぽつりと呟くと、アイデンが笑った気配がした。

「そうか？　お前の方が、よほどいい香りがするぞ」

逞《たくま》しい胸から顔を上げると、すかさず唇を奪われた。柔らかく熱い唇が繰り返し重なってくる感触に、たちまち身体から力が抜ける。

「ん、ぁ……」

くたりとしたミアをしっかり支えつつ、アイデンはさらに強く唇を押し付けてきた。

深い口づけのやり方は、既に知っている。彼の熱い唇に促《うなが》され僅《わず》かに口を開くと、ぬるりと口内に舌が入ってきた。

「ふ……ぁ……」

唾液を纏《まと》った分厚い舌が、角度を変えながらミアの舌に巻きつき激しく動き始めた。ぴちゃぴちゃと水音がして、頭がぼうっとしてくる。口づけに没頭するあまり、ミアは知らずアイデンの衣服をぎゅっと掴《つか》んでいた。そんなミアの様子に、アイデンがふっと笑みを零《こぼ》す。

抱きしめていたアイデンの腕が解けたかと思うと、すぐにミアの長い髪の中に手を差し込んだ。ゆっくりと髪を梳《す》かれつつ、熱い口づけが続く。

「ミア」

その声をなんだか甘く感じてしまうのは、ミアの願望だろうか。うっすらと瞼《まぶた》を開けてアイデンを見つめると、琥珀《こはく》色の彼の瞳にうっとりとした表情の自分が映っていた。

こんな顔をしているなんて、と思う間もなく肩を押されてベッドに押し倒される。すぐに覆《おお》いかぶさってきたアイデンは、性急にミアの夜着の紐《ひも》を解き始めた。ほどなくして現れた白い双丘を両手で掴《つか》み、ゆっくりと揉みしだく。

途端に、昨夜の記憶がよみがえり、ミアの脚の奥がじんと痺《しび》れた。

「ああ、柔らかいな……触れているだけでたまらなくなる」

大きな手の平に包まれた乳房が、ぐにゅりと形を変える。いつの間にかミアの胸の頂《いただき》は桃色に染まり、すっかり立ち上がっていた。アイデンは二本の指でそれを摘《つ》まみ、コリコリと弄《もてあそ》ぶ。

「んっ……あ、アイデン……」

城の奥まったところにあるアイデンの私室とは違い、この客間の外は頻繁《ひんぱん》に人が行き交っている。もし使用人に声を聞かれたらと思い、ミアはぐっと唇を噛みしめた。

「大丈夫だ。人払いはしてある……だから、好きに声を出せ」

見透《みす》かされていたことに、かあっと顔が火照《ほて》る。アイデンはなおも胸への愛撫《あいぶ》を続けながら、顔を埋《うず》めて激しくしゃぶりついてきた。

「あっ、あぁ……ん、あ、あんっ」

舌でチロチロと刺激され、たまらず声を上げる。手と舌で両方の胸を刺激されると、快感はさらに膨《ふく》れ上がった。

「ん、あぁ……ッ、あ、あぁあぁっ」

アイデンは素早くミアの脚の間へ手を伸ばす。秘部が既に潤《うるお》い始めているのを確かめ、深く静かに息を吐いた。

まるで、自《みずか》らの欲望を少しでも抑えようとしているかのように。

「もうこんなに濡らして……。ミアも、俺が欲しいのだろう?」

こちらを見下ろす瞳には、はっきりと情欲の炎が揺らめいている。獣のような眼差しに捉《とら》えられ、ミアの身体がジンジンと疼《うず》く。

アイデンの指ですっと入り口の襞《ひだ》をなぞられると、溢《あふ》れた蜜が肌を伝う感触がした。隠しようのない快楽の証《あかし》だ。

「欲しいの……アイデンが、もっと」

頬を染めつつ小声で囁《ささや》くと、アイデンはさらに眼差しを強くしてミアの身体を貪《むさぼ》り始めた。

「ん、あっ、いやぁ……っ！」

四つん這《ば》いになったミアの小さな尻を両手で掴《つか》み、アイデンが昂《たかぶ》りを後ろから挿入してきた。ずぶずぶと太いモノを出し入れしながら、激しく腰を打ち付ける。

こんな動物じみた格好をさせられるのは恥ずかしかったが、彼に蕩《とろ》けた顔を見られないで済むという利点もあった。上体を低く屈《かが》めシーツを握りしめつつ、ミアは高く甘い声を上げる。

「ん、あっあっ……あ、ああんっ！」

正面から繋《つな》がっている時と、彼のモノが当たる角度が微妙に違う。ミアの声の変化を敏感に察知して、アイデンが少しずつ先端を当てる場所を変えてきた。その動作一つひとつが昨夜よりもさらにいたわりに満ちていて、本当に彼に愛されているのではないかと錯覚してしまう。

一つになった喜びと快楽に頭を支配され、何も考えられなくなっていく。

「あぁ……すごい、こんなにうねって」

内部に己《おのれ》を埋《うず》めたアイデンが、背中にぴたりとくっついてきた。そのままミアの背中にゆっくりと舌を這《は》わせていく。

「あ……っ、だ、め」

背中を舐《な》められたのは初めてだ。ぞくぞくと総毛立つような感覚と同時に、ミアの中に埋《うず》まっているものをきゅうっと締め付けてしまった。

「だめなんて言いながら……ここは、気持ちよさそうに締め付けてくるぞ？」

「い、言わないで……そんな、ことっ」

わかってはいても、言葉にされると恥ずかしくてたまらなくなる。こうなるのを待ち望んでいたと思われるのはイヤだ。けれど身体は、彼に抱かれる喜びに昨夜以上の反応を示している。ぬちゃぬちゃと粘《ねば》ついた水音を立てる結合部が何よりの証拠だ。

彼はハアッと荒い息を吐き、ミアの背中を舐《な》めながら腰を動かしてくる。

「中がうねって絡《から》みついてくる。昨夜男を受け入れたばかりだというのに、反応がいいな」

まるで淫《みだ》らな女と言われたようで、ミアは涙目で振り向いた。

「いやっ、そんなこと……アイデンの……バカッ！」

「何を照れる必要がある。可愛いやつだな」

アイデンは薄く笑うと、振り向いたミアにキスをした。

「お前の純潔は、昨夜俺が散らした……だから、お前はもう俺のものだ。わかったな」

蠱惑的《こわくてき》な声が耳元で響く。熱に浮かされミアが頷くと、内部の昂《たかぶ》りがさらに膨《ふく》らんだ気がした。

激しく出し入れされるたびに溢《あふ》れ出す蜜が、太腿を伝っていく。媚薬《びやく》を使われてもいないのに、秘所は昨夜よりもっと濡れていた。

ミアに身体をぴたりとくっつけていたアイデンは、手を伸ばして繋《つな》がりのすぐ上の蕾《つぼみ》へ触れる。

「ひっ!!」

電気が走ったみたいにびくんと身体が反応する。それと同時に、快感が全身を突き抜けた。

「だめっ、だめぇっ!!」

膣の中を彼のモノで擦られるだけでも、達する寸前だったのだ。蜜を纏《まと》わせたぬるぬるの指で敏感な蕾《つぼみ》を撫でられたら、身体は一気に快感の極みへと上《のぼ》り詰めてしまう。

「あああぁ……いくぅ……!!」

アイデンの昂《たかぶ》りを締め付け、ミアは身体を引き攣《つ》らせた。そんなミアを強く抱きしめ、アイデンがごくんと喉を鳴らす音が聞こえてくる。

「く……ダメだ。俺も……ッ」

小さくそう漏らしたかと思うと、さらに激しく腰を打ち付け始めた。

「ああっ、んっ!」

絶頂を迎えたばかりの身体には、彼の動きは激しすぎた。未だにひくつく膣壁を乱暴に擦られ、再び身体の奥から痺《しび》れるような感覚が上《のぼ》ってくる。何度か昂《たかぶ》りを押し込んでいたアイデンが、ぐっと低く呻《うめ》いた。彼のものがひときわ大きく膨《ふく》らんだかと思うと、ミアの中から引き抜かれる。直後、ミアの尻にぽたぽたと熱い飛沫《しぶき》が飛び散る感触がした。

(あ……)

――まだ、お前の中に子種は残せないからな。

昨夜言われた言葉がよみがえり、ちくりと胸に棘《とげ》を刺す。熱かった彼の精が急速に冷え、熱に浮かされていた頭もまた現実に戻っていく。

アイデンがどうして自分を抱くのか。その真意は、未だわからない。

本当にこのままでいいのかと、言いようのない不安が胸に渦巻き始める。

（私は……彼にとってどういう存在なのかしら……）

自由の利かない身体でくたりとベッドに横たわるミアを、アイデンは布で清め優しく抱きしめてきた。その温もりは反則だ。自分より僅《わず》かに高い体温が心地好くてたまらない。

ミアの長い髪を梳《す》く穏やかで優しい指の感触に、うっとりと目を細める。

「辛くはなかったか？」

「ええ……」

小声で呟くと、アイデンの顔が近づいてきて額《ひたい》に唇を当てられる。まるで恋人同士のようなキスだと思って、胸がほわりと温かくなった。

「こうしてお前の傍にいるのは、落ち着くな」

閉じた瞼《まぶた》に疲労の色が見え、ミアはそっと彼の頭に手を伸ばした。嫌がられるかと思ったが髪に触れても動かないので、そのままゆっくりと彼の頭を撫でる。

落ち着くと言われれば、素直に嬉しかった。実際ミアも、彼の腕に抱かれていると深い安らぎを覚える。アイデンもそうなのかと思うと自然と顔がほころんだ。

アイデンの妻となって、ずっと傍にいたい。自然とそう考えている自分に驚いた。

どんな手段を使ってでも王妃になる。そうして兄の決めた理不尽な婚約を回避し、王家の誇りとスティーリンを守る。

それがここに来た目的だったのに、いつの間にか純粋にアイデンの傍にいたいと思っている。

こうして安らかに眠る彼の顔を見られるのが、自分だけであってほしい。

そう願いながら、彼の黒い闇のような髪を撫で続ける。

「このまま眠ってもよかったのだが……正直、まだ足りないな」

「え？」

何の話だろうときょとんとしていると、アイデンは自《みずか》らの身体にミアを引き寄せた。すると、太腿の辺りに硬くなったものが当たる。

「え、あ……」

たっぷりと精を放ったものが、既に大きさと硬さを取り戻していた。同時に、ミアの秘部もじわりと蕩《とろ》けてくる。

「夜は長い。もうしばらく俺につき合ってもらうぞ」

艶《つや》めいた囁《ささや》きが聞こえたかと思うと、ミアの胸の上で大きな手が蠢《うごめ》き始めた。指先で頂《いただき》を摘《つ》まれ、ぴくっと四肢が反応する。

「ミア。今度はもっと長く……お前の中を味わわせてくれ」

淫《みだ》らな言葉にも、素直に頷く。そんな自分の変化に驚きつつも、ミアは再びアイデンの愛撫《あいぶ》に身を委《ゆだ》ね甘い声を上げていった。

五　新しい王妃候補

それから数日後、突然新しい王妃候補の来城が告げられた。

「どうやら、新しい王妃候補がいらっしゃったみたいです！　例の初恋の人とやらの！」

怒りに満ちた表情でまくしたてたビアンカに、ミアもまた驚きで目を見開いた。

あれから毎晩のようにアイデンに抱かれ、そのたびに彼との繋《つな》がりを強く意識するようになっていた。将来を約束する言葉はなくても、甘いひと時を共に過ごすアイデンは信用できる。共に生きていく未来を自然と描き始めていただけに、ミアはあまりの衝撃に言葉も出なかった。

言われてみれば、昨日あたりから使用人たちがざわついていた。城全体が落ち着かない雰囲気だったのは、その女性がアイデンの特別な人かもしれないという情報が既に蔓延《まんえん》していたからに違いない。

「ひどい話ですわ！　ミア様が既に王妃候補としていらっしゃるのに」

ビアンカが一人ぷりぷりと怒りながら部屋の中を行ったり来たりしている。ノーラは、別の仕事があると言って朝から姿を見せていなかった。

「……仕方ないわ。王妃候補って言ったたって、正式な婚約者でもなんでもないんだから。別の女性が候補になれば、きっと私なんて即座に帰国を申し渡されるわよ」

胸を刺すような痛みを堪《こら》え、自分に言い聞かせるよう口にする。しかしそれがビアンカには逆効果だったようで、怒りに染まった顔でミアを振り返った。

「純潔を捧げ、何度もアイデン様に抱かれているというのにですかっ!?」

嫁入り前のビアンカから、そんな言葉を聞くとは思ってもみなかった。目を白黒させるミアに、ビアンカはハッとして俯《うつむ》く。

「すみません……お辛いのは、ミア様の方なのに」

「そんなことはないわ。もし、そうなったとしても……ただでは帰らないわよ。相応の対価はいただくつもり。賠償金なり何なりね」

彼女を励《はげ》まそうとわざと明るい口調で言ったが、ビアンカはしょんぼりと肩を落とす。

「……私は、王妃様にしていただかないと気がすみません。ミア様を、好きに弄《もてあそ》んで弄《もてあそ》ばれたとは思いたくないけれど、他人から言われるその言葉が胸に刺さった。

部屋に閉じこもっていては気持ちが塞ぎこむばかりだ。ミアは、すっくと椅子から立ち上がる。

「ちょっと中庭まで散歩に行ってくるわ」

「それでしたら私もお供いたします」

「いえ、今は一人になりたいの」

きっぱり言うとビアンカもそれ以上は何も言わず、黙ってミアを見送ってくれた。

中庭に向かって広い廊下を歩きながら、新しく呼ばれた女性のことを考える。

彼に心を奪われている身としては、どんな女性が来たのか知りたい。けれども直接会いに行く勇気も出ず、こうして悩むしかできないなんて情けない。

「ねえねえ見た!?　新しい王妃候補様！」

その時、遠くから明るい女性たちの声が聞こえてきた。おそらく侍女だろうと判断したミアは、咄嗟《とっさ》に曲がり角の陰に身を隠す。いつもならこんなことは絶対にしないが、会話の内容が気になって身体が勝手に動いてしまった。

「変わった目の色のお姫様だったわね。ちょっと赤っぽい茶色っていうか、錆色《さびいろ》というか……」

「あら、知らないの？　それこそが陛下の初恋の姫の特徴らしいわよ」

どくんと心臓が跳ねた。

「ええっ!?　そうだったの？」

「なんでも『赤い髪に赤い瞳を持つ姫』というのが、陛下の初恋の君の特徴だったとか。赤い髪はともかくとして、赤い瞳はそういないわ。それが、今まで見つからなかった原因らしいわよ」

そうだったのか……と物陰でミアは無意識に自《みずか》らの身体を掻き抱く。

「陛下の『初恋の姫』って、本当にいらっしゃったのね」

「ユーゴー様が、執念で見つけられたんじゃないかしら」

「それじゃあ、ミア様はお国に帰されてしまうのかしらね……」

「えーっ、せっかくこの城にも慣れたところじゃないの？　それはひどすぎるわ」

「謁見《えっけん》の時にミア様を案内したジルも、ミア様はいいお方だって言ってたのに残念ね」

物音を立てないように必死に胸を押さえながらも、侍女たちの残念そうな声を聞くとほんの少し嬉しかった。けれど、侍女がそう思ってくれたところで、彼に選ばれなければブライルに残ることはできないのだ。

ミアが物陰に隠れているなど知りもしない彼女たちは、噂話を続けながら通り過ぎていった。それを確認して安堵しつつも、相変わらず胸はじくじくと鈍い痛みを発している。ため息を吐きながら物陰から出たミアは、もとの道を戻り始めた。

あの庭は、初めてアイデンと出会った場所。今そこへ行けば、余計に胸が痛くなりそうだ。

「これから私……どうしたらいいのかしら」

誰もいない廊下でぽつりと呟き、ミアは途方に暮れた。純潔を奪われたことを盾にブライルに居座ることは可能かもしれない。

（でも……もし、新しく来た人が王妃様になるとしたら？）

ミアに残された道は、第二妃か愛妾になることだろうか。ブライルは一夫多妻制だし、スティーリンの国力やミアの力量を考えればその辺りが妥当かもしれない。あの兄のことだから、それでも支度金はたっぷりせしめるだろう。これだけの大国と繋《つな》がりが持てるのなら、愛妾であっても認めてもらえるかもしれない。

「でも……そうしたらアイデンの隣に立つのは、私ではない女性ということになるのよね」

立つだけではない。夜はミア以外の女性を同じように抱きしめ、甘い声で名前を囁《ささや》いたりするのだ。胸が激しく痛み出し、ミアは逃げるように部屋へと駆け戻った。

悶々《もんもん》とした一日を過ごし夜になった。初めて抱かれた夜以来、アイデンは毎晩ミアのもとを訪れている。しかしその夜、彼がミアの部屋を訪れることはなかった。

一睡もできぬまま迎えた翌日。さらなる衝撃的なニュースが飛び込んできた。

ぼんやりとベッドの端に腰掛けていたミアの耳にごく静かなノックが聞こえたかと思うと、そろりとビアンカが顔を覗《のぞ》かせる。

「おはよう、ビアンカ」

「わっ！　ミア様、随分とお早いですね。起きていらっしゃったんですか？」

「ビアンカこそ、いつもより少し時間が早いんじゃない？」

「ええ。その……一刻も早くミア様へお伝えしたいことがありまして」

部屋に入ってきたビアンカは、神妙な面持ちでミアの足下に跪《ひざまず》いた。

「ミア様、冷静に聞いてくださいね。実は今朝早くに、使用人たちの部屋に第一報が入りまして」

「第一報？」

なんの話だろうと首を傾《かし》げる。

「はい。……新しく王妃候補として城にいらっしゃったどこぞのお姫様が、アイデン様の寝室で夜を明かされたそうです。部屋に呼ばれたという話は聞いていなかったのですが……朝、使用人が陛下の寝室を訪れたところ、そこにお姫様がいらっしゃったそうで……」

驚きのあまり、声も出なかった。

初恋の姫。それはアイデンにとって、どれだけの意味を持つ存在だったのだろう。寝室で一夜を明かしたということの意味が、純潔を失った今のミアには痛いほどわかる。口の中がカラカラに渇き、やっとの思いで声を出す。

「ビアンカ。……お相手の姫が、どんな方だか調べてくれる？」

「もちろん、そんなことでよろしければ」

力強く頷いたビアンカに微笑みかけつつも、すぐに表情は暗く沈む。

「ミア様……お顔が真っ青です」

ミアは静かに首を横に振った。仕方がないと、口に出さなくてもお互いにわかっている。

「とにかく、気をしっかり持ってくださいな！　私はお相手のことをすぐに調べて参りますから」

ビアンカは明るく部屋を出て行ったが、気持ちが晴れるわけもない。ミアは他の侍女が運んできてくれた朝食を断ると、力無くベッドに倒れ込んだ。


お昼近くになってようやく戻ってきたビアンカは、朝より数倍も表情が暗かった。何事かと心配になったミアに、重々しく告げる。

「ミア様……あまり、よくないお話しかお伝えできません……」

「構わないわ。いつかわかることなら、少しでも早く聞いておきたいもの」

そう促《うなが》すと、ようやくといったように口を開いた。

「アイデン様の『初恋の姫』だという女性ですが……ブライルから三つ離れたディアーガという国をご存じですか？」

「ええ……ディアーガ皇国は、ブライルやスティーリンよりも古くから続く、歴史のある国よね」

スティーリンでは情報が少なく名前くらいしか知らなかったが、ブライルに来てからユーゴーに借りた書籍でその名を何度も見かけた。ブライルにとって積極的な友好国ではないが、海に面した貿易の盛んな国だと記載されていたように思う。

国土の広さではブライルに劣るものの、スティーリンとは比べものにならない大国だ。

「その国の第二皇女が、どうやら今回の王妃候補のようです。これまで何度か出していた案内には反応がなかったものの、今回アイデン様の評判を聞きつけて乗り込んできたとか」

「アイデンの評判って？　彼が優れた王であることは、とうに耳に届いているはずでしょう」

「いえ、そうではなくて。ほら、見た目の問題です。王妃候補なんて集めていけすかない王だと思っていたのが……背も高くて顔も良くてってていうのを耳にして、乗り込んできたのだとか」

「何よ、それ」

ミアはぎりりと手の平を握りしめた。そんな理由で来たなんて、と怒りが湧いてくる。が、心配そうにこちらを窺《うかが》うビアンカに気づいて、ミアは力なく笑いかけた。

「ありがとう、色々調べてくれて」

「いいえ、このくらいなんでもありません。……ただ、使用人たちの中には面白がって騒ぐ者もおります。本日はこの部屋でお過ごしになられるのがいいかと思います」

「そうするわ。しばらく一人にしてほしいから、他の侍女たちにもそう伝えておいて。数日中に……これからどうするか、決めるわ」

「……かしこまりました」

静かに部屋を出て行くビアンカを、無言で見送る。

（これから一体、どうしたらいいだろう……）

新しい王妃候補はアイデンの初恋の人であるのに加え、スティーリンとは比べものにならない大国の姫。ブライルのためには、その女性を王妃とした方がいいのは明らかだった。

（でも、私だってノコノコとスティーリンには帰れない。それに……アイデンの傍に、いたい）

力なく椅子にもたれながら、ミアはぼんやりと天井を見上げた。

アイデンが、見た目よりもずっと情の深い人だとわかっている。たとえ別の王妃候補が現れたとしても、ミアがブライルに残りたいと言えば無下にスティーリンに帰すことはしないはずだ。

（でも……王妃になれないんだとしたら、第二夫人？　それとも愛妾……？）

そして、王妃として別の女性がアイデンの傍にいるのを陰からひっそり見守るというのか。

無理だ、とクッションに顔をつける。

かといって母国に帰れば、即座にジロン伯爵のもとへ嫁がされるだろう。いや、今となればそれすら不確定だ。城の皆にアイデンに抱かれたことがバレているのだから、兄がその事実を知るのは時間の問題だ。

純潔を失い王妃の座すら得られなかったミアを、兄は決して許しはしないだろう。妹たちを自分の駒としか見ていない兄が、利用価値のないミアに対してどんなことを命じてくるか――考えただけで悪寒《おかん》がしそうだ。

王妃になれなければ愛妾でもいいと妥協してこの国に残るか、それとも母国に帰るか。

帰国を命じられるよりは、自《みずか》ら帰ると告げた方がまだアイデンの心に何かを残せるかもしれない。

自分はこれから、どうすればいいのだろう。

じっと考え込んでいると、ノックの音が聞こえてきた。もしかしてアイデンが会いに来てくれたのかと身体を起こしたミアの耳に、ビアンカの声が届く。

「お帰りください！　ミア様はご気分がすぐれずお休みになっておりますので！」

「ふふ、私が来たことで気分を害されているのだとしたら、なおさらご挨拶《あいさつ》をしないと。あなた、私が誰なのかわかっているんでしょう？　そこからどかないと、アイデン様が黙ってないわよ」

ビアンカの声に、低くて艶《つや》っぽい女性の声が交じる。もしかしてと立ち上がったミアの目の前で、ノックもなしに扉が開いた。

「あら、起きているじゃない」

そう言って、まったく悪びれることもなくずかずかと部屋の中に入って来たのは、長身で美しい女性だった。

胸元がぱっくりと開いた煌《きら》びやかな真っ赤なドレスと、それによく似合う赤茶の髪。真っ赤な紅を引いて妖艶な笑みを浮かべる女性の瞳は、赤みがかった茶色をしている。

「もしかして、あなた……」

恐る恐る問いかけたミアに、女性は自信満々に微笑んで見せた。

「ええ。わたくし、ディアーガ皇国の第二皇女、ジュリアンヌと申しますわ。昨晩よりこちらの城に滞在していますけれど、私より前から滞在されている方がいると聞いて、一度お会いしたくて」

笑みを浮かべてはいるが、こちらを値踏みするような視線だ。むせ返りそうな甘い香水に、吐き気を覚える。

「私は、スティーリン国第五王女のミアと申します」

それだけ言って彼女を真っ直ぐに見つめると、彼女はミアの瞳をじっと見つめた。そして勝ち誇った様子で高らかに笑う。

「あなたも随分と変わった色の瞳をしていらっしゃいますのねえ。まるで曇り空のような灰色。とても珍しいわ。でもね、私もよく貴重な色だと言われますの」

自信満々なその態度は、自分こそがアイデンの捜していた初恋の姫だと言わんばかりだった。赤味の強い茶色の瞳は、見ようによっては「赤い瞳」と言えなくもない。

「そうですね。本当に……赤っぽい茶色ですね」

赤い瞳だとは言いたくなくてそう表現すると、彼女は僅《わず》かに眉間に皺《しわ》を寄せる。赤い、と表現しなかったことが気に食わないのだろう。しかし、多少赤いとはいえ茶色は茶色だ。

「まあ……あなたがどう思おうと構いませんわ。アイデン様はずっと赤い瞳だと言いわたくしを捜してくださっていたのですから」

「ということは……」

「ええ。十何年ぶりの再会を果たし、昨夜はその時間を埋めようと、夜通しアイデン様の腕の中におりましたの」

頭をガンとなぐられたような衝撃だった。

ビアンカから事前に話は聞いていたけれど、実際に彼女に言われたショックは比べものにならない。

「わたくし、アイデン様の気持ちに胸を打たれて……ぜひそのお心に応《こた》えたいと思っていますの。先に王妃候補としてこの城に滞在していたあなたには、お気の毒ですけれど」

黙り込んでいるミアに、ジュリアンヌはたたみかけた。

「ですが、わたくしは別にあなたを追い出そうなんて思っていませんわ。愛妾……いえ、せめて第二妃として迎えてくださいますようアイデン様に進言いたしましょう」

「第二妃……？」

「ええ、そうですわ。一緒にアイデン様をお支えしていきましょう。まあ、あなたの役目はないかもしれませんけど」

王妃となるのは自分に違いないと自信満々な彼女の態度が、ミアを打ちのめした。しかもこの人は、ミアを第二妃として認めるというのだ。それはミアには到底できないことだった。彼の隣にいるのは、自分だけであって欲しいと思ってしまっている。

怒りとも悔しさともいえない感情で、ミアは立っているのがやっとという状態だった。

「なんだかお疲れのご様子ね。また今度、ゆっくりお話をいたしましょうね」

そんなミアの様子を感じ取ったか、ジュリアンヌは鷹揚《おうよう》に微笑んで部屋を出て行った。

バタンと重く扉の閉まる音が響いた途端に、ミアはすとんと椅子に腰を下ろす。

無理だ――頭の中にひしめいてるのは、その一言だけだった。

他に女がいても構わないと、それどころか一緒にアイデンを支えようとまで言ったジュリアンヌ。彼女くらい器が大きくなければ、この大国の王妃は務まらないのかもしれない。

ミアは、アイデンのことが好きだからこそ、他の女性の存在を受け入れられなかった。彼が別の女性と過ごす夜を、耐えられる自信がない。今だって、胸が張り裂けそうに痛いのに。

「ミア様……」

成り行きを見守っていたビアンカが、心配そうにミアの傍に立った。

「どうか……お気を確かに」

それ以上、かける言葉が見つからないのだろう。ビアンカもまた、悲しそうに俯《うつむ》くばかりだ。

「ビアンカ……私、スティーリンに戻ろうと思う。このままブライルにいても惨めなだけだもの」

ミアの言葉に、ビアンカが息を呑む。

「ですがミア様。まだ、王妃候補から外れたわけじゃ」

「王妃候補と言っても……アイデンからは、具体的なことは何も言われていないもの。正式に婚約したわけでもないし、ずっと探していた初恋の姫が見つかったのなら私がここにいる意味はないわ」

「それは……そうかもしれませんけど、それならせめて第二王妃として……！」

食い下がるビアンカに、ミアは寂しげな笑みを向けた。

「それだってどうなるかわからないわ。そもそも、第一王妃と第二王妃を同時に娶《めと》るなんて聞いたことがない。ブライルが私の扱いに困るのは目に見えている。惨めな思いをするくらいなら、潔《いさぎよ》

く身を引きましょう」

「そ、そんな……ミア様、これで帰国したらあのエロジジイのお嫁さんですよ!?　いいんですか？」

「それも……どうなるかわからないわね」

一時の感情に流され純潔を失ったミアを、ジロン伯爵が娶《めと》るかは怪しい。そうなれば伯爵を王家の墓に入れないという当初の目的は果たせるが、兄の『駒』としての役目を失ったミアにどんな末路が待っているかはわからない。

それでも、ブライルに留まりアイデンが他の女性を正妃として迎えるのを近くで見るのは耐えがたかった。ジュリアンヌが夜な夜なアイデンに呼ばれる噂を、耳にしたくない。

「さあ、スティーリンに帰国する旨の書簡を出さなければ。帰国の話は、まだノーラや他の人たちに話してはダメよ」

「わかりました……」

落ち込むビアンカを余所《よそ》に、ミアは部屋に備え付けられた机の前で羽ペンを手に取った。

＊＊＊

政務室にこもりひたすら仕事に没頭していたアイデンは、ユーゴーから昼食の時間だと声をかけられようやく書類から顔を上げた。

「今日はいつにもまして仕事に没頭されておりますねえ」

「お前が余計な火種を連れてきたからな。一体全体なんなんだあの女は⁉」

怒りを滲《にじ》ませてユーゴーを睨《にら》み付ける。慣れたものなのか、ユーゴーは軽く肩をすくめた。

「なんともパワフルな女性ですよねえ。陛下の周りに集まる女性は元々肉食系が多かったですが、あそこまで手段を選ばない女性は珍しい。なかなか貴重な方ですねえ」

「ふざけるのもいい加減にしろ！」

アイデンは傍《かたわ》らに置いていた護身用のナイフを投げつけた。だが、ユーゴーはさして慌てる様子もなくひらりとそれをかわす。

「あ、久々ですね。陛下が私にソレを投げるの」

「それくらい腹を立てているということだ」

「陛下も悪いんですよ。初恋の姫の噂が流れた時、放っておいたじゃないですか」

アイデンは眉をひそめて、口を引き結ぶ。

アイデン自身は、初恋の姫をそこまで熱心に捜していたわけではない。どんな女性に育ったのか興味はあったが、その人を王妃として迎えようなどと思ったことはなかった。

ただ、王妃候補として幾人もの女性たちが城に押し寄せて来るのが面倒で、「初恋の姫」の話を都合よく利用していたのは認める。

今さら、こんな形で痛い目にあうことになるとは思ってもいなかった。今朝から城中に流れている「新しい王妃候補」の話を、ミアが耳にしていると思うと頭が痛い。

「……今日はさっさとやることをやって、早めに政務を終える」

「そして、ミア様と一緒に夕食でも取られますか？」

ご機嫌伺いのつもりか、そう提案してきたユーゴーを無視して、ひたすらサインを繰り返す。

「ユーゴー。とにかくあの女には早々に引き取ってもらえ」

「ずっと捜してきた初恋の姫ではないので？」

アイデンは書類を一旦横に避け、頬杖をついた。

「……もしあれが俺の初恋の姫だとしたら、幼い頃の俺は相当趣味が悪い」

ぷっと噴き出したユーゴーを睨《にら》み付ける。

確かに、赤みがかった色の瞳を持つ姫だった。変わった色合いだと言えるし、子供ならばその色を「赤」と表現したかもしれない。幼すぎて彼女にアイデンの記憶はないらしいが、お忍びでブライルを訪れていたというその時期も、自分の記憶とそう外れていない。

客観的事実ではクロ。けれど、彼女に対して見覚えもなければ懐《なつ》かしさも感じなかった。

「初恋なんていうのは記憶の中で美化されるものですので、当時と今で印象が変わっていても仕方ありません。充分、お綺麗な方だったじゃないですか」

「ミアの方がいい」

ユーゴーは、やれやれといった様子でため息をついた。

「だったら、陛下がちゃんとお心を決めてください」

それはその通りなので、アイデンも黙ったまま髪をかきむしる。

「ミア様のお耳に入るのも、時間の問題でしょうねえ。特に侍女のビアンカはなかなかのやり手で、城のあちこちに出没しているという噂ですから」

「お前が言うなっ」

再びナイフを手にしたアイデンに、ユーゴーは肩をすくめる。

「陛下がちゃんとお命じくだされば、私はその通りに動きます。けれども、のらりくらりとご結婚を引き延ばされるおつもりなら、何もいたしません」

アイデンは深いため息を一つ吐くと、ナイフを置いてペンを取った。

「……昼食は、簡単に済ませられるものを運んでくれ。ミアには、直接俺から伝える。とにかく早く終わらせて、ミアのところに行きたい」

「承知いたしました」

ほんの一日会えなかっただけで、会いたくてたまらなくなるのが不思議だった。けれども、政務が終わるまではなんとか我慢だ。

アイデンは運ばれてきたパンをかじりながら、少しでも早く政務を終わらせようと書類に目を通し続けるのだった。


いつもより早い時間に書類を片づけ、夕方に予定していた貴族たちとの会談も終えた。後は明日に回しても差支えのない政務ばかりだ。

「それでは、後はよろしく頼む」

「ハッ！」

家臣たちに告げ執務室を出ると、自然と早足になった。どうしてミアの部屋を、政務室から離れた北の宮にしたのだろうと後悔しつつ、廊下を急ぐ。

昼過ぎに、ミアのもとへ訪れると先触れを出した。しかし返って来た答えは、「お断りします」というつれない返事。

何度使いを出しても覆《くつがえ》らない返事に苛立ち、直接押し掛けてやろうと決意した。

ミアのいる部屋の前にたどり着いたが、胸の鼓動がいつもより少し速い。気のせいだと心を落ち着けつつ、静かに扉を叩いた。しかし、返事がない。

「ミア、いるんだろう？　返事をしろ」

数十秒待っても返事が聞こえず、耐え兼ねて扉を開けようとするが開かない。ガタガタと扉をゆすっていると、ようやく中から小さな声が聞こえてきた。

「ここは開けません。どうぞお帰りください」

「……は？」

どうやら扉の前に家具か何かを置いて、開けられないように押さえ込んでいるらしい。力ずくで押すと、ズズッと何かが絨毯《じゅうたん》の上をずれる音がした。が、扉を開けるほどは動かせない。

「お前……一体何をしているんだ」

非常に腹立たしく思うと同時に、頑《かたく》ななミアの態度に焦りが生じる。

「ミア、ここを開けろ。俺とて力ずくで開けるようなことはしたくない。ちゃんと話を……」

「私の部屋に来なくても、アイデンには行くところがあるでしょう？」

「……何？」

「今日、ジュリアンヌ様がここへ来たのよ」

「ジュリアンヌ………？」

誰のことだろう、と一瞬考え込む。しかしその態度が、逆にミアの気に障ってしまったらしい。

「私が何も知らないと思って、とぼけるつもりなのね」

静かだが怒りのこもった声に、アイデンの眉間に皺《しわ》が寄る。

「いや、とぼけているつもりはない。あの女の名前すら忘れていたくらいで……」

「一晩過ごしていながら名前も忘れるなんて！」

「……誤解だ、ミア」

ひどい勘違いだ。だが、それが焼きもちからきているのだと思うと、ミアが可愛くてたまらなくなる。こんな面倒くさい状況を作り出されても、彼女の顔が見たくて仕方がない。

「とにかくここを開けてくれ。お前の顔を見て、話がしたい」

真剣に呼びかけるが、返事がない。

「ミア、俺たちは話し合う必要がある。言いたいことがあるなら、直接俺の顔を見て言ってくれ」

「……話し合う必要などないわ！　自分のことは、自分で決めます。お引き取りになって」

「ミア！」

それから先は、何度呼びかけようともミアの返事はなかった。

（くそ……俺がどんな思いで、ここへ来たかも知らないで！）

目を瞑《つぶ》り深いため息を吐いた後、アイデンは見張りの護衛に何かあったらすぐに知らせるように指示を出した。そして、ジュリアンヌがこの部屋に来ても決して通すなとも。

(あの女、ミアに一体何を言ったんだ)

怒りを募《つの》らせながら廊下を歩いていると、遠くからユーゴーが歩いてくるのが見えた。

「あれ、随分お早いお帰りで。陛下、ミア様にはお会いできたんですか?」

「会いにいったが盛大にへそを曲げていて、会えなかった。ユーゴー、ジュリアンヌを即刻呼び出せ。あの女がミアに何を言ったのか直接問いただしてやる」

「え……一体何があったのです」

「それを問い詰めるのだ。あの女、ミアに何かいらないことを吹き込んだらしい。今朝のことといい、我慢の限界だ」

ユーゴーの顔が引き攣《つ》る。

「陛下。ディアーガ皇国は、わが国に次ぐ大国です。何卒《なにとぞ》穏便に……」

「穏便でいられるか。その尻拭《ぬぐ》いをするためにお前がいるんだろう」

アイデンは荒々しく言い放つと、項垂《うなだ》れるユーゴーを置き去りにして執務室に戻った。

ほどなくして、侍女たちを引き連れたジュリアンヌが現れる。

「お呼びいただき光栄ですわ。陛下との婚礼のお話、もっと詳しくお話ししたいと思っておりましたの」

扇《おうぎ》で口元を隠し楚々《そそ》として微笑んでいるが、その笑みに嫌悪を覚える。

「何を誤解されているかは知らないが、そんな話をあなたとするつもりは一切ない」

抑えているつもりが、怒りが滲《にじ》み出る。結果、ひどく冷ややかに目の前の女を睨《にら》んでいた。

ジュリアンヌも、アイデンの怒りに気づいたのだろう。パチンと扇《おうぎ》を閉じて表情を引き締めた。

「今朝の話だが」

「勝手な振る舞いをして申し訳ありませんでした。でも……アイデン様が私を慕いずっと探していてくださったと知り、いてもたってもいられなかったのです。お許しくださいませ」

ジュリアンヌは一息に言うと、しおらしく首を垂れた。

「でも……十年ぶりに再会して素敵な時間を過ごさせていただいたこと、本当に嬉しかったですわ。アイデン様のお傍にいられること、とても幸せに思います」

お付きの侍女たちが、頬を赤らめ目配せをし合う。巧《たく》みなジュリアンヌの話術に侍女たちがさらなる勘違いを重ねているのは明白だった。これでは、余計に話がこじれていく。

「……侍女たちを下がらせてくれ」

「ええ、構いませんわ。秘密のお話ですものね」

ジュリアンヌが妖艶に目配せをすると、侍女たちはさあっと部屋を出て行った。

「それで……どんなお話でしょうか？」

アイデンとユーゴー、そしてジュリアンヌしかいなくなった静かな執務室で、彼女は自信たっぷりな笑みを浮かべている。

「王宮内に、まったく身に覚えのない噂が流れている。これに、心当たりは？」

「まあ、それは一体どんな噂でしょう？」

「城にずけずけと押し掛けてきた女が、俺と一晩寝床を共にしたという、くだらない噂だ」

「陛下……もっとこう、やんわりと話を運べないんですか」

隣にいるユーゴーが青ざめる。

「遠回しに言っても理解されない可能性があるからな」

ジュリアンヌは自分とは関係がないと言わんばかりに、再び広げた扇《おうぎ》をはらはらと優雅に動かす。

「私には、心当たりがございませんわ」

「今朝の話だ。突然部屋に来られて迷惑だったが、追い返しては立場がなかろうと仕方なく部屋に入れた」

「まあ、仕方なく」

「こちらの厚意を逆手に取り、大騒ぎした挙句に余計な噂を城中に広めた。あなたの侍女がやったことだと、既に調べはついている」

淡々と事実を述べるが、ジュリアンヌに怯《ひる》む様子はない。媚《こ》びをたっぷりと含んだ流し目をアイデンに送るばかりだ。

「あなたが来たのは早朝だ。しかも侍女も俺の使用人もいた。それなのに、どうして夜通し一緒にいたことになっている？　しらばっくれるのはいい加減にしてもらおうか、ジュリアンヌ皇女よ」

「あら？　今の話、わたくしのことでしたのね。てっきり別のどなたかの話かと思っておりました」

コロコロと笑うジュリアンヌに、アイデンはチッとはばかることなく舌打ちをした。

「俺はあなたを王妃に迎える気はまったくない。そもそも、ユーゴーが王妃候補の案内を出したのは二年も前のことだと言うではないか。何を今さら」

「あら。赤い瞳の初恋の姫を捜していると聞いてわざわざこちらから出向いてさしあげたのに。そんな言いぐさはないのではなくって？」

ジュリアンヌは眉を吊り上げ、険しい目つきでアイデンを見やった。

「確かに、俺が否定しなかったせいで『初恋の姫』などというくだらない噂が流れていたのは認めよう。だが、それと王妃の条件は別物だ。既に王妃とする者も決まっている。彼女に余計な誤解をされたくない」

「えっ！　アイデン様、とうとうお心をお決めに……！」

横で感涙するユーゴーを無視して、ジュリアンヌが挑戦的な笑みを浮かべる。

「知っておりますわ。スティーリン国の第五王女、ミア様でございましょう？」

目つきの険しくなったアイデンに、ジュリアンヌは微笑んでみせた。

「アイデン様が彼女にご執心なのは、城に入ってすぐにお聞きしております。けれども彼女には、この大国ブライルの王妃となるのは荷が重すぎますわ。現に、少し私と話しただけで陛下とお会いするのを拒否して引きこもってしまったのでしょう？」

ジュリアンヌはパチンと扇《おうぎ》を閉じ、真っ赤な紅で彩《いろど》られた唇をにいっと歪《ゆが》める。

「ブライル国は一夫多妻制。それがわかっていながら、他の女性は一切認めないという姿勢はよくありません。これでは、彼女に跡継ぎが望めなかった場合にどうするのです」

「それはそうですね……って、いえなんでもありません……」

賛同しかけたユーゴーを睨《にら》み付け、即座に黙らせる。

アイデンは、じっとジュリアンヌを見つめた。大国の王であるアイデンの視線を臆することなく受け止め、それどころか妖艶に微笑み返す。大した女だと思う。

けれどもこの計算高さは、むしろ王妃としていただけない。傍に置けば、常に神経をすり減らし心の休まる時がなさそうだ。むろん、民が彼女を慕う様も想像できない。

ミアの存在がなかったとしても、アイデンがジュリアンヌを王妃として迎える可能性はゼロだ。

(おそらくこの女は、俺の初恋相手でもないだろうな。確証はないが……こんな女を好きになるはずがない)

本人が「赤」だと言い張る瞳の色も、アイデンにはただの「茶色」としか思えなかった。

「あなたの言い分はわかった。心ゆくまで城に滞在し、ブライルを観光されるがいい。しかし、私があなたと会うことはもうないだろう」

「どういう意味ですの？」

「そのままの意味だ。あなたを客人として迎えることはあっても、王妃として迎えることなど未来永劫ありえない」

「そんな……わざわざ来たのに、そんな言い方はひどいですわ！」

青ざめ唇を震わせるジュリアンヌに構わず、アイデンはさらに続けた。

「今後、周囲の誤解を招く言動をなされた場合、即刻この国から出て行っていただく。ユーゴー」

「はっ」

ユーゴーは穏やかな笑みを浮かべながら、ジュリアンヌに近づいた。

「ささっ、お部屋までお送りいたします」

「な、何よあなた！」

キッと睨《にら》みつけたジュリアンヌに、ユーゴーが意味ありげな笑みを向ける。

「さすが、蝶よ花よと育てられた大国の姫は違いますなあ。これ以上あなたがこの国で自由な振る舞いをなさるなら、ディアーガの皇帝にもご報告しなければなりません。我が国としては、そちらとの国交がなくなろうがなーんの痛手もありませんけどね」

一見穏やかそうな表情でも、その目はひたとジュリアンヌを見据えて少しも笑っていない。笑顔の奥に秘められた脅《おど》しを察知し、ジュリアンヌはギリッと奥歯を噛みしめた。かと思うと、足早に部屋の外に飛び出していく。その後を、すかさずユーゴーが追う。

ようやく一人きりになった静かな部屋で、アイデンは思い切りため息を吐いた。

一応、大国の皇女だから、と余計な気を遣ったのが間違いだった。王妃の座を狙っているのがわかった以上、即刻帰国させるべきだったと後悔が募《つの》る。

早くミアに会いたいが、さきほどの頑《かたく》なな態度を思えば無理に会いに行っても逆効果だろう。

（ジュリアンヌを早々に帰国させ、時間をかけて誤解を解くしかないか……）

ミアの気性の激しさは、初対面で既にわかっている。

腹を立ててスティーリンに帰ってしまわぬよう、ひとまず監視をつけようと決めアイデンは家臣を呼び出した。

六　ブライルを去る時

スティーリンへの帰国を決めてからここ数日、やけに周囲が物々しい。

ミアのいる部屋の前に、常に衛兵が控えているのだ。最初は気のせいかと思ったが、部屋を出るたびに衛兵の姿を目にするとなると、ただの勘違いでは片づけられない。

「なんだか、ずっと見張られているみたいで気味が悪いわ。なんなのかしら」

「陛下とお会いするのを、ミア様がずっと断り続けていらっしゃるからじゃないですかね」

ちくりとビアンカに嫌味を言われ、ミアはぎこちなく目を逸《そ》らした。

ビアンカの言う通り、アイデンからの面会の申し出を拒《こば》み続けているのは事実だ。彼が直接ミアのもとへ来たのは一度だけ。それからは本人ではなく使いの者がやって来る。

もう、直接来るのすら面倒なのだろうか。

そう思うと、なんだかこちらも意地になり、面会の申し出をことごとく断っていた。だからといって、それがこんなにびっちり監視を付けられる理由にはならないと思う。

「せっかくアイデン様と仲直りするチャンスですのに……」

ビアンカは不服そうに言うが、ミアとしては仲直りも何もなかった。

ジュリアンヌと、アイデンが本当に結婚するかはわからない。だが、それ以前に自分がこの国の王妃として相応《ふさわ》しくないと気づいてしまった。大国の王であるアイデンを支える器は、自分にはない。それがわかっているのに、王妃候補としてこの城に滞在し続けるわけにはいかなかった。

スティーリンには、帰国する旨の書状を送っている。普通に使者を出せば一ヶ月はかかってしまうけれど、鷲《わし》を飛ばして手紙を届ける方法があると聞き、それを利用することにした。料金はかなり高かったが、スティーリンまで一週間で往復できるという。

(どんな返事が来るのか……覚悟を決めておかねばね)

長椅子にもたれため息をついていたら、ドンドンと性急なノックの音が聞こえた。

「あら、またアイデン様のお使いでしょうかねえ?」

ビアンカが呑気《のんき》に言って扉に近づく。扉を開くと、そこには焦った様子のノーラがいた。

「ノーラ、どうしたの?」

「ミア様、スティーリンから使者様がいらっしゃいました」

「スティーリンから……?」

ミアの書状を読んで来たにしては早すぎる。

「わかったわ。とりあえずこの部屋に通して……」

言い終わる前に、ノーラが首を横に振った。

「スティーリンの使者様は、ミア様ではなく、陛下に直接お目通りを願い出ているんです」

「……アイデンに？」

「はい。今、謁見《えっけん》の間に向かっておられますが……ミア様にもお知らせした方がいいと思いまして」

話を最後まで聞くことなく、ミアは部屋を飛び出し謁見《えっけん》の間に向かった。ミアの書状が届く前に寄越された使者。それもミアではなくアイデンのもとに向かったなど、嫌な予感しかない。

衣服が乱れるのも構わず一目散に謁見《えっけん》の間に向かうと、ミアの取り乱した姿を見た衛兵がぎょっとした表情を見せた。その隙に、重厚な扉に突進する。

「お、お待ちくださいミア様！　現在陛下は他国よりおいでの使者様と会談中で……」

「その使者に用があるのよ！」

行く手を阻《はば》もうとした衛兵の手を振り払い、部屋の中に入る。

「ちょっとお待ちくださいませぇっ！」

衛兵の制止を振り切り進むと、玉座に座っていたアイデンは呆気にとられた顔でミアを凝視した。

「お前……俺が散々会いに行っても姿を見せなかったくせに、どういうことだ？」

「そんな話はいいのよっ！」

叫びながら辺りを見渡すと、スティーリンの使者が目を丸くしてミアを見つめていた。一瞬呆気に取られたようだが、すぐに背筋を伸ばしミアに厳しい目を向ける。

「ミア様！　はしたないにもほどがあります」

使者として訪れていたのは、兄の腹心の部下である宰相だった。ミアのお転婆《てんば》な姿など見慣れているので、驚きはしてもすぐに態勢を立て直す。

「しかもなんですか、その格好は。すぐにスティーリンのドレスにお着替えくださいませ」

「お断りよ。これはこの国の正式な服装なんだから！」

宰相はミアを軽蔑しきった目で見つめ、わざとらしくため息をつく。その態度がまた、大いにミアの気に障った。

「で？　どうして、あなたは私ではなくアイデンのところに来ているの」

「ラウレンス様が、その必要があると判断されたからです」

ミアはムッと一文字に口を引き結んだ。その時、様子を窺《うかが》っていたアイデンが口を開く。

「使者殿の話が気になるのなら、お前も同席したらいいだろう」

「え、いいの？」

「スティーリンから来た使者だからな。よいな？　使者殿」

宰相は不満そうだったが、ブライルの王であるアイデンにそう言われては拒否もできず、渋々といった様子で書状を広げて読み上げた。

「このたび、我が国第五王女ミア・スティーリンが王妃候補としてブライルを訪れた件について、誠に由々しき事実が発覚したために即刻王女の帰国を希望する。同時に、我が国の王女を慰《なぐさ》み者にした代償を強く要求する」

「はあ？」

ミアの力強い声が謁見《えっけん》の間に響き渡る。

「帰国云々《うんぬん》はともかく……代償って何よ？」

「ミア様。なんという言葉遣いですか。少しはスティーリンの王女としての自覚をお持ちください」

宰相の強い口調に、なぜだかアイデンがぷっと噴き出した。

「……何よ？」

「いや、お前のそんな姿を見るのも久々だと思ってな」

言われて玉座を見上げると、こんな事態だというのにアイデンは楽しそうにしている。

「あのね……アイデン、状況わかってる？」

「わかっているつもりだが。お前を慰《なぐさ》み者とやらにした責任を取れというのだろ？」

「そうでございます」

「ちょっと待ってよ！　私は慰《なぐさ》み者になんてされていないわ。全て私の意思なんだから、アイデンが代償を払う必要なんてないのよ」

「何を仰《おっしゃ》いますか、ミア様。王妃候補にすると言われ、身体の関係を持ったのでしょう？　それなのに、未だ正式な婚約をする気配もない。充分、慰《なぐさ》み者にされたと言ってもよい状況かと思います」

アイデンとの関係が、とっくに兄王にばれていると知り顔が赤くなった。

「ラウレンス様は大変お嘆きになっております。ブライルが大国とはいえ、可愛い妹王女を軽く扱われて、胸が痛むと。すぐに帰国され元気なお姿をお見せに……」

「よく言うわよ」

思いがけず、低い声が出た。

「可愛い妹？　お兄様に可愛がられたことなど一度もないわ！」

ミアの叫びが響く。

「本当に可愛い妹だと思っていたら、あんな相手に嫁がせようだなんて考えるわけがない。大方、王妃候補の話が一向に進まず、伯爵から金を出さないとでも脅《おど》されたから、私を連れ戻そうとしているだけなんじゃないの？」

「おい、ミア。それはどういうことだ？」

アイデンに怪訝《けげん》そうに言われ、ミアはハッとした。言われてみれば、この辺りの事情をアイデンに話したことはなかった。

「……なんでもないわ。アイデンには、関係のないことよ」

ミアは滲《にじ》んだ涙をぐっと堪《こら》え、床に膝をつきアイデンに深く頭を下げた。

「母国の恥を晒《さら》して申し訳ありません。この者は、連れて行きます」

「お待ちくださいミア様。ラウレンス様の要求は……」

「恥を知りなさい！　王妃候補として来た時の条件は、お兄様だって了承済みでしょう？　それに……これ以上、ここで私に恥をかかせるつもりなの？」

ミアの強い口調と視線に怯《ひる》んだか、宰相は渋々書状を丸め直した。

「……かしこまりました」

「それでは、失礼いたします」

身を翻《ひるがえ》し謁見《えっけん》の間を後にしようとしたが、それを許さない人物がいた。アイデンだ。

「待て、ミア。勝手に話をまとめるな。大体俺に来た使者を、連れて行くとはどういう了見だ」

玉座から下りミアのもとへ来ようとするアイデンを押し止《とど》めるように、ミアはその場で跪《ひざまず》いた。

「申し訳ありませんが……これは、スティーリンの問題です。陛下にご迷惑をおかけすることはありませんので、しばらくお時間をくださいませ」

よそよそしい口調に、アイデンの顔が険しくなる。それでも引かずに頭を下げたままじっとしていると、ふう、とため息が聞こえた。

「ここはお前の顔を立てよう。だが、後で必ず俺に報告しろ、いいな？」

「……わかりました」

帰国は元々自分で決めたこと。ブライルにもアイデンにも、迷惑はかけない。そう強く思いながら、ミアは宰相を伴い謁見《えっけん》の間から足早に退出した。

宰相はミアの部屋に入った途端、眉を吊り上げ迫ってきた。

「随分とこの国に慣れてしまわれたようですが……王妃となる確約を取り付けられぬ以上、一刻も早く帰国していただかなければなりませんね」

「……帰国するという連絡は既に出しているわよ。時間的に、あなたと入れ違いになったのでしょうけど」

ミアが冷たく言い放つと、宰相はやれやれといった様子で肩をすくめる。

「まったく、何を仰《おっしゃ》っているのやら。これだけ長く滞在しておきながら、手ぶらで帰るというわけにはまいりません。そもそも、王族ともあろうお方が目先の欲に囚《とら》われ純潔を失うなど、あってはならないことです」

やはり知られている。言葉を失うミアに、宰相はニヤリと品の無い笑みを見せた。

「ラウレンス様は、ミア様がブライルに発《た》ってすぐに手の者をこの城に送り込んでいたのですよ。あなた様の行動を監視するために」

知らぬ間にそんなことをしていたなんて。ミアとアイデンの関係は城の者には筒抜けだ。城に潜《もぐ》り込みさえすれば容易にわかったことだろう。

「婚姻前に、なんとはしたない。気高き王族が、淫《みだ》らな売春婦の真似事をするなど前代未聞。陛下も大層お怒りで、すぐに私をブライルへ派遣されたのです」

ジロジロと身体を眺める宰相の目つきに、カッと頭に血が上《のぼ》った。だが、ミアが言い返すよりも先に、ビアンカが宰相の前に飛び出していた。

「無礼な！　ミア様になんという口の利き方をなさるのです！」

「なんだと？　たかが侍女ふぜいが、黙っていろ」

「いいえ、黙ってなどおりません！　私はお傍で、ミア様が苦しんでおられる様子を全て見てまいりました。何も知らないあなたに、ミア様を責める権利など……」

「いいのよ、ビアンカ」

わかってくれる人がいるだけで充分だ。ミアはビアンカの肩に手を置く。

「ミア様……」

「そうよ。あなたの言う通り、私は目先の欲に囚《とら》われた傷物よ。だからお兄様が望んでいるような縁談はもう無理よ。なんせ、穢《けが》れた身体だものね」

口に出したらすっきりした。ミアと結婚しなければ、ジロン伯爵の王家の墓に入るという話もなくなる。

「その点は心配無用です」

しかし宰相は不敵な笑みを浮かべた。

「ジロン伯爵は、既に四度の結婚と離縁を繰り返されておいでです。そのため、花嫁に純潔は求めないと仰《おっしゃ》っておいでです」

「え……」

ミアの顔からさーっと血の気が引いた。

「むしろ、大国の王すら惑わした女性が自分の妻となるのは気分がいいと。ミア様とのご結婚を、心より楽しみにしていらっしゃるそうですよ」

「き、気持ち悪い……あのエロジジイ、寝取られ属性!?」

ビアンカが青ざめ小声で言った。

「ジロン伯爵がそう仰《おっしゃ》ってくださったので、ラウレンス様も寛大な措置で済ませようとしているのです。ミア様は、お二人に感謝せねばなりません。一生をかけてお仕えしていただかないと」

言葉を失うミアを、宰相は満足そうに眺める。

「そしてブライルには、ミア様を傷物にした代償を払っていただきます」

「……ジロン伯爵は気にしないと言ったのでしょう。それなのに、代償を求めるなんてもってのほかよ」

「何を言っているのですか！　誇り高きスティーリン国第五王女として……」

「黙りなさい！」

我慢の限界だった。

「何が誇り高きスティーリン国第五王女よ。そう言いながら、あなたには私を敬《うやま》う気持ちはないようね」

冷たい声色に、宰相の顔が強張《こわば》った。

「忘れているかもしれないけれど、私だってあの兄の血を分けた妹……スティーリンの正統な王族よ。その私にこれ以上そんな無礼な態度を取るつもりなら、こちらにも考えがあります。スティーリンに帰ってから、覚えておきなさい」

軽い脅《おど》しのつもりだったが、想像以上にきいたらしい。宰相は顔面蒼白となった。普段はあまり似ていなくても、ミアと兄は怒った時の顔が似ていると言われていた。怒りを滲《にじ》ませたミアの表情に、兄の姿を重ねたのかもしれない。

「あの……お取り込み中申し訳ありません。使者様には、別のお部屋を用意してありますが」

いつの間に入ってきたのか、ノーラが心配そうな顔で入り口に立っていた。

「そ、それでは私はこれで失礼します！」

宰相はハッとした表情で背筋を伸ばすと、これ幸いとばかりに部屋を出ていく。険しい表情のままそれを見送ったミアは、宰相が出て行き扉が閉まった途端にその場に崩れ落ちた。

「ミア様っ」

「……大丈夫よ」

駆け寄ったビアンカに力無く笑って見せつつも、立ち上がることができない。色々足掻《あが》いてみたけれど、結果として最悪な事態に陥《おちい》ってしまった。

「ごめんね、ビアンカ。結局何もできないまま帰ることになってしまって……。せっかくついてきてくれたのに、あなたにも歯痒《がゆ》い思いをさせてばかりだわ」

「私のことなどお気になさらないでください！」

涙ぐむビアンカを見ていると、自分の不甲斐なさがなお辛い。こうして落ち込むよりも、他に何かできることはないかと考えてみる。けれど、この状態では冷静になることもできない。

「悪いけれど……一人にしてもらえるかしら。少し、これからのことを考えたいの」

「……わかりました」

心配そうにビアンカが部屋を出て行き、広い部屋に一人残される。

これからのことを考えるといっても、道は一つしかないとハッキリしていた。

一夫多妻制のブライルで、自分以外の妻を認められないミアは王妃として相応《ふさわ》しくない。

ジュリアンヌはアイデンがずっと忘れられなかった初恋の人で、出会ったその夜にベッドを共にしたくらいだ。立場でも資質でも、ミアに勝ち目はない。

だとしたら、今の自分にできることはこの国から去ることだけだ。

(どうせお兄様には純潔を失ったことは知られているんだもの。ダラダラと滞在を引き延ばす理由はない……)

自分のせいでアイデンやブライルに迷惑をかける訳にはいかない。少しずつ帰国の準備は進めている。必要なものを城下で揃えれば、スティーリンの国境付近までなら旅ができるだろう。

ミアはベッドの下にしまい込んでいた旅行鞄《かばん》を引っ張り出すと、急いで身の回りを片づけ始めた。

(ビアンカが戻ってきたら……彼女にも、荷物を片づけるように話さなきゃ)

元々、覚悟はしていたはず。それなのに、どうして鼻の奥がつんと痛くなるのだろう。

ミアはその理由に気づかないフリをして、必死に手を動かし続けた。

スティーリンへ帰国する準備は一時間もしないで整った。帰路の資金を調達するため身の周りの物を処分し始めていたこともあり、来た時より身軽になったくらいだ。

一度様子を見に来たビアンカにも、決意は伝えた。彼女はひどく寂しそうな顔をしたものの「どこまでもミア様についていきます」と、涙ぐみながらミアの手を握ってくれた。

食事と湯浴みを終え部屋に一人きりになったミアは、窓辺に腰掛けてぼんやりと青白く輝く三日月を見上げていた。

その時ふと、市場を訪れた時にアイデンに買ってもらったブローチのことを思い出した。

後から届けるとガルボは言っていたが、それきりどうなったのかは聞いていない。

(ブライルには、もう二度と来られない。何かよすがとなる物が、一つでも手元にあれば……)

アイデンに聞いてみようか。思えばジュリアンヌが来て以来、彼とろくに話していない。

(このまま一生の別れになるのはイヤだ)

ミアはこくんと唾を呑み込むと、夜着の上にガウンを羽織り静かに部屋を出た。

「どちらへ行かれますか?」

部屋の外で見張りをしていた衛兵が、すかさずミアに声をかける。

「あの、アイデンの部屋へ今日の報告をしに行こうかと……」

王妃候補はもうミア一人じゃない。お控えくださいと止められるかと思ったが、衛兵はにこりと嬉しそうに微笑んだ。

「そうですか。それは陛下がお喜びになります。お供いたしましょうか?」

「い、いいえっ。あの、一人で行けるから、大丈夫よ」

ガウンの前を押さえ顔を赤らめたミアに、衛兵は素直に引き下がった。どうやら逢瀬に野暮《やぼ》は不要と判断したらしい。

ミアは一瞬考え、衛兵に声をかけた。

「その……今夜はアイデンの寝室から戻りません。あなたも自分のお部屋に戻ったらどうかしら。誰もいない部屋を見張っていても意味がないでしょう?」

「ありがとうございます。それでは上司に報告の上、そのようにさせていただきます」

これできっと、いつも部屋の前に張り付いている見張りが今夜一晩だけいなくなる。

「お気をつけて」

「ありがとう」

ミアはほっとして、衛兵に背を向けた。

廊下で見張りの衛兵数人とすれ違ったが、誰もが夜着姿のミアの姿を不審に思うことなく会釈《えしゃく》を返してくれる。

それを少し嬉しく、少し辛く思いながら目的の部屋を目指した。

アイデンの私室の前に来ると、衛兵は黙って扉の前から下がった。

「誰だ」

ノックしてすぐ、中から不機嫌そうな声が聞こえてくる。

「私、ミアよ」

一瞬の間の後、何かを蹴散らす音と共に、ものすごい勢いで扉が開いた。

「ミア……」

答えようと口を開きかけたが、言葉を発する前にグイッと部屋の中へ引き込まれる。そして、苦しいほどの力で抱きしめられた。

「なぜ、もっと早く報告にこなかった」

「…………」

「使者との話はどうなった？　俺がどれだけ心配していたと」

「……大丈夫よ。こう見えても私、王族なんだから。使者を黙らせるくらいの力は持っているわ」

「本当か？」

アイデンは怪訝《けげん》そうな顔をしていたが、ミアがぎゅっと背中に手を回すとそれ以上は聞いてこなかった。逞《たくま》しい身体に触れているだけで、切なさと同時に身体が熱くなるのがわかる。

（バカね。スティーリンに帰ればジロン伯爵との結婚が待っているのに……）

「ねえ、アイデン。聞きたいことがあって来たのだけれど」

「なんだ？」

「一緒に市場に行った時に、ガルボの店で銀細工《ざいく》のブローチを買ってくれたでしょう？　あのブローチ、まだ出来上がってこないのかしら」

アイデンは不思議そうに身体を離した。

「どうしていきなり、あのブローチのことを思い出したんだ？」

「その……あのブローチは、私が知る限り一番繊細で美しい銀細工《ざいく》だと思うの。だからそれを使者に見せて、ブライルの素晴らしさを伝えたくて」

来る途中に必死に考えた理由を口にすると、アイデンは疑う様子もなくなるほどと頷いた。

「そうか。だが残念ながら、ガルボからブローチが出来上がったという連絡はまだきていない。そろそろ出来上がってもいい頃合いなんだが」

「…………そう」

あのブローチをスティーリンに持ち帰りたいという、望みが潰《つい》えてしまった。ミアの落胆が伝わったのか、アイデンは明るく言ってきた。

「ブライルの特産を見せたいというのなら、王家に伝わる装飾具を宝物庫から出そう。あのブローチは確かにいい出来だったが、他にも素晴らしい物はたくさんある。いくらでも使者殿に見せて、この国を理解してもらったらいい」

じっと動かないミアを不審に思ったのか、アイデンが顔を覗《のぞ》き込んできた。

「ミア？」

「ううん、なんでもない……ありがとう。明日、お願いするわ」

——私、嘘をついている。

明日になったら、もうこの城にミアはいない。

「そうだミア、お前に話しておきたいことがある。あの女……ジュリアンヌのことなんだが」

アイデンからその名を聞かされた途端、ミアの胸が激しく痛んだ。彼の口から、その名は聞きたくない。

「アイデン、お願いがあるの」

ミアはアイデンの話を遮《さえぎ》り、ぎゅっとさらに強く彼の身体にしがみついた。形に残るものが何もないなら、せめて最後にもう一度だけ。

「話なら、後で聞くから……お願い……私を抱いて……？」

はしたないおねだりに、耳まで赤くなった。何度もアイデンに抱かれているものの、ミアから強《ね》請《だ》ったことは一度もない。ミアの言葉に、しがみついていたアイデンの身体が僅《わず》かに強張《こわば》る。

「ミア」

ミアのいつにない様子をおかしいと感じたのか、アイデンの声は戸惑いに揺れていた。それを振り払うように、ミアは彼を見上げると強引に唇を押し付けた。

「……っ！」

唇が触れた瞬間、アイデンが目を見張った。けれども構わずそのまま唇を押し付けていると、たちまち形勢が逆転する。

がばりと強く抱きしめられたかと思うと、激しく唇を貪《むさぼ》られた。おずおずと唇を開き、舌を差し出すと、強く吸われ甘噛みされる。身体が痺《しび》れ、たちまち秘部が潤《うる》み始めたのがわかった。

激しい口づけを何度も交わした後、唇を離したアイデンがミアの目をじっと見つめて囁《ささや》く。

「ミア……お前を抱けなかったこの数日間、俺がどんなにお前を欲していたか。それはお前も同じだと思っていいのだな？」

——私を抱かなくても、ジュリアンヌは抱いていたのでしょう？

そんな意地の悪い問いかけが胸に浮かんだが、それを掻き消しミアはアイデンを見つめ返した。

「同じ、だから……お願い、アイデン」

震えながらアイデンの手を掴《つか》み、そっと自分の胸に誘《いざな》う。アイデンは息を呑み、すぐにその手でミアのふくよかな胸を揉みしだき始めた。

指先が既に立ち上がった先端を見つけ、くりくりと回す。ぴくんと身体を震わせたミアの首筋に顔を埋《うず》め、アイデンはそこをきつく吸い上げた。

「は、あああ……っ、ん……」

そこを吸われると、なぜか身体に力が入らなくなる。くたりと倒れ込みそうになると、アイデンはミアを軽々と抱き上げた。ミアをベッドに運ぶ間も、アイデンは何度もミアの髪や額《ひたい》に口づけてくる。まるで本当に愛されているような幸せな心地になる反面、胸の奥がひやりとした。

（こんな風に……ジュリアンヌのことも抱いたのだろうか……）

そんなこと、考えたくないのに。

ミアは自分を運ぶアイデンの首に腕を回し、ぎゅっと強く抱きしめた。

早く繋《つな》がりたいと求めるミアを余所《よそ》に、アイデンは執拗《しつよう》に愛撫《あいぶ》を重ね、何度もミアを指と舌で絶頂に導いた。甘い快楽と疼《うず》きで、身体がぐずぐずに蕩《とろ》けてしまう。

「も……だめぇ……アイデン、ほしぃ……」

挿入を強請《ねだ》る声は喘《あえ》ぎ声で掠《かす》れ、瞳は涙で潤《うる》む。そんな状態までミアを追いつめてから、ようやくアイデンは自身の夜着を脱ぎ捨て逞《たくま》しい身体を露《あら》わにした。

熱い杭が、腹部につきそうなほど勇ましくそそり立っている。ミアは喉を鳴らし、とろんとした目でじっとアイデンを見つめた。

「そんなに、可愛らしい顔をして俺を煽《あお》るな」

アイデンがぺろりと舌を覗《のぞ》かせ上唇を舐《な》める。可愛いと言われた喜びも、続けて与えられた刺激に吹き飛んでしまった。

「ん、あ、あああああぁ……ッ」

力の入らないミアの脚を抱え上げ、アイデンがずぶりと熱く滾《たぎ》った杭をミアの中に入れたのだ。

「や、あ、あああっ……ん、すごい……はあぁぁ……！」

待ちかねた刺激に、ミアはあっという間に四肢を引き攣《つ》らせて達してしまった。しかしアイデンは動きを止めることなく、激しく収縮する秘部に腰を打ち付ける。

「あ、いや、だめえっ！」

達したばかりの身体に、さらなる刺激はキツイ。ミアは首を振って逃れようとしたが、しっかりと腰を掴《つか》まれていて身動きができない。

「逃がさない、ミア。ああ……すごいな。こんなに濡れて、なんていやらしい」

「いや、そんなこと……言わないでぇ……」

泣き事を漏らすミアに、アイデンは楽しそうな視線を向けるばかりだ。たっぷりの色気を浮かべた目に見下ろされ、ミアはさらに欲情していく。

はち切れんばかりに滾《たぎ》ったものがミアの中を何度も往復し、蜜の溢《あふ》れるじゅぶじゅぶという音が部屋に響き渡る。アイデンはその蜜を指ですくうと、秘部のすぐ上にある蕾《つぼみ》を弄《いじ》り始めた。

「あああぁっ、やぁん……っ、ん、んんっ！」

敏感な場所を同時に刺激され、ミアの中がまたざわざわと蠢《うごめ》き始める。

「ああ……や、アイデン……ッ、あ、あ、また……いく……」

「何度でもいけ、ミア。俺のもので……ほら、もっと奥まで突いてやる」

最奥《さいおう》まで一気に昂《たかぶ》りを突き入れ、アイデンはぐるりと腰を回した。その瞬間、ミアは再び快楽の極みに押しやられる。

「ああぁぁン……！　はぁ……アイデン……」

恍惚《こうこつ》として彼の名前を呼ぶ。アイデンは身体を倒し正面からミアをぎゅっと抱きしめた。まだ達していない彼のモノは、ミアの中でひくひくと動いている。そしてミアの痙攣《けいれん》が収まってきたかと思うと、またおもむろに腰が動き始めた。

「ん、あ、ああんっ……アイデン、アイデン……っ！」

何度名前を呼んだかわからない。強弱をつけて何度も奥を突かれるたびに、喘《あえ》ぎ声に交じって名前を叫ぶミアを、アイデンは満足気に見下ろす。

その眼差しに愛しさが滲《にじ》んでいるように感じるのは、ミアの願望だろうか。

「また、いっちゃうぅ……」

何度目かわからぬ絶頂を訴えると、アイデンは猛然と腰を動かし始めた。

「俺も、いきそうだ……」

ミアの中の昂《たかぶ》りが、さらに大きくなった。膣壁を抉《えぐ》りながら出し入れを繰り返すアイデンの額《ひたい》には玉のような汗が浮かんでいる。

（このまま、中に……）

ミアは快楽に浮かされながら、そんな願いを抱く。彼の熱い白濁がミアの中で放たれた結果、どうなるかはわかっている。そんなことは許されないと理解しているのに、女として彼の精を受けたいと願ってしまった。けれども——

「く……っ、もう、ダメだ……」

アイデンは限界まで大きくなった昂《たかぶ》りを引き抜き、ミアの白い脚に精を放つ。

「あ……」

肌の上に熱いほとばしりを感じると共に、ミアは寂しさを覚えた。やはり、ミアの中に精を放つことはないのだ。

アイデンが汗ばんだ身体でミアの上にどさりと倒れ込んできた。彼の体温と荒い呼吸を感じながら、ぼうっと天井を見上げる。

（そうよね……王妃を差し置いて、私が彼の全てを受け止めるわけにはいかないんだわ……）

重なった身体の熱さが、辛い。

「ミア？」

涙を堪《こら》えじっとしていると、アイデンが不思議そうにミアの顔を覗《のぞ》き込んできた。

「どうした？　身体が辛いのか？」

「……ううん、大丈夫」

あと数時間もすれば離れ離れと思うと、縋《すが》りつきたくてたまらなくなる。ミアはアイデンの首に手を回し、彼の首筋に顔を埋《うず》めた。そして、胸いっぱいに彼の香りを吸い込む。

自分は、どうしてこんなに欲張りなのだろう。最後だと決めたはずなのに、もっと彼の温もりを感じていたいなんて。

縋《すが》りつくミアを抱きしめ、アイデンはミアの肩に唇をつけた。その柔らかな感触にぴくりと身体を震わせると、ミアの太腿に当たっていた肉棒がひくんと反応する。

「ミア、もう一度」

明日の出立は早い。早く部屋に戻って、長い旅路に備えて少しでも睡眠をとらなければ。

頭ではわかっているのに、ミアは小さく頷き再び熱い口づけを受け止めていた。

空が白々《しらじら》と明ける頃。アイデンはようやくミアの身体を解放した。何度も何度もミアを抱いたアイデンは、うとうととまどろんだ後すぐに眠りに落ちた。それを見届けてから、ミアは気怠《けだる》い身体を起こしノロノロとベッドから下りる。

後ろ髪を引かれながら急ぎ部屋に戻ると、部屋の前に衛兵はいなかった。一人で着替えを済ませると、小さなノックと同時にビアンカがするりと部屋に入って来る。

「……ミア様」

「ええ、行きましょう」

二人ともマントですっぽりと身体を覆《おお》い隠し、裏門に続く石畳の通路を急ぐ。

帰国の馬車を待つつもりでいたが、兄の言いなりの宰相に気づかれずこの城を出るためには、自力で馬車を手配するしか方法はない。

幸いビアンカが、城内で顔を広げていてくれたおかげで、長旅に対応してくれる民間の馬車を手配できた。

ブライルを出ることは、誰にも告げていない。せめて世話になったノーラにはお礼を言いたかったが、いたしかたない。

「ミア様……本当によろしいんですか？」

深く帽子をかぶったビアンカが、気遣うような視線でミアを見上げてくる。けれど、もうミアの決意は揺るがなかった。

「ええ、いいのよ」

どんなことをしてもこの国の王妃になる、そう意気込んでこの城に来た時とは違う。

アイデンはブライルの民のための王妃を求めていて、民は彼の愛する人が王妃になることを望んでいた。そのどちらにも、自分は当てはまらない。

アイデンの隣で彼の造るこの国を一緒に見たかったけれど……それはミアの役目ではない。

それでも、ここに来たことは、後悔していない。彼と過ごした思い出があれば、たとえこの先、愛情のかけらもない結婚が待っていてもきっと耐えられる。それで、充分だ。

「あっ」

ビアンカの険しい声につられ顔を上げると、石畳の通路の端にジュリアンヌがたたずんでいた。

「あら。こんな時間にお散歩かしら？」

マントに身を包み大きな鞄《かばん》を抱えるミアたちの目的など一目瞭然《いちもくりょうぜん》のはずだ。あからさまな嫌味に足を止めてしまったミアに、ジュリアンヌは不敵な笑みを向ける。

「昨夜、アイデン様のお部屋に行かれたそうですわね。まあたまには別の女性を抱かれるのもいいでしょうと思いお譲りしたのですが……そう、帰国前の最後の思い出作りでしたのね」

アイデンの部屋へ向かう途中には、何人も城の人たちとすれ違った。彼女の耳に入っていてもおかしくない。

「ご安心くださいませ。ミア様がお帰りになった後は、わたくしがアイデン様をお支えいたしますわ。もっとも王妃の座は元々わたくしのものでしたから、当然といえば当然ですけれど」

ジュリアンヌの、勝ち誇り見下すような笑みに、ミアは唇を噛みしめる。わざわざそれを言うためだけに来たのかと思うと腹が立った。

「わたくしとアイデン様のために身をお引きになるそのお気持ち……しかと受け止めましたわ。どうぞあなたもお国に帰られたら、自分に釣り合う方とお幸せに……」

いい加減黙っているのも限界だ。ミアは毅然《きぜん》と顔を上げ、ジュリアンヌを真っ直ぐ見つめ返した。

「お話は、それだけかしら」

「……は？」

ミアがすごすごと引き下がると思っていたのか、ジュリアンヌはぴくりと眉を引き攣《つ》らせる。

「悪いけど、私が身を引くのはあなたのためなんかじゃないわ。アイデンとブライルの民のためよ。アイデンに望まれない王妃は、ブライルの民を幸せにできない。逆もまた然《しか》り。……アイデンを幸せにしなかったら、絶対に許さない」

第一印象から、この女のことは好きじゃない。けれど、それは些細《ささい》なことだ。

「それでは」

呆気に取られるジュリアンヌに軽く会釈《えしゃく》をすると、ミアは颯爽《さっそう》と前を向いて歩き出した。

宰相に見つかりたくないので、隠れるようにして出てきただけで、決して逃げ帰るわけじゃない。胸を張って、この城を去ろう。

「……ミア様は、やっぱりミア様です！」

涙声で呟いたビアンカに笑顔で頷き返し、二人は裏門で待つ馬車のもとへ急いだ。

裏門で待っていた馬車に乗り込み、御者にはひとまず市場に向かうよう告げる。長旅に備えて、取り急ぎ身の周りの品を処分し旅費は用意してあったが、まだ少し心もとない。スティーリンから持ち込んだ物は、珍しさもあって割と高く買い取ってもらえるとわかった。そこで市場でいくつか金目のものを換金しつつ、必要な物を揃えることにしたのだ。

(私が自分の意思でこの城を出てしまえば……あの宰相だって賠償金だのなんだの言えないはずよ。アイデンにもブライルにも迷惑をかけることはないわ)

走り出した馬車に揺られながら、窓から遠ざかる城を振り返る。こんなに空虚な気持ちでこの城を去ることになるとは思わなかった。けれども、不思議と後悔はなかった。ミアは、隣でしょんぼり項垂《うなだ》れているビアンカの肩を、優しくポンポンと叩く。

「そんなに落ち込まないで、ビアンカ。何もしないでスティーリンで嫁に出されるのを待つより、ずっといい経験ができたじゃない」

こうしてアイデンを好きになって、彼に抱かれる経験ができたことを心から幸せだと思えた。それだけでもブライルに来たかいがあったと言ったら、兄はひどく怒るだろうが。

「そうですね……私も、ミア様がこうして連れ出してくれなかったら一生スティーリンから出ることはなかったと思います。他の城でお仕事をしてみて、とてもいい経験になりました」

ようやくビアンカの顔が少しだけほころび、ミアもほっとして笑顔を零《こぼ》した。

市場に着いて馬車から降りると、ビアンカが目をキラキラと輝かせる。

「なんだかとても活気に満ちていて、楽しそうなところですね」

アイデンと訪れた時には、ビアンカを連れて来なかった。せっかくなら、少しだけでも案内してあげようと市場を歩き始めたミアは、ふとガルボの存在を思い出す。

（昨日アイデンに聞いた時には、まだブローチは届いていないと言っていたけど……それならガルボの手元にあるのかしら）

持ち帰ることはできなくても、せめてもう一度見るだけでも。

「ビアンカ、ちょっと寄りたいところがあるのだけど、いいかしら」

「ええ、もちろんでございます。それなら、換金所ではなく先にそちらに向かいますか？」

ビアンカと話し合っていると、遠くから「おおい」と野太い呼び声がした。声のした方に目を向けると、大きな身体を揺らしてこちらに歩いてくるガルボの姿が見えた。

「ミア様じゃねえですか。今日はアイデン様と一緒じゃないんで？」

ニコニコと悪意のない視線が痛い。

「……一緒ではないわ。というより、これから自分の国へ帰るところなの」

「ええっ!?」

ガルボが目を見開きミアを凝視する。

「ちょうどよかったわ。私たち、手元の物品を換金できる場所を探していたの。よかったら教えてもらえない？」

「それはもちろん構いませんが……よかったらついて行きましょうか？　俺が一緒なら、まずぼったくられることはありませんから」

「ありがとう、助かるわ」

ガルボは大きな鞄《かばん》を軽々と持ち、一緒に換金所へ行ってくれた。彼がついてきてくれたおかげで、ミアたちの持ち物は適正以上の価格で買い取ってもらえ、予想していたよりも遥《はる》かに多い元手金ができた。これなら、スティーリンに着くまでの宿代を充分まかなえそうでほっとする。

「よかった。ありがとうガルボ。実は、あなたのお店にも行こうと思っていたの」

「どうぞどうぞ。今日は家内が店にいまして、ミア様にお会いしたいと言ってたんですよ」

並んで歩き出すと、ガルボは怪訝《けげん》そうに口を開いた。

「しかし、国に帰るって……一体全体どうしてなんです？　あれから市場でもミア様のことが噂になりましてね。てっきりアイデン様の王妃様になるもんだと喜んでいたのに」

「違うわ。王妃になる方は、別にいらっしゃるのよ」

胸にちくんと痛みを感じつつも、平静を装《よそお》ってそう話す。

「別にいるって……あんなに仲良くしていらしたのに。俺が知っている限り、アイデン様があんなに楽しそうにしていたのは初めてだ。アイデン様がミア様以外の方を選ぶなんてありえねえ！」

ガルボは、アイデンが初恋の姫をずっと探していたことを知らないからそんなことが言えるのだ。曖昧《あいまい》な笑みを浮かべるミアを見て、はーっと残念そうなため息を吐く。

「上の方々の考えることはよくわからん。俺には、アイデン様とミア様はとても似合いの夫婦になるように思えたんですがねえ」

「……ありがとう。そう言ってもらえて嬉しいわ」

ミアは無理に笑って見せ、ついでとばかりに道すがら必要な物を買い揃えていく。

「その荷物も持ちましょうか？」

「いえ、大丈夫よ。これくらい自分で持てるわ」

ここから先は長い旅路が待っているのだ。自分のことくらい、自分でしなくては。

「それにしても……王女様ってのは、こんなに庶民的なもんなんですかねえ。自分で買い物したり荷物を持ったり」

「私の国は、ブライルみたいに大きくないし貧しい国なの。できることは自分でするのは当たり前なのよ。そういう意味では……あまり王女らしくないのかもしれないけれど」

話しながら歩いていると、ガルボの店が見えてきた。日に焼けた健康そうな細身の女性が、椅子に座り店番をしている。

「あらガルボ、お客さん？　いらっしゃいませ」

「ほらほら。この方だよ、アイデン様の……」

「あら！　それならちょうどよかったじゃない。直接お渡しできて」

女性はニコニコと人懐《ひとなつ》っこそうな笑みをミアに向け、戸棚から包みを取り出した。

「アイデン様に頼まれていた加工がちょうど終わりましてね。今日か明日にでもお城にお届けしようと思っていたんですよ」

ガルボは女性から包みを受け取ると、中身をミアの手に置いた。

「あ……」

そこには、あのブローチがあった。けれどもあの時とは何か違う。どこが違うのだろうとじっとブローチを見つめていると、ガルボが可笑《おか》しそうに指でつんつんとブローチを指した。

「ほら、ここです。ここに宝石を埋め込んだんですよ。あのままだと、普段つけるにはいいけど、ちゃんとしたパーティーではつけられないからってアイデン様が」

「本当だわ。綺麗……」

ブローチの中心には、水色と灰色の中間のような薄い色合いの宝石が輝いていた。

「ミア様の瞳の色に似た石を探してくれって言われましてね。できるだけ上質なものをと思って探し回ってたら、随分と時間がかかっちまいました」

ガルボがガハハと笑いながら頭を掻いた。

「ありがとう……今まで手にしたどんなアクセサリーより素敵だわ……」

「そう仰《おっしゃ》っていただけると、俺らも嬉しいですよ。お礼ならアイデン様に伝えてあげてください」

そう言われて、はたと気づいた。もはや王妃候補でもなんでもない自分が、アイデンからこのブローチを受け取れるはずがない。けれども、どうしてもこのブローチが欲しかった。

アイデンが、ミアのことを思って依頼してくれたのだ。このブローチだけは、どうしてもスティーリンに持って帰りたい。

「このブローチ……私に売ってくれないかしら？」

「え？　売るって？」

事情を知らず不思議そうな顔をしたガルボの妻に、ミアは必死に言い募《つの》った。

「私はもう王妃候補でもなんでもないの。だから本当は、こんな素敵なブローチを受け取る資格はないのです。でも……どうしても、これを手元に置きたくて」

ガルボの妻が目を丸くする。自分の物ではないのに、手の中のブローチを手放したくなくて思わずぎゅっと両手で握りしめた。

「お金……いくらでも払えるとはとても言えないけれど、出せるだけ出します。足りないのなら、スティーリンに戻ってから代わりの物を送りますから」

ガルボ夫妻は、困ったように顔を見合わせた。

彼らはアイデンから依頼を受けている。だったらこのブローチも、城に届けるのが筋というものだ。いくらお金を払おうとも、王直々《じきじき》の依頼を他人に渡すようなことをしては彼らの信用に関わる。

親切にしてくれた彼らに、迷惑はかけたくない。それでも、ミアは引き下がれなかった。

「困らせているのはわかっているわ。もしアイデンに責められるようなことがあれば、私に脅《おど》されたと言っていい。だから……お願い。どうかこのブローチを、私の国に持ち帰らせてほしいの」

昨夜の思い出だけでいいと思ったのに、なんて強欲なのだと我ながら呆れる。それでも。

「アイデンの傍にいられないのなら、せめてこのブローチだけでも……」

ミアの必死のお願いに、ガルボはしばし黙り込んだ。しかし、ほどなくして静かに首を横に振る。

「これはアイデン様から注文を受けて作った品だ。ミア様からお代はいただけないよ」

「そんな……」

絶望して俯《うつむ》くミアの肩に、ぽんと大きくて無骨な手がのせられる。

「お代なんてもらえねぇ。どうぞ持って行ってください。これは、ミア様のブローチだから」

驚いて顔を上げると、ガルボ夫妻がうんうんと頷いている。

「そうですよ、お代なんていただけません。もらうとしたら、ちゃーんとアイデン様からせしめますので安心してくださいな」

「で、でも……私にはもらう資格なんてないのよ。もう王妃候補じゃないんだもの」

「そんなの関係ありませんよ。アイデン様は、ミア様のためにこの宝石をつけるように依頼されたんですから。他の誰でもない、ミア様のためのブローチです。ミア様以外に、このブローチを持つ資格のある者はいやしません」

ガルボの妻に優しく微笑まれ、ミアの目にじわりと涙が浮かんだ。

「ありがとう……」

ブローチを握りしめ、ミアはぽろりと涙を一粒零《こぼ》す。

市場で一度会っただけの異国の人間に、どうしてこんなに優しくしてくれるのだろう。堪《こら》え切れずにポロポロと涙を零《こぼ》すミアに、慌ててガルボの妻が駆け寄る。そして、嗚咽《おえつ》を漏らすミアの背中を優しく撫でてくれた。

「ミア様、どうなさったんです。アイデン様と喧嘩でもなさいましたか？」

「……いいえ。何も言わずに城を出てきてしまったの。私には、この国の王妃になるだけの資質がないから。お城にはもう……別の王妃候補がいらっしゃるのよ。その方が、王妃としてアイデンを支えてくれるわ」

「まったくアイデン様はっ！　肝心なところで詰めが甘いというかなんというか……」

ガルボが怒ったようにドシドシと足を踏み鳴らしている。

「ミア様。私たちはアイデン様をお幸せにしてくださる方に、王妃様になっていただきたいんですよ。ミア様にお会いしたのは初めてですけれど、こんな市場の中の小さな店へ気軽に立ち寄ってくださって、私たちの作ったものを心から喜んでくださる。そんな方に、王妃様になっていただきたかった」

ガルボの妻はミアの手からそっとブローチを受け取り、布で出来た小さな袋に入れてくれた。

「ですが……ミア様には、私たち庶民にはわからない悩みや苦しみがあるのでしょう」

そう言って彼女は、再びミアの手の中にブローチの入った袋を置く。

「お代はいりません。これはどうぞミア様の母国にお持ちください。私たちと出会えた記念に」

柔らかく両手を包まれ、ミアは涙を堪《こら》えながらこくんと頷いた。

「こんな可愛らしい女性を泣かせるなんて……心底アイデン様を見損ないましたわ」

「これは私の問題で……アイデンは悪くないの。だから、そんなことを言ってはだめよ」

首を振ってガルボの妻の手を握ると、彼女は一瞬びっくりした後、くしゃりと泣くように笑った。

「本当に……アイデン様は、見る目がないですね」

「ああ、まったくだ。あの男、今度会ったらとっちめてやらにゃあいかん！」

ガルボの妻と一緒になって泣き笑いをしながら、ミアはブローチを握りしめた。

これは、ミアがブライルに来てアイデンの傍に居たという証《あかし》だ。

「ミア様、そろそろ。私たちがいないことに気づいた宰相様が、追ってこないとも限りません」

今まで黙って控えていたビアンカが、そっと声をかけてくる。ミアは頷くと、改めて二人にお礼とお別れを告げ急いで馬車へ戻った。

ここから先は、楽しい旅路などではない。それでも、アイデンが依頼して二人が心を込めて仕上げてくれたブローチがあると思うと、ミアの気持ちは随分と軽くなるのだった。

長い旅を終え、ようやくスティーリンの国境に入った。慣れ親しんだ景色を走り抜ける馬車の中で、懐《なつ》かしさと同時に身が引き締まる思いが込み上げる。

見慣れた門をくぐり城が近づくにつれ、緊張で手が冷たくなってきた。

兄は一体、どんな命令をしてくるだろう。不安はもちろんあるが、受け入れる覚悟はできていた。

ミアには、アイデンと過ごした思い出と、ポケットに忍ばせているブローチがある。それらがあれば、きっとどんなことでも耐えていけるはずだ。

「ねえ、ビアンカ」

隣で不安そうにしているビアンカに声をかけた。

「はい、なんでしょう、ミア様」

「私がジロン伯爵のもとに嫁ぐことになったら……あなたはこの城に置いて行くわ」

「えっ!? どうしてですか？ 私、ミア様のお気に障るようなことを何かいたしましたか？」

真っ青になる彼女に、緩《ゆる》く首を振ってみせる。

「違うわ。……どうやらあの伯爵は、メイドに手をつけたことも何度もあるらしいの。あなたはまだ若くて未来があるんですもの。私についていきて、伯爵の目に留まったら大変だから」

ミア付きの侍女なら他にもいる。今回は異国への長旅ということもあって一番仲の良いビアンカを連れて行ったが、嫁入りなら彼女でなければならない理由はない。

「ミ、ミア様……」

ビアンカは口をへの字に曲げて、そっと横を向いた。その肩が微《かす》かに震えている。

たとえどんなにビアンカがついて行くと主張しようとも、絶対に連れて行くつもりはなかった。

ミアはビアンカを見ないようにして、馬車の窓から外を眺める。

慣れ親しんだ城の小さな庭は、今のミアにはとてもよそよそしく映った。


城に着いた途端に兄に呼び出され、ミアは休む暇も与えられず王の間に連れて行かれた。

どうやらブライルに置いてきた宰相がミアたちを追い越し、先に城に到着していたらしい。彼が兄にどんな報告をしたかは想像がつく。

「ミアよ。お前は、とんでもないことをしてくれたな」

ほどなくして現れた兄は、跪《ひざまず》くミアに近づいたかと思うと、そう吐き捨てた。

もしかしたら殴られるかもしれない――そう覚悟したミアは、俯《うつむ》いたまま身体を硬くする。だが、兄はため息と共に玉座に座った。

「報告は全て、宰相より受けている。お前は王妃になると宣言しておきながら、なんの結果も出さず、ただ観光してきただけらしいな。それがスティーリンの王女としての振る舞いか？」

兄はイライラしながら、手にした杖でコツコツと床を叩く。

「しかも……結婚の約束も取り付けられぬまま、王の求めに応じて純潔を捧げただと？　さらに一度や二度では飽《あ》き足らず、夜な夜な王の部屋に通っていたというではないか。なんと淫らでふしだらな。両親やお前の姉たちがそれを聞いたらどう思うか。恥を知れ！」

ここまで怒りを露《あら》わにした兄を見たのは初めてだったが、不思議と怖さは感じなかった。

こうなることは充分予想していたし、それだけのことをした自覚もある。

「挙句の果てに、交渉に向かわせた宰相を置いてブライルから逃げ帰ったとはな。お前は王妃になりそこねたどころか、賠償金すら得られなかった。今頃ブライルでは、さぞかしスティーリンを馬鹿にしていることだろう。なんと身持ちの軽い馬鹿な王女だと」

何を言われても無言を貫くミアが気に食わないのだろう。兄はひとしきりミアを罵《ののし》った後、傍《かたわ》らにいた家臣を呼び寄せた。

「すぐにジロン伯爵に使者を送れ。ミアの準備が整い次第すぐに式を挙げるよう伝えるのだ」

「は、かしこまりました」

やはりそうきたか。ゆっくりと顔を上げると、兄とバッチリ視線が合った。兄は不敵な笑みを浮かべて、ふんと鼻を鳴らす。

「もはやお前には、一秒たりとも自由は与えん。式の準備が整うまでは、鍵のかかる部屋に閉じ込もっていろ。食事の際もそこから出るな」

兄の目には、一ミリたりともミアに対する情などなかった。自分の駒としての役目を果たせないミアに対する、怒りと失望しかない。

この兄に、何を言っても無駄だ。ここで声を荒らげることは、むしろマイナスにしかならない。

「……承知いたしました」

「ふん。今さら素直になっても遅い。おい、連れて行け」

兄が控えていた近衛兵に命じる。即座にミアは両脇をがっちり固められ、ビアンカと共に鍵のついた小部屋に閉じ込められてしまった。

がちゃりと部屋に鍵をかけられた瞬間、ビアンカがわっと泣き出す。

「ひっく……う、あ、あんまりです！　ミア様は、ブライル国で観光していたわけでも遊んでいたわけでもないじゃないですか！　アイデン様ともちゃんとわかり合って、城の皆にも慕われて……それなのに、こんな一方的な」

「お兄様がああいう人なのは、わかっていたことじゃない。嘆くだけ時間の無駄よ」

ミアはビアンカの肩を叩くと、厳重に鍵をかけられた窓に近づいた。

「このまま何もせずに、ジロン伯爵が王族同様の権利を手に入れるのを見ているわけにはいかないわ。どうにかして、お姉様たちに連絡を取らないと」

他国に嫁いでいる姉たちの手を煩《わずら》わせたくなかった。既に姉たちはこの国の人ではない。けれども、ミアにできることの限界は超えてしまっている。手遅れになる前に、せめて現状だけでも知らせなくては。

「結婚式まで、あとどれくらい時間があるかわからないけれど……お姉様たちに書状を出すわ。でも、ビアンカまで一緒に閉じ込められてしまったのは計算外だったわね」

「それなら、大丈夫です」

ビアンカは手の甲でぐいっと涙を拭《ぬぐ》いながら言った。

「ここはブライルじゃなくてスティーリン。侍女仲間がたくさんいます。食事を運んできた侍女に、知っている者がいれば手紙を託しましょう」

「そうね、お願いするわ」

幸い、部屋に備え付けられた机の中には、便箋や封筒、羽ペンも入っていた。

(落ち込むのは、まだ早い)

ミアはポケットに忍ばせていたブローチを握りしめ、できることは全てやろうと心に決めた。

それから数日後。姉たちへの書状をしたためていたミアは、扉の鍵を外す音に気づき慌てて書きかけの紙を引き出しにしまった。ミアへ駆け寄ってきたビアンカの肩を抱き、重々しく開く扉をじっと見つめる。

扉の外には、鎧を身につけた近衛兵たちが控えていた。あまりの物々しさに息を呑む。

「ミア王女。ラウレンス様がお呼びです。王の間へお連れいたします」

「……用件は？」

問いかけてみたが、誰も口を開かない。

「ミ、ミア様……」

「大丈夫よ。別に殺されるわけじゃないんだから」

ビアンカを励《はげ》ますため明るく言うと、ミアは毅然《きぜん》とした態度で近衛兵の指示に従った。

王の間に入るように言われたが、中にラウレンスの姿はない。どうやらこの中で兄を待てということらしい。ミアは背筋を伸ばしその場に立つと、じっと前を見据えた。

（一番近い、隣の国にいるお姉様にはおそらく書状は届いているでしょうけど……他は、きっとまだだ。どうしたらいい……!?）

ほどなくして、王の間の扉が静かに開く。びくりと肩を揺らし振り返ると、そこには兄と一緒にジロン伯爵がいた。半年以上前に、兄の誕生日パーティーで姿を見かけて以来だ。

年齢に合わない派手な衣装と、頭の薄さを隠すためか、おかしな形の帽子をかぶっているのが滑稽《こっけい》だった。これから一生この男と暮らすのかと思うと、ぞっとする。

「ほうほう。これはこれはミア様。わたくしめの恋文を受け取っておられながら、他の男のもとへ行こうとするなど……あなたはなんて罪なお人だ」

芝居がかった口調で近づいてきた伯爵は、ミアの足下に跪《ひざまず》き手の甲に唇をつけた。その瞬間、思い切り撥《は》ね除けたい衝動が襲ってきたが、必死にそれを堪《こら》える。これくらい我慢できなければ、伯爵と結婚生活など送れるわけがない。

（こんなことは大したことじゃない。私はこの国の王女として、伯爵が王家の墓に入るという約束をなんとか覆《くつがえ》さなくては……）

アイデンなら、どう動いただろうか。無意識にそんな考えが脳裏に浮かんだ。彼の顔を思い出した途端、ミアの目にじわりと涙が込み上げてくる。

「おや、そんなに潤《うる》んだ目で見つめられると私もご期待に応《こた》えねばなりませんなあ」

立ち上がった伯爵が顎髭《あごひげ》を撫でつつ、ニヤニヤしながらミアを見つめてくる。舐《な》め回すような視線を向けられ、堪《こら》えきれない嫌悪感が湧き上がってきた。

「陛下にとっては、最後の可愛い妹君。さぞかし手元から離すのはお寂しいでしょうなあ」

ジロン伯爵が言うと、ラウレンスはふんと鼻を鳴らした。

「王族が国のために嫁ぐのは当然のこと。寂しいなどという感情は、一度も抱いたことはない。それにこの者は、もはや生娘《きむすめ》ですらない。遠慮は不要だ。伯爵の好きになさるがいい」

ラウレンスの言葉に、ジロン伯爵は再び好色そうな目をミアに向けた。

「結婚前に王女の身体を存分に味わえるとは、なんと有難い。それでは我が屋敷で、大国の王をたぶらかした性技をとくと披露《ひろう》していただきましょう」

ジロン伯爵の低俗な発言に、ミアは顔を真っ赤に染めて羞恥《しゅうち》に耐えた。大勢の家臣たちの前で辱《はずかし》めを受ける屈辱に、気を失いかける。

ミアが俯《うつむ》き必死に唇を噛みしめていると、にわかに廊下が騒然とし始めた。

「一体何事だ？」

ラウレンスが不快そうに顔をしかめ、近衛兵たちに様子を見に行かせる。

「ミ、ミア様！」

切羽詰《せっぱつ》まったビアンカの声に、顔を上げる。そこに広がる光景に、ミアは我が目を疑った。

黒い長衣を纏《まと》い、腰に差した長剣に手をかけた長身の男性。ここにいるはずのない、想い人が目の前に立っている。

「曲者《くせもの》！」

突然現れた男に、数人の近衛兵が剣を抜いて斬りかかった。しかし、男はいとも簡単にそれらを受け流し組み伏せる。そのあまりの強さに、近衛兵たちから悲鳴が上がった。日頃の訓練を怠《なま》け、こういった事態に慣れていない近衛兵では太刀打《たちう》ちできるはずがない。

彼は長剣を腰に差したまま、ミアを見てにやりと笑った。

「ミア。お前の婚約者とやらはあのジジイか？　随分と趣味が悪いな」

「ア……アイデン!?」

ミアが呼んだ名に、周囲が一気にざわめいた。

「アイデン……だと!?」

その名が大国ブライルの王の名だといち早く気づいたラウレンスが、顔面蒼白で王座から立ち上がった。ジロン伯爵は、何が起こったか理解できないのか、ぽかんと口を開けている。

どうしてこんなところに、アイデンがいるのだろう。遠く離れたブライルにいるはずなのに。

幻覚でも見ているのかと、その場から動けないでいるミアに、アイデンは僅《わず》かに口元に笑みを浮かべて歩み寄ってくる。

「どうした、ミア。そんなアホみたいな顔をして」

「はぁっ⁉」

幻にしては口が悪い。少し冷静になったミアが周りを見ると、この部屋に入ってきたのはアイデンだけではなかった。ブライルにいる時によく見かけた衛兵――それも、常にアイデンの周りを警護していた凄腕の兵士が数人いる。彼らは、剣こそ抜いていないものの隙のない構えで、近衛兵たちを牽制《けんせい》していた。

アイデンは堂々とミアに歩み寄り、腕を強く掴《つか》んだ。痛いくらいの感触に、ようやくこれが夢ではないと実感する。

「な……何しに来たの？　こんなところまで」

「お前なあ。せっかく来てやったのに、第一声がそれか？」

アイデンは、呆れたようにミアを見つめてきた。

「来てやったって……だって私は、もうブライルとはなんの関係もないのに」

「王妃候補に納まっておきながら、関係ないわけあるか。お前が勝手にブライルを出て行ったりするから、迎えにきたんだろうが」

「え……」

私を連れ戻すために？　一瞬で胸が高鳴るが、ミアは慌てて頭《かぶり》を振る。

「だって……あなたには、ジュリアンヌがいるじゃない」

「ジュリアンヌ？　お前、俺があの女を王妃にすると思うのか？」

「少なくとも、私よりずっと王妃に相応《ふさわ》しいじゃない。ディアーガ皇国の第二皇女よ？　スティーリンとは比べものにならない大国の皇女で……しかも、あなたの初恋の人なのでしょう？」

自分で口にしておきながら、ズキリと胸が痛む。

「あなたは、ブライルの民を思い王妃を選ぶと言った。それと同じように、ブライルの民は、あなたが愛した女性を王妃に迎えるのを望んでいたわ。だとしたら……ずっと捜していた初恋の人こそ、王妃になるべきよ。それにあの人は、私みたいに心も狭くない。あなたがこの先、第二妃を迎えても、上手《うま》くやれると思うし」

「ほう。それではお前は、ジュリアンヌを王妃とするために身を引いたというのか？」

「ええ、そうよ。それがきっと……あなたのためにも、ブライルのためにも最善だと思ったから」

ミアの腕を掴《つか》む力が、少し緩《ゆる》くなった。

「本当に、お前というやつは……」

柔らかな声につられ、彼を見上げる。アイデンはとても優しく微笑みミアを見下ろしていた。

「俺とブライルの民のために、自分の気持ちを殺して国に帰ったのか」

「ええ、そうよ……」

無意識にそう返事をしてから、ハッとする。自分の気持ちを殺して、の意味に気づいたからだ。

「ち、違うわ！　私は別に、あなたを愛してなど……！」

言いかけたミアの言葉にかぶせるように、アイデンは早口で言った。

「ジュリアンヌは、既に国へ帰した」

きっぱりと言い切られ、ミアは目を丸くした。

「国に……帰した？　初恋の人だったのに？　ずっと捜していたのでしょう？」

「勘違いするな。初恋の人を躍起《やっき》になって捜していたのは、俺ではなくてユーゴーだ。王妃候補を集めていたのと何ら変わりない。俺が命じて捜させていたわけではないぞ」

アイデンは苦笑し、さらに話を続ける。

「あの女が俺の初恋だろうとなかろうと、そんなことはどうでもいいことだ。今の彼女にブライルを共に守ろうと思えなければな。俺がそれを感じられたのは、お前だけだ」

真っ直ぐミアを見つめ、アイデンは優しく目を細めた。

「お前はたった一ヶ月の間に、随分と城の者に慕われていたのだな。それだけじゃない。勝手に帰国した日の夕方……ものすごい剣幕でガルボが城に乗り込んできたぞ。ミア以上の王妃などいない、アンタの目は節穴かとそれはもうひどい言われようだった」

滲《にじ》んだ涙が零《こぼ》れないように、ドレスのポケットに手を当て、そこにあるブローチを握りしめる。

「でも、でも……私、あなたが第二妃を迎えた時に、ちゃんと受け入れられるかわからない。きっとひどい焼きもちを焼いて、あなたを困らせてしまうわ」

「お前は、本当に困ったやつだな」

アイデンは掴《つか》んでいたミアの腕を引くと、自分に引き寄せた。

「俺の妻は、生涯お前一人だ。その分、お前が何人分も俺を愛せ」

堪《こら》えていた涙が溢《あふ》れ、ミアはくしゃりと顔を歪《ゆが》めた。すぐ傍にある逞《たくま》しい胸に縋《すが》りつくと、力強い腕がミアを包み込む。

「バカにして……バカにしてるわ！」

「してない」

けなされても嬉しそうなアイデンは、力いっぱいミアを抱きしめた。

「お前は馬鹿だな。勝手に帰国して、一人でこんな窮地《きゅうち》に陥《おちい》って。どうして一言、自分を王妃にしてくれと言わなかった」

低い声が直接身体に響いてくる。抱きしめられた胸からは、彼の爽《さわ》やかな匂いがした。

「そんなこと言えるわけないいじゃない」

「そのためにブライルまで来たくせにか」

「最初は……違ったの。スティーリン王家を守るために、王妃候補の誘いに乗るしかなかったの。私にはブライルの王妃になるしか、道は残されていなかった。でも……ブライルに行って、常に国や民のことを考えているあなたの意識に触れて……私よりもっと王妃に相応《ふさわ》しい人がいるはずだと思ったの」

「それで、俺や民のために身を引いたのか？　純潔を奪われた身で、ここに帰ればどんなことになるかわかっていながら」

こくんと頷くと、アイデンはなお一層強くミアを抱きしめた。

「そんなお前だからこそ、俺は追ってきたんだ。自分よりも他人のことを思えるお前だからこそ、ブライルの民を思ってくれる。お前は俺の望む条件を満たしている上に、民が望む条件も満たしているんだ」

「民が望む条件？」

ミアが首を傾《かし》げた時、アイデンの背後から聞き覚えのある女性の声が聞こえる。

「アイデン様。あまりお時間がありませんので手短に」

「え……ノーラ？」

そこには、いつものメイド服ではなく軍服のような衣装に身を包んだノーラがいた。腰に長剣を差した凛々《りり》しい姿に、ミアは目を見開く。

「今まで黙っていてすみません、ミア様。これが私の本来の姿なのです。さ、アイデン様」

ノーラに促《うなが》され、アイデンは不敵な笑みを浮かべた。

「わかった」

そう言ってミアを離しノーラに預けると、アイデンは玉座に座るラウレンスに近づき正面から見上げた。

「スティーリン国王、ラウレンス殿。ブライル国の王、アイデン・ブライルだ。このたびは、こちらの要望書に基づき貴殿の妹君を我が国に遣わしていただいたこと、感謝する」

凛《りん》としたアイデンの声に、ラウレンスがハッとして姿勢を正した。

「か、感謝と言うが……我が妹は王妃候補と騙《だま》された挙句、貴殿に傷物にされたと聞き及んでいる。もともとミアには婚約者がいたのに、随分とひどいことをしてくれたものだ。こうなった以上、そちらには妹の身体に傷をつけた代償を……」

「身体に傷とは、何やら大きな誤解があるようだ」

アイデンは怯《ひる》むことなく、むしろ尊大な態度でラウレンスを見やる。高い位置に座るラウレンスがアイデンを見下ろしているにもかかわらず、立場が逆転している。

ノーラに支えられながら、ミアは堂々としたアイデンの姿に目を奪われた。

「貴殿は書類をちゃんと読む癖をつけた方がいい。大方、詳細は家臣に任せているのかもしれないが、最後まで読んでいなかったと見える」

「……どういうことだ」

「こちらから送った書簡には、無事王妃候補となった暁《あかつき》には一週間以内に異議の申し立てがなければ、王妃の件については一切の口出し無用と記載があったはずだ。ミアが王妃候補となってすぐに、そちらへその旨を記した書状を携《たずさ》えた使者を早馬で送っている。今さら異議など受け入れられないな」

アイデンの言葉に、ラウレンスの顔色がみるみる蒼白になっていく。

「こちらでも色々と、ミアについて調べさせてもらった。それにより、彼女が身分に合わない相手との婚姻を強《し》いられていることがわかった。その経緯は、王であるあなたがそこにいるジジイに借金を作ったのが原因だな？」

　アイデンがそう言い放つと、ラウレンスはぐっと口をつぐんだ。

「お兄様が……ジロン伯爵に借金？」

　唖然としたが、それなら全て納得がいった。婚約者として強引にジロン伯爵を押し付けたのも、王家の墓に入れると約束したのも。

「その借金は、ミアをブライルの王妃として迎える際の支度金でまかなえるはずだ。そなた自身のためではなく、国のためにどちらが有利か……よく考えることだな」

　考えるように黙り込んだラウレンスを見て、ジロン伯爵が声を荒らげた。

「お待ちください！　私はミア王女の正式な婚約者ですぞ!?　あれだけ金を出させておいて、今さらそんな都合のいい話が……！」

　額《ひたい》に青筋を立てぶるぶると震えるジロン伯爵を、アイデンはちらりと一瞥《いちべつ》する。

「その、貸し出した金とやらはどこから調達したものやら」

「……なんですと？」

　怪訝《けげん》そうな表情のジロン伯爵に、アイデンはにやりと笑って見せた。

「ノーラ」

「はい」

　ノーラは返事をして前に進み出ると、上着の中から一枚の紙を取り出した。

「バクマール・ジロン伯爵の資金源についての調査報告書です。これによると伯爵の資産のほとんどが、領地から得た収入ではなく、他国との違法な貿易取引によるものです。スティーリンでは許されていない闇市の総元締めも、ジロン伯爵で間違いありません」

ノーラがすらすらと読み上げると、ジロン伯爵の顔はみるみる青ざめていった。

「そ、そんな……そんなのは言いがかりだ！」

「言いがかりかどうかは、改めてスティーリン国が詳しく調べればわかることでしょう」

「……我が国を、勝手に調べ上げたのか」

忌々《いまいま》し気に口を開くラウレンスに、アイデンはにやりと笑う。

「そちらとて、我が城に密偵を潜《もぐ》り込ませていただろう。お互い様だ」

ラウレンスが低く呻《うめ》く。形勢は、明らかに部外者であるアイデンに利があった。悪事を暴かれたジロン伯爵は、既に生気を失っている。

「ラウレンス殿。もはやあなたに選択の余地はない。大人しくミアをブライルの王妃として嫁がせ、その支度金でジロン伯爵への借金を清算するがいい。しかし、あなたがこの国の財政を握る限り、再度同じような事態に陥《おちい》るのは目に見えている」

アイデンが目配せをすると、控えていた衛兵たちがずらりと彼の横に並んだ。

「……私を脅《おど》して、この国を乗っ取る気か」

眉を吊り上げたラウレンスに、アイデンはやれやれと首を振った。

「スティーリンのためにはそうした方がいいだろうと思うが、あなたはミアの実兄だ。それにこの国を乗っ取ったところで、国土の離れたブライルにはなんの利もない」

アイデンは上着の内側に手を差し入れ、一枚の紙を取り出した。

「そこで一つ提案だ。ブライルは、この国へ援助を申し入れる。それでこの男だけではなく、他の貴族への借入金も返済できると思うが？」

「借金をしていたのは、ジロン伯爵だけではなかったの……」

呆れ顔になったミアとは裏腹に、ラウレンスはにやりと笑う。

「その条件としてミアを連れて行くというのだな！　それでは喜んで妹を差し出そうではないか」

「援助の条件に、ミアは入らん」

アイデンはきっぱり言い切ると、玉座の前まで歩み寄った。そして、強い意志を秘めた表情でラウレンスの前に立ちはだかる。

上背もあり日頃から身体を鍛《きた》えているアイデンと兄が向かい合うと、王としての両者の差がいっそう際立った。

「援助の条件は、スティーリンの国政への関与だ。といっても、財政が安定するまでという期限付きだが。領土を取り上げることもなければ、金品も奪わぬ。その代わり、こちらが援助した資金がきちんと使われているか、直接審査させていただく。そのための関与だ」

「そんな条件……ブライルにとっては何一つ利益がないじゃない！」

言葉こそ威圧的だが、内容はスティーリンにとって有利なものばかりだ。資金援助をしてもらい、さらに潤滑《じゅんかつ》に回るまで大国の指導を受けられるのだから。

「損得は関係ない。ミアの母国だ。ブライルの王妃となる者の母国を、廃《すた》れさせるわけにはいかないからな」

逆に言えば、ここでブライルの関与を拒《こば》めばこの国の先行きは暗いということだ。

「冗談じゃない！　そんな条件、呑めるとでも思って……」

自身のプライドのためか、なおもその申し出を拒《こば》もうとする兄に、ミアは静かに言った。

「……冷静になってください、お兄様。ブライル国の条件を呑むべきです。スティーリンにとって悪い話ではありません。もし、あなたがこの条件を呑まないというのであれば、私はここにいる皆の力を借りて、あなたの代わりにブライルと条約を交わします」

謁見《えっけん》の間には騒ぎを聞きつけた城の者たちが数多く詰めかけ、事態を見守っている。

ブライルの介入を拒《こば》んだら、王家には借金が残るだけだ。財政が安定しない限り国の安定は望めない。兄は批判的な目をミアに向けたが、周囲を見渡し押し黙る。自分に勝ち目はないと悟ったようだ。

ぐっと手を握りしめていたが、やがて諦めたようにだらりと肩を落とした。

「……わかった。その条件を呑もう」

兄の姿が、こんなに小さく見えたのは初めてだった。

七　終焉

それから先の出来事は、あっという間だった。

抜かりない計画のおかげで、協定書には王であるラウレンスがサインをすればいいだけになっている。兄はそれを隅々まで読んでからサインをすると言ったが、抵抗する術《すべ》はないだろう。

「ありがとう、アイデン。でも……本当にいいの？」

スティーリンはブライルと違い目立った産業もなく、気候が安定しないため作物の出来にもひどくばらつきがある。母国であっても、魅力に乏《とぼ》しい国なのは自覚していた。

「それはミアが心配することではない。お前は何も心配せずにブライルへ嫁いでくることだ」

しばらくはノーラの他、優秀な家臣たちがスティーリンに滞在し、財政の立て直しと共に貴族たちの領地圧政を調査してくれるという。

「一番上の姉が、隣の国にいるらしいな。お前が送った書状を見て、ブライルへ急ぎの使者を遣わしてきたそうだ。落ち着き次第、現状を知らせる書状を出すといい」

「そこまで……私のことを考えていてくれたのね」

アイデンの細やかな配慮が、嬉しくてたまらない。王妃候補だと周りに言われながらも、明確な言葉をもらえなかった。だから彼の気持ちがわからず不安になり、先走って国を出てしまったのだが、今は言葉にされなくても彼の気持ちが伝わってくる。

「あなたが不在にしている間のブライルは大丈夫？」

「そのためにユーゴーがいるんだ。俺とあいつは親戚だ。ユーゴーも王族とは言えないまでも、王家に縁《ゆかり》のある身だ。そもそもお前が出て行った経緯にはアイツにも原因があるんだから、俺が不在にしている間に国を守るのは当然の役目だろう？」

「それを言うなら……ユーゴーが王妃候補集めをしなければ、私とあなたが出会うこともなかったじゃない？」

そう言うと、アイデンは難しそうに眉間に皺《しわ》を寄せた。

「それとこれとは話が別……ということにしておく」

「ユーゴーが気の毒ね」

ふふっと笑っていると、不意に肩を抱き寄せられた。

「明日、ブライルに発《た》つ」

アイデンがスティーリンに来たのは一昨日《おととい》のことで、それからは寝る間も惜しんでこの国のためにあれこれ骨を折ってくれた。ユーゴーがいるとはいえ長く国を空けるのは好ましくない。少し寂しく思いながら俯《うつむ》くと、アイデンは呆れた様子でミアの顔を覗《のぞ》き込んできた。

「何を勘違いをしている？　お前も一緒に行くんだぞ」

「え、私も？」

「当たり前だろう。俺がなんのためにここまで来たと思っているんだ」

「そ、それはわかっているのだけど……」

「俺の臣下を残していくと言ったのを忘れたか？　お前が信頼を寄せていたノーラに残ってもらうのだし、スティーリンは大丈夫だ」

そうしてアイデンは、ミアに手を回しぎゅっと抱きしめた。

「お前を残して帰るわけなどない。お前の居場所は、スティーリンではなく俺の傍だ。いいな」

琥珀《こはく》色の瞳に見据えられ、ミアは泣き笑いをしながら彼に抱きついた。


翌日。慌ただしく出立の用意を終えたミアとアイデンは、凜々《りり》しい軍服姿のノーラに見送られスティーリンの正門をくぐった。

「それでは、後を頼んだぞ」

アイデンの言葉に、ノーラが敬礼を返す。彼女の後ろには、事務作業に長《た》けた役人やいざという時の兵士が控えている。

「ミア様。私も身辺を片づけたらブライルに参りますから」

ノーラの横に立つビアンカが、心底嬉しそうにミアに言った。彼女も一緒に連れて行きたいところだが、前回とは違って今度はブライルに一生住むことになるかもしれない。それなりの準備が必要だろうと、ミアのもとにくるのは落ち着いてからでいいと伝えてある。

「任務が終了し次第、ビアンカと一緒にすぐにそちらに戻ります」

「待ってるわ。ビアンカ、ノーラ」

ノーラたちに見送られ、アイデンとミアは豪奢《ごうしゃ》な馬車に乗り込んだ。

「それにしても……ノーラがただの侍女じゃなくて、特別な権限を持つ役人だなんて驚いたわ」

「実際ノーラを使っていたのは、俺ではなくユーゴーだがな。数名の特殊部隊を作りたいと相談され任命したが……まさか侍女の姿をさせているとは思わなかった」

アイツはいつも陰で何かを企《たくら》んでいる……とぼやいたアイデンを、ミアはくすくすと笑った。

「出発が遅くなってしまったが、ブライルに向かおう。しばらく戻ることもないだろうから……この地で寄っておきたいところはあるか？」

アイデンに聞かれ、ミアは不意に乳母のことを思い出した。

「少しだけでいいから、乳母のタマラのところに寄ってもらえないかしら。国を出る時には伝言を残す暇もなかったから……私の口から結婚することを伝えたいわ」

「わかった。それでは案内してくれ」

揺れる馬車の中でしっかりと手を握りながら、ミアは御者に乳母の家へ向かう道のりを告げた。

「私を産んだ時に母は既に高齢で、子育てなんてできる状態じゃなかったの。それで、私はほとんどタマラに育ててもらったようなものなのよ」

子供の頃は身体が弱かったこともあり、ミアは郊外の乳母の家で暮らしていた。

「ああ……懐《なつ》かしいわ、ここに来るのは本当に久しぶり」

普通の庶民の家よりは幾分大きいとはいえ、王族が育つにはかなり質素な造りの屋敷の前に馬車が停まった。ミアがアイデンに手を取られ馬車を降りると、物音に気づいたのか古めかしい扉がゆっくりと開く。不思議そうに顔を覗《のぞ》かせたのは、年老いたタマラだった。

「タマラ！」

思わずアイデンから手を離し駆け寄ると、彼女は目を丸くしてミアの腕を掴《つか》んだ。

「ミア様じゃございませんか！　まあ。ブライルの方と一緒とは、何かございましたのですか？」

彼女にブライルに行くことは伝えていない。もう既に結婚の話が耳に入ったのかと思ったが、タマラの視線は馬車に掲げられたブライルの国旗に向けられている。

ほぼ国交のないブライルのことを、タマラが知っているのに驚いた。

「タマラ、ブライルの国旗がよくわかったわね」

「何をおっしゃいます、ミア様。わたくしめの故郷はブライルでございますよ」

皺《しわ》の深く刻まれた顔でにっこりと微笑まれ、ミアは目が点になった。

「え……タマラの、故郷がブライル？」

「ええ、さようでございます。ミア様が幼き頃に一緒にブライルを訪れたこと、お忘れですか？」

「その話、本当か？」

二人の会話を見守っていたアイデンが、ずいっとミアの隣に並んだ。

「ミア様、この方は……？」

「私の……夫となる方で、現ブライル国王のアイデン・ブライル陛下よ」

「まあっ！」

思わず跪《ひざまず》こうとしたタマラを、アイデンが急いで制した。

「よい。そなたはミアの母親同然と聞いている。そのような者に、膝をつかせるわけにはいかない」

タマラは頬を紅潮させアイデンの顔をまじまじと見つめ、深く頭《こうべ》を垂れた。

「アイデン様……前国王アリヴィアン様の御子息様ですね。お目にかかれて、光栄でございます。まあまあ……わたくしの可愛いミア様が、ブライルの王様に嫁ぐことになるなんて」

瞳にうっすら涙を滲《にじ》ませたタマラを見下ろしながら、アイデンが話を続けた。

「喜んでもらえて何よりだが……それよりさきほどの話を確認したい。ミアが幼い頃に、ブライルを訪れたというのは本当か？　我が国の記録には、スティーリンの王族が訪問したという記録は残っていないのだが」

「ええ、公式には残っていません。王族という身分を隠し、私の親族として一緒にブライルに里帰りをしたのですから」

「え……どういうこと？」

「幼い頃のミア様は、大層私に懐《なつ》いてくださっておりました。私の父が病気になりブライルに一時里帰りさせていただこうと申し出たところ、ミア様がどうしても一緒に行くと駄々をこねられまして。普段は聞き分けがいいのに、この時ばかりは絶対にイヤだと」

「一度言い出したら聞かない、というのは今とあまり変わらないな」

アイデンが軽く笑ったので、思わず脇を小突く。

「ミア様は幼い頃は身体が弱くていらっしゃいましたので、とてもブライルまではお連れできないと考えておりました。けれどもお医者様に相談したところ、温かくて気候の良いところはむしろ身体にも良いと言われまして。王様も王妃様も、ミア様のために連れて行ってくれと仰《おっしゃ》ってくださったので、里帰りに合わせてブライルにお連れしたのですよ」

言われてみれば、タマラと一緒にこの屋敷とは別の場所で生活していた記憶が微《かす》かに残っている。けれども、それが異国の、しかもブライルだったなんて考えもしなかった。

「それじゃあ……私、前にもブライルに行ったことがあったのね」

ブライルを訪れた際に感じた懐《なつ》かしさは、そのせいだったのか。

「そなたの実家とやらは、どの辺りだ？」

「市場のすぐ傍にある、住宅街の一角にございます」

「だとすると……もしかして市場に店を出していたか？」

「さようにございます。今はもうたたんでしまいましたが、以前は乾物屋として干した果実や野菜を売り生計を立てておりました。ミア様も、滞在中はよく市場で遊んでいらっしゃいました」

「……そうか」

驚くミアやタマラとは正反対に、アイデンは感慨深そうな表情をしている。

「全てに合点《がてん》がいった。……ミアが俺の妻となるのは、必然だったということだ」

「え、どういうこと？」

怪訝《けげん》な顔をしているミアを見下ろし、アイデンはタマラに向き直った。

「両親亡き今、ミアの親はそなた一人とも言える。スティーリンを離れるのは寂しく思うかもしれないが、いつでも、ミアに会いにブライルへ来てやってくれ」

「ありがとうございます。国王様よりの直々《じきじき》のお言葉、大変嬉しゅうございます。ミア様、どうぞお幸せに。タマラはいつでも姫様の幸せをお祈りしております」

年老いたタマラにぎゅっと手を握りしめられ、目頭が熱くなった。けれども、これが今生《こんじょう》の別れとなるわけでもない。ミアは明るくタマラの手をぶんぶんと振った。

「また必ず会いにくるから。タマラも、ブライルに来てね!」

タマラに別れを告げ馬車に乗り込み、彼女の姿が小さく小さく見えなくなるまでミアはずっと身を乗り出し手を振った。名残《なごり》惜し気に馬車の椅子にすとんと腰を下ろすと、すぐにアイデンが横から抱きしめてくる。

「アイデン」

彼の肩に頭をつけ、そっと名前を囁《ささや》く。遠回りをしてタマラの家に寄ってもらったせいで、陽が傾きかけている。馬車の窓から差し込む夕陽がミアの顔に当たり、瞳が橙色《だいだいいろ》に輝く。

「ああ……やっぱり。これで、全てわかった」

その様子を見下ろしていたアイデンが、嬉しそうに呟いた。

「わかったって……何が?」

「俺の、初恋の姫の目の色だ」

忘れかけていた話題に、ミアはハッとした。ジュリアンヌが初恋の姫ではなかったとしても、彼の初恋の姫が他にいるかもしれないのだ。その女性が現れた時に、自分はどう振る舞えばいいのだろう。途端に表情を暗くしたミアに、アイデンは軽やかに笑いかけた。

「相変わらずお前は、考えていることが手に取るようにわかるな」

「仕方ないじゃない！　だって……」

アイデンの背後では夕陽がゆっくりと沈み始めていて、赤々とした光がミアの顔を照らす。眩《まぶ》しくて目を細めると、彼の大きな手の平がゆっくりとミアの頬に触れた。

「その瞳の色だ」

「え？　な、何？」

「夕陽の淡い橙色《だいだいいろ》が映ったその瞳の色こそ……俺が、探し求めていた初恋の姫の目だ」

驚きで、ミアはパチパチと瞬《まばた》きを繰り返した。意味がわからない。

「色素の薄い灰色の瞳だからこそ……夕陽の色がそのまま映る。タマラの生家が乾物屋だったことをそうだ。……初恋の姫とは市場の乾物屋の前で出会った。そのことは、誰にも話したことはない。ユーゴーにもだ」

「え、そ、それってどういうこと……？」

混乱するミアに微笑みかけ、アイデンは強く抱きしめてきた。地平線にたどり着いた太陽はなおも下降を続け、辺りが暗くなっていく。

「続きは宿で話そう。しばらく離れていたから……触れるだけでは、もう我慢ができない」

熱っぽい声に耳元で囁《ささや》かれ、ミアは頬を染めながら小さく頷いた。

スティーリンの国境の近くには、旅人向けの宿屋が軒《のき》を連ねている。その中の一軒を、先回りしたアイデンの部下が貸し切りにしていた。宿の使用人がバタバタと用意してくれた湯で簡単に湯浴みを済ませた後、アイデンの待つ寝室を訪れる。

「アイデン……？」

ベッドに横たわる人影が見えて、恐る恐る近づいた。彼はミアより先に湯浴みを済ませていたし、疲れて眠ってしまったのだろうか。

顔を覗《のぞ》き込もうとした瞬間に、ぐいっと腕を引っ張られて彼の身体の上に倒れ込む。

「きゃっ！　起きてたの？」

「寝るか、阿呆。俺がどれだけお前を待っていたと思うんだ」

倒れ込んだ姿勢のまま、ぎゅうっと抱きしめられる。アイデンの身体はミアよりずっと熱くて、そして押し付けられた胸からはドクドクと彼の鼓動が伝わってくる。

「ミア……ようやく俺の手の中に帰ってきたな」

「……ごめんなさい」

ミアの口から、するりと謝罪の言葉が零《こぼ》れた。勝手に帰国して彼を不安にさせたこと、それがどんなにひどい行為だったか今ならわかるからだ。

「いや。謝るのは俺の方だ。不安にさせて、悪かったな。いくら距離を置かれても、お前を離したくないのならきちんと全てを説明すべきだった」

「アイデン……」

互いの気持ちがわかっている以上、隠しごとはもう無用だ。

「私、自分で思っている以上に我儘《わがまま》だったわ。どうしても……自分以外の女の人が、あなたの周りにいるのが耐えられないと思ったの」

「それを言うなら、俺だって同じだ。ブライルに来た使者の前で、お前は兄に強《し》いられた意に染まぬ婚約者がいることをぶちまけただろう？　それが事実だと密偵から報告を受けた時には、はらわたが煮えくり返るかと思った。あんな気持ちになったのは初めてだ」

ミアの髪を優しく撫でる優しい手の動きに安心して、さらに言葉を続けた。

「初恋の姫が現れて、アイデンが心を奪われたらどうしようって……こんなに近くにいても、そんな心の狭いことを考えてるの。だから、さっきの話がどういう意味か、教えてほしい」

ミアの目を見て、初恋の姫の目の色だと彼は言った。けれどもミアの瞳は薄い灰色だ。赤い瞳とは似ても似つかない。

「夕陽を映した、目の色だ」

「……え？」

「幼い頃、俺は祖父の方針で市井《しせい》で過ごした時期があると話しただろう。勉学や武術の訓練が終わり外に出るのは決まって夕方で、よくあの市場で遊んでいた」

アイデンは倒れ込んだままのミアの髪を、優しい手つきで梳《す》いた。

「その頃、特に気に入りの娘がいてな。乾物屋の前で、ちょこんと小さな椅子に座っていた。俺は……話しかけることもできずに、いつもその娘を横目で見ながら足早に通り過ぎていた。彼女の瞳の色が赤く見えたのは……それがいつも夕陽の色を映していたからだったんだ」

アイデンの話を聞き、ミアの中におぼろげな記憶がよみがってくる。確かに、幼い頃、いつも小さな腰掛けに座り、通りを見ていた記憶がある。たくさんの人が行き交う、活気づいた通り。あの記憶は、スティーリンではなくブライルで過ごした時の記憶だったのか。

「一度だけ……乾物屋に誰もいなかった時、道に迷ったと嘘をついてその子に話しかけたことがある。きょとんとしながらも、自分より年上の俺の手を引き道案内をしてくれた」

「あ、そう言われてみれば……」

自分よりも大きな男の子の手を引き、一緒に歩いた記憶がよみがえる。ミアが家族以外の男性の手を握ったのは、あれが初めてだった。随分大きな手だと驚きながら、太い指を握りしめた。

「送ってもらったものの、そのまま帰すのが申し訳なくなってな。『もう道がわかったから、今度は俺が送っていく』と言って女の子を乾物屋の前に連れて行った。すると……乾物屋の主人が血相を変えて女の子を探していてな。『送ってくれたの』と話した彼女の言葉を信じ、乾物屋の主人は大層感謝してくれた。だが……次の日から、その女の子が乾物屋の椅子に座ることはなくなった。おそらく事の重大さに気づいた主人が、店先に出すのをやめたのだろう」

いくら王と王妃の許可を得ているとはいえ、ミアが一国の王女であることに変わりはない。誰かにさらわれでもしたらと、タマラやその両親がそうしたのは頷ける。

「送っていった女の子を、その主人は『姫』と呼んでいた。そこで俺は、どこかの令嬢を預かっていたのだろうと推測した。その赤い瞳の姫君が、俺の初恋の姫だ」

その後、王位を継ぎ市場の見回りをするようになってから乾物屋の主人を訪ねてみたが、既に病気で亡くなっていて詳しい話は聞けなかったという。

「あの女の子が……お前だったんだな」

「そんな……そんな、の」

ミアは顔を真っ赤にして、アイデンの胸にぱふっと顔をつけた。

「そんなの、信じられないわ……それじゃあ、私がアイデンの初恋の姫だったってこと……？」

「俺は、そんなに初恋に囚《とら》われているわけじゃないぞ」

ミアの顔を無理やり上げさせ、アイデンはニッと口角を上げた。

「言っただろう？　ブライルの王妃に相応《ふさわ》しい女性は、自分で選ぶと。王となったこの立場で選んだのがお前だ。それは初恋の姫と知った今も変わらない」

「アイデン」

彼の顔が近づいてきて、ちゅっと唇が触れた。

「……お預けをくらって、かなり辛かったぞ。この宿は貸し切りだ。思う存分声を上げ、俺の腕の中で乱れろ」

不敵な笑みと共に、ミアは逞《たくま》しい身体に力いっぱい抱きしめられた。

「ん……っ、あ、あああっ、アイデン……ああ、いぃ……っ！」

さっきから、何度達したかわからない。ミアは秘部に顔を埋《うず》め舌を躍《おど》らせるアイデンの髪に触れながら、脚を引き攣《つ》らせて再び達した。

「まだだ……ほら、奥がヒクヒクして、もっと触ってほしいと強請《ねだ》っているぞ。……白い液が溢《あふ》れてきた。なんていやらしい眺めだ」

「や……見ないで……ぇ」

ミアの秘部に二本の指をじゅぶりと埋《うず》めながら、アイデンはさらに花蕾に唇を寄せる。ぬるついた舌で蕾《つぼみ》の周りを丹念に舐《な》め、時折軽く吸い上げる。

「ひっ、あああぁぁんっ、や、やぁぁっ！」

達したばかりの身体にその刺激は強すぎる。ミアは大声を上げ身体をくねらせた。

「あぁ……ダメ、アイデン、お願いぃ……ッ」

度重なる愛撫《あいぶ》で何度も達していても、身体の一番奥まで彼の指は届かない。ミアはずっと、最奥《さいおう》を彼の昂《たかぶ》りで狂おしいほどに突かれたくてたまらなかった。

「もう……耐えられないの……お願い、アイデン……」

羞恥《しゅうち》に身をよじりながら強請《ねだ》り、彼の指を締め付ける。熱い呼吸を繰り返しつつ、ミアはアイデンの柔らかい髪を梳《す》いた。

「ちゃんと言わなきゃわからないな。どうして欲しいか、言ってみろ」

目を潤《うる》ませ首を振るが、アイデンはにやりと笑うばかりだ。ミアがこれだけ感じているのに、アイデンが平静を保っているのが憎らしい。ミアは頬を染めつつ、小声で言った。

「……も、もっと奥に、アイデンのが欲しいの……早く、中に入れて……」

なんて淫《みだ》らなことを強請《ねだ》っているのだと思ったが、それくらいミアは限界だった。指ではなく彼の太く滾《たぎ》ったモノで、ミアの中をいっぱいにしてほしい。

目を潤《うる》ませ懇願《こんがん》するミアを見下ろし、アイデンはごくんと唾を呑み込んだ。

「俺の、何が欲しい？」

さすがにそれ以上は、口にできない。

「アイデンの意地悪……」

涙目で首を振ると、アイデンは低く笑った。

「さすがにこれ以上虐《いじ》めたら、可哀想だな」

アイデンはおもむろにミアの秘部から顔を離し、手早くガウンを脱ぎ捨てた。現れた逞《たくま》しい裸体の腹部では、肉棒が天を仰ぐようにそそり立ち、先端から透明の汁を滲《にじ》ませている。血管が浮き出るほど張りつめた昂《たかぶ》りに、ミアはうっとりと目を細めた。初めての時はその大きさに怯《ひる》んでいたのに、今は期待で秘部が疼《うず》いてしまう。

「アイデン、私もしたい……」

アイデンが秘部を口で愛してくれたように、ミアもまた彼の全てを愛したいと思った。

身体を起こしたミアは、彼の昂《たかぶ》りに手を伸ばしてそっと指で触れる。それはびくんと揺れ先端にさらに汁を溢《あふ》れさせせた。

「……できるのか？」

「わからない、けど……」

嫁ぐ前に渡された閨事《ねやごと》に関する本は、興味がなくほとんどは読み飛ばしてしまった。けれども、その中で一つだけあまりに強烈で覚えていたのが、男性のモノを口で愛する行為だ。

ミアはおずおずとアイデンに歩み寄ると、彼の逞《たくま》しい昂《たかぶ》りにちゅっと唇をつけた。

天を仰いでそそり立ったものが、びくんと震える。それがたまらなく愛しく思え、ミアは唇から舌を覗《のぞ》かせ丹念に根元から舐《な》め始めた。

「く……」

ミアの舌が竿を這《は》うと、アイデンの口から僅《わず》かに吐息が漏れる。明らかに快楽を滲《にじ》ませたその息に、ミアの興奮が高まった。

飴《あめ》を舐《な》めるように熱く硬い幹に何度も舌を往復させる。びくんと反応して先端から透明な汁が零《こぼ》れてくるたびに、ミアはそれを全て啜《すす》り上げた。

「ミア……口に、含んでくれ」

掠《かす》れた声でアイデンが囁《ささや》く。ミアは舌を這《は》わせたままこくんと頷くと、口を開き彼の先端をかぷりと呑み込んだ。熱く、そして硬く張りつめた昂《たかぶ》りが口内に収まる。アイデンの腰が僅《わず》かに動いたのを感じ、ミアはその動きに合わせ顔を上下に動かし始めた。

「あぁ……ミア……」

熱杭はさらに膨《ふく》れ上がる。心地好さげなアイデンの声に、ミアはさらに夢中になって舌と口を動かした。

（アイデンのが……口の中でいっぱいに大きくなってる……）

ミアが散々乱されたのと同じように、アイデンもまたミアによって反応しているのだと思うと、嬉しくてたまらない。もっと、とばかりに舌を激しく動かし始めると、アイデンがミアの頭に手を伸ばした。

「だめだ、ミア」

「ん……」

行為を止められたミアは、とろんとした目つきでアイデンを見上げた。

「気持ちよく、ない……？」

「……逆だ。このままでは、お前の中に入る前に果ててしまうからな。ようやく……なんの心配もへだたりもなく、お前を抱けるというのに」

アイデンはそう言ったかと思うと、身体を起こしてミアをベッドに押し倒した。

「ミア、もっと脚を開け」

昂《たかぶ》りに手を添えアイデンが囁《ささや》く。ミアは熱に浮かされたように頷くと、ゆっくりと脚を広げた。

「いい眺めだな。秘部が蜜でぬらぬらと光っている……俺のものを口に咥《くわ》えながら、待ちきれずにまた蜜を溢《あふ》れさせたのか？」

握りしめていた昂《たかぶ》りを秘部に押し付け、先端でぐりぐりと入り口を刺激する。ほんの少し頭の部分を入れただけですぐに出してしまい、なかなか全て中に入れてくれない。

「う……も、もう……入れて、全部ぅ……っ」

首を振りながら強請《ねだ》ると、アイデンはにやりと笑った。

「そんなに入れてほしいのなら、自分で入れてみろ」

アイデンはミアの身体を引き起こし、代わりに自分がごろんとベッドの上に横になった。

「え……？」

寝転がったアイデンの筋肉質な身体の中央で、ビンと昂《たかぶ》りが存在を誇示している。自分で入れろと言われても、どういう風にしたらいいのかわからない。

「ど、どうしたらいいの……？」

「どこに入れるかは、もう知っているだろう？　だったら、俺の上に乗って自《みず》ら沈めたらいい」

意地悪ではなく、アイデンは本気のようだ。期待に満ちた瞳で、じっとミアを見つめている。

(そんなはしたないこと……でも、でも……)

ミアは羞恥《しゅうち》で顔を赤く染め躊躇《ためら》うが、身体も気持ちも限界だった。早く、アイデンと一つになりたい。その一心で覚悟を決め、そろりとアイデンの身体を脚で跨《また》いだ。

こくんと唾液を嚥下《えんげ》し、慎重に自《みず》らの濡れそぼった割れ目に彼のモノを宛がう。深い息と共に腰を下ろすと、硬い先端がぬるりと熱い媚肉に入っていった。

「うっ……は、あああぁっ」

アイデンに押し込まれるのとは違い、自分の意思で呑み込んでいく行為がとてつもなく淫《みだ》らに感じられる。アイデンの執拗《しつよう》な愛撫《あいぶ》で限界まで蕩《とろ》けていた膣壁は、容易《たやす》く奥まですっぽりと彼のモノを呑み込んでしまった。昂《たかぶ》りの先端が子宮の入り口に当たり、頭の芯がじんと痺《しび》れ快感が全身を走る。ミアは誰に教えられたわけでもないのに、自然と腰を擦りつけるように動かしていた。

「う、ん……っ、はあ、ああぁっ、んっ、んんん！」

アイデンの腹に手をつき、それを支えにして回すように腰を動かす。二人の繋《つな》がった場所からぬちゅぬちゅと湿った音が聞こえてきて、恥ずかしいと思いつつも止められない。

「く……っ、ミア……お前、そんな……」

アイデンが僅《わず》かに喉《の》を仰け反《ぞ》らせ、反射的に腰を浮かせた。彼も感じてくれているのだと思うと嬉しくて、ミアはうっすらと笑みを浮かべるとさらに腰を激しく揺らした。

「んっ、あん、アイデン、いいッ」

膨《ふく》れ上がった彼のもので、中がいっぱいになっているのが心地好い。ミアが動くたびに中の昂《たかぶ》りがびくんと脈打ち、それがまた最奥《さいおう》を刺激してたまらなく気持ち良かった。

「はあ……っ、ん、ん……あ、ああぁんっ」

胸の双丘を揺らしながら身体を跳ねさせていると、突然アイデンがガシッとミアの腰を掴《つか》んだ。

「……もう、限界だ」

低く艶《つや》めいた声でそう言ったかと思うと、ずしんと下からミアを突き上げてくる。

「ひゃ、あ、あああぁぁっ！」

突然の激しい動きに、ミアは背中を反らして嬌声《きょうせい》を上げた。自分で動いている分には、ある程度快楽をコントロールできる。けれども主導権をアイデンに奪われた途端に、激しい動きに翻弄《ほんろう》されて頭が真っ白になってしまった。

「愛しい女のこんな淫《みだ》らな姿を見せつけられて、我慢できるわけがないだろう」

（愛しい、って……言ったわ、アイデンが）

愛の言葉に、ミアの顔が喜びに蕩《とろ》ける。身体を上下に揺さぶられながら、恍惚《こうこつ》の表情でアイデンを見下ろした。

「す、き……好き、アイデン……あ、んんっ！」

口にすると無性に恥ずかしさが込み上げ、同時にきゅんと身体の奥が締まった。これ以上は彼の上で体勢を保つのは難しいかもしれない――ぼんやりそう思った瞬間、ミアの身体がふわりと浮く。

一体何が起こったのか理解できないうちに、とさりとベッドの上に寝かされていた。もちろん、二人の繋《つな》がりは解かれていない。

「下からお前を見上げるのも悪くないが、やはり俺はこの方が性に合っているな」

アイデンはにやりと笑うと、ぬぷりと音を立てながら自身をギリギリまで引き抜いた。

「あ……」

「ミアの中が、うねって絡《から》みついてくる。出ていくのがイヤなのか？」

「そんな……ん、あっ、ちが、う……」

弱々しく首を振って否定したものの、実際はアイデンの言う通りだった。彼がミアの中からずるりと抜けていく感覚が寂しくて、追い求め引き留めようと内部が勝手に収縮して縋《すが》りつくのだ。

「アイデン……」

虚《うつ》ろな目で彼をじっと見つめ、ミアは手を伸ばす。

「もっと、もっとして……」

「……ッ、言われなくても」

アイデンは、激しく腰を前後左右に動かした。彼の動きに揺さぶられ、ふくよかなミアの胸がふるふると揺れる。

「ああ、お前のその姿……たまらないな」

アイデンがミアの胸に手を伸ばし、膨《ふく》らみを掴《つか》む。荒々しく乳房を揉み先端を指で摘《つ》まみながら、腰を打ち付けてくる。彼が腰を引くたびぬらぬらと蜜にまみれた熱杭が現れ、アイデンはそれを満足そうに見下ろす。

「ミアの蜜で、俺のものが濡れている。こんなにたっぷりと蜜を垂らして、なんていやらしくて淫《みだ》らなんだ……」

「いや、いやぁ……だって、アイデンが……」

「俺が、何？」

アイデンは身を屈《かが》めると、ミアの頬にちゅっと軽く唇をつける。

「だって……アイデンがしてくれるのが、全部、気持ち良くて、嬉しくて……あ、あ……」

切れ切れに言葉を紡《つむ》ぐ間にも、ずぶずぶと抽送《ちゅうそう》が速くなっていく。浅いところをゆるゆると動く熱杭に、ミアはたまらず腰を動かした。

「あぁ……アイデン、もっと……もっと、私をあなたでいっぱいにして……」

アイデンの喉仏《のどぼとけ》が上下に動いた。何かをやり過ごすように動きを止め、切なげな吐息を零《こぼ》す。

「……望み通りに」

そう言ったかと思うと、アイデンはミアの手を握りさらに激しく身体を揺らし始めた。一気に最《さい》奥《おう》まで腰を打ち付けられ、中が彼のものでいっぱいになる。全てを埋められたような深い快感に、ミアはひたすら甘い声を上げる。

「ああ、あああんっ、ん、ん、んあっ！」

ぐちゅぐちゅと粘着質な音が部屋中に響く。先端はミアの一番深い奥まで易々《やすやす》と到達して、子宮の入り口をぐりぐりと突いてきた。昂《たかぶ》りを入れられる前に散々絶頂を味わわされたせいで、秘部の中はドロドロに蕩《とろ》けてしまっている。

膣は嬉々《きき》としてアイデンの昂《たかぶ》りを包み込み、その形を記憶するように絡《から》みつく。根元を締め付けひくひくと収縮を繰り返すミアの秘部の動きに、アイデンはたまらないといった様子で熱い息を吐いた。

「はぁ、はぁ……ッ、ミアの中が、絡《から》みついてくる……くっ」

アイデンはそう吐き出すと、互いの手を離し彼女の脚を高々と抱える。そうして、猛然と腰を打ち付け始めた。膨《ふく》れ上がった彼のモノが激しく出入りを繰り返し、ミアは腹部の奥から強烈な快感が押し寄せてくるのを感じた。

「あ、あん、あ、あああっ、ん、あああぁぁっ！」

今までの絶頂よりももっと大きな、圧倒的な感覚にめまいすら覚える。背中を反らし声を上げると、アイデンは身体を屈《かが》めミアの身体をぎゅっと抱きしめた。

「ミア、ミア……お前は俺のものだ。もう二度と……俺の傍から、離れるな……」

狂おしいほど抱きしめられ、それが彼の本心だと強く感じる。

「嬉しい……ああ、アイデン……ッ、ああん、ん、はあぁ！」

束縛される喜びを初めて知り、ミアもまたアイデンの身体を抱きしめる。

今までよりももっと力強く昂《たかぶ》りを打ち付けられる。頭の奥が霞《かす》むほどの快感に、ミアはアイデンの背中に手を回し脚を深く絡《から》めた。

「ふあぁ……っ、だめ、いく、いっちゃう、ああ、あああぁんっ!!」

絶頂を伝える悲鳴と共に、彼の背中に爪を立てる。汗の滲《にじ》む身体を抱きしめ全身を痙攣《けいれん》させていると、アイデンもまた膨《ふく》れ上がった自身を最奥《さいおう》に密着させた。

「ああ、ミア……ダメだ、我慢ができないッ！　今日こそお前の中に……！」

そう呻《うめ》いたかと思うと、アイデンは昂《たかぶ》りを震わせ白濁を存分に吐き出した。

びくんびくんとミアの中で彼のモノが跳ねる。そのたびに、身体の中に熱い精がどくどく流れ込んでいく。満たされた感触に、ミアは身体を震わせた。

「あぁ、すごく……熱い……」

結婚相手としか閨《ねや》の行為をしてはいけないと教え込まれるスティーリンと違い、ブライルは自由で奔放《ほんぽう》な国だ。それでも、アイデンはミアの中に決して精を放たなかった。それが、今は全てをミアの中に吐き出してくれる。それが嬉しくてたまらない。

もう二人の前に立ちはだかるものはないと、彼の子供を授かっても何も問題はないのだと胸の奥が温かくなる。これでようやく、本当に彼のものになれた気がした。

「すまない、ミア……お前の中に」

申し訳なさそうにぽつりと謝られ、ミアは小さく首を振った。

「いいえ。だって……私はあなたのものだから」

ずっとこうして欲しかった、と囁《ささや》くように口にしたミアに、アイデンは目を丸くした。

「そうなのか？　だったらもっと早く言ってくれ」

「え？　だって……」

王妃候補でしかなくて心から認めていないから、そこまでしなかったのではないのか。

ミアの戸惑いを察したか、アイデンは若干気まずそうに苦笑いをした。

「お前を抱いた時点で、認めたのと同じだ。今までお前の中に出さなかったのは……純潔を守るのが王族として当然と言っていたお前に、さすがに婚姻前に子を宿すようなことはできないと思っていただけで」

「そう、だったの……⁉」

ミアは拍子《ひょうし》抜けした後、くすくすと笑いだした。

初恋の姫がどうとか、ずっと気にしていた自分がとても馬鹿みたいに思えた。つられて微笑むアイデンを、もう一度ふわりと抱きしめる。彼の重みと温かい体温を感じながら、ミアはアイデンの支えになりたいと心から思った。

ふと二人の目が合い、どちらからともなく唇を重ね合う。それが舌を絡《から》め合う深いキスに変化していくのに、さほど時間はかからなかった。

ミアの秘部に埋まったままの彼のモノが、じわりと硬さを増していく。先端が首をもたげ、壁を刺激してくる。体積を増していく昂《たかぶ》りに、ミアもまた情欲を覚え始めた。

「ミア、お前ももっと欲しいのだろう？　新たな蜜が、奥から溢《あふ》れ出しているぞ」

「ん……言わないで……ぁ……」

ミアは愛しい人の首に手を回ししっかりと抱きしめながら、自《みずか》らの脚を彼に絡《から》めた。アイデンが少し腰を引き再び奥に入れると、くぷりと音がして混じり合った互いの体液が秘部から溢《あふ》れ出した。アイデンのモノはすっかり硬さと大きさを取り戻し、ミアの中もまた蜜を溢《あふ》れさせさらなる刺激を求めてひくついていた。

まだまだ夜は長い。

ミアは徐々に激しくなるアイデンの動きを受け止めながら、幸福な甘い声を上げ続けるのだった。

八　国王陥落

雲一つない晴れ渡った青空の下。ミアはブライルに代々伝わる花嫁衣裳に袖を通し、教会に向かってゆっくりと歩いていた。その胸には、ガルボがこの日のためにと作ってくれた真珠のネックレスがかけられている。ドレスの裾を気にしながら歩くミアの傍《かたわ》らには、感極まった様子のビアンカとノーラが付き添っていた。

スティーリンを出て約半年。母国の情勢が落ち着くまではと先延ばしにしていた婚礼の儀だが、そうもいかなくなってしまった。ミアのお腹の中に、新しい生命が宿ったからだ。

「ミア様、お身体の調子は大丈夫ですか？」

気遣わしげな表情でビアンカが尋ねてきて、ミアはにっこりと微笑んでみせた。

「大丈夫よ。つわりも随分落ち着いたし」

妊娠がわかったと同時に不調に悩まされていたが、それも数日前にはぴたりと治まってくれた。食欲が落ちて体重が減ってしまい急遽ドレスの直しが必要になったが、それもすぐにもとに戻るだろうと医師から診断されている。

傍目にはまだ膨《ふく》らみのわからない腹部にミアはそっと手を当て、微笑を浮かべた。

「それにしても……子供ができても全然構わないなんて、本当にブライルは自由な国ね」

「だっておめでたいことじゃないですか！　特にアイデン様のお世継ぎ誕生は、国民の皆が待ち望んでいたことですからね。そのお相手がミア様なら、こんなに喜ばしいことはありませんよ」

きゃっきゃとはしゃぐ二人に連れられ、ミアは真っ白な教会の扉の前にたどり着いた。ミアを確認した衛兵がゆっくりと扉を開ける。そこには既に、ミアと同じく純白の長いマントに身を包んだアイデンの姿があった。

「ミア……綺麗だ」

アイデンはうっとりと呟くと、すかさずミアの肩を引き寄せ額《ひたい》にキスをした。

「アイデン様、誓いのキスはまだですよ」

アイデンの傍《かたわ》らにいたユーゴーがそう窘《たしな》めたが、その顔もまた嬉しそうにほころんでいる。身重のミアを気遣ってか、結婚式はごく少人数にて手早く済まされた。しかしそれよりも、二人揃って民の前に出て結婚の報告をする方が、ミアにとっては重大な責務だ。

大国の王妃が自分に務まるのか——その不安が完全に消えたわけではないけれど、アイデンを支え彼の傍にいたいという気持ちは変わらない。

手を繋《つな》いで城のバルコニーへ向かいながら、ミアはアイデンの横顔を見上げた。

「どうした？　緊張しているのか？」

アイデンがミアの手を強く握ったが、軽く首を振って否定する。

「ううん、大丈夫。だって、私一人じゃないもの」

そっと腹部に手を当てると、その意味がわかったのかアイデンが優しくミアの手を撫でた。

「楽しみだな。男でも女でも、無事に生まれてきてくれればそれでいい」

世継ぎのプレッシャーを感じさせないように振る舞ってくれるのが嬉しくて、ミアは彼の肩に頭をつけて笑みを零《こぼ》した。

きっと男の子のような気がしているが、それはまだ言うべきではないだろう。

表門の上にあるバルコニーから、集まった民へ姿を見せて結婚の儀は終了となる。既にミアが懐妊したことは民にも伝えられていて、二重の喜びが国中に広がっていた。バルコニーへ向かう閉ざされた扉からも、盛大な歓声が聞こえている。扉の前に立つと、衛兵二人が敬礼をした。

「お待ちしておりました。国中の民がお二人をお待ちしております」

「ああ。それではよろしく頼む」

開け放たれた扉から、耳をつんざくような大歓声が聞こえてきた。

アイデンに手を引かれゆっくりとバルコニーの中央に進み出ると、城の広場を埋め尽くすほどの人が集まっている。

あまりの歓声に圧倒されつつ、ミアは微笑みを浮かべ小さく手を振った。誰もが嬉しそうな顔をしているが、間違いなくこの中で一番幸せなのは自分だろう。

「私……絶対にあなたが望んでいたような王妃になるわ。ブライルを心から愛して、民を愛していくの。神に誓って、一生」

「……ん？　そこに俺は入らないのか？」

眉をひそめたアイデンに顔を覗《のぞ》き込まれ、ミアはくすりと笑いながら彼の頬にキスをした。途端に、どっと民が沸き上がる。

「アイデンは、別枠だから。ブライルよりも民よりも、何よりもあなたを愛しているわ」

「それなら許そう」

「相変わらず俺様ね」

くすくす笑っていると、アイデンがミアの頬に手を添えた。そして、まるで見せつけるかのようにゆっくりと唇が降ってくる。二人の唇が重なった瞬間、さきほどとは比べものにならないくらい盛大な歓声と拍手が上がった。

「……こうしてお前に触れるのは、これからも俺だけだ」

「ふふ。私ね、あなたを、どんな手を使っても陥落させてやろうと思ってこの国に来たのよ」

「ほお。その野望は果たした、とでも言うつもりか？」

「いいえ。むしろ……刺し違えた、と言うべきかしら。だって私の方こそ、こんなにアイデンを愛してしまったんだもの」

「……お二人共、これだけの民を前に二人だけの世界に入るのは止めてもらえませんかねえ？」

いつの間に来たのか、背後でユーゴーが呆れたように呟いた。

ミアとアイデンは顔を見合わせ照れたみたいに笑った。そして手をしっかり握り合い、もう一度集まった民の前で永遠の愛を誓う口づけを交わしたのだった。

赤子の頃に捨てられ、領主の屋敷で下働きをしているライラ。そんな彼女の前に、ある夜、美貌の青年が現れた。魅入られたようにその場から動けなくなったライラを青年はキスと愛撫で甘く蕩《とろ》かしていく。気づくとライラは、国王の伴侶として王宮に向かう馬車の中で!? その寵愛は恋か運命《さだめ》か欲望か——身も心も蕩かされるロマンチックラブストーリー!

定価：本体1200円+税　Illustration：一色箱

里崎 雅（さとざき みやび）

北海道在住。趣味は読書と音楽鑑賞とキャンプ。2011 年、「7 日間彼氏」にてデビューに至る。

イラスト：綺羅かぼす

国王陥落《こくおうかんらく》～がけっぷち王女《おうじょ》の婚活《こんかつ》～

里崎 雅（さとざき みやび）

2017年10月15日初版発行

編集－本山由美・宮田可南子
編集長－塙綾子
発行者－梶本雄介
発行所－株式会社アルファポリス
〒150-6005東京都渋谷区恵比寿4-20-3恵比寿ｶﾞｰﾃﾞﾝﾌﾟﾚｲｽﾀﾜｰ5階
TEL 03-6277-1601（営業） 03-6277-1602（編集）
URL http://www.alphapolis.co.jp/
発売元－株式会社星雲社
〒112-0005東京都文京区水道1-3-30
TEL 03-3868-3275
装丁・本文イラスト－綺羅かぼす
装丁デザイン－ansyyqdesign
印刷－図書印刷株式会社

価格はカバーに表示されてあります。
落丁乱丁の場合はアルファポリスまでご連絡ください。
送料は小社負担でお取り替えします。

ISBN 978-4-434-23872-7 C0093